はじめに

歴史《れきし》を探《さぐ》る旅に出発しませんか。

私《わたし》たちの回りには、すでに埋《う》もれてしまった歴史《れきし》がたくさん眠《ねむ》っています。

これは主人公の「椋葉《むくは》」が、歴史《れきし》を探《さぐ》りながら色々な人たちと出会い、成長し、夢を叶えるというお話です。この本を読むことで、歴史《れきし》を愛する人が一人でも増《ふ》えることを楽しみにしています。

直木賞《しょう》作家　芦原《あしはら》すなお氏からの書評《しょひょう》

これは*「歴史《れきし》飛び込《こ》み小説」*と呼《よ》びたい。

・・・椋葉《むくは》とともに歴史《れきし》の流れに飛び込《こ》んでぐいぐいと泳ぎ切る・・・

読むと、きっと歴史《れきし》好きになる、まさに思い切りユニークな作品です。

木漏れ日の並木道

【もくじ】

伊吹島

主な登場人物

主な登場人物《とうじょうじんぶつ》

主人公

椋葉《むくは》　八歳《さい》　十四歳《さい》　十八歳《さい》　二十二歳《さい》　三十二歳《さい》

歴史《れきし》が大好きな少女。中学生の時、江戸《えど》時代にワープする。その後、高校、大学へと進学し、社会人となり、多くの人たちと出会い仲間が増える。

江戸時代

合田求吾《ごうだきゅうご》・・・蘭学者《らんがくしゃ》で内科医《ないかい》

りん・・・・・求吾《きゅうご》の妻《つま》

合田大介《ごうだだいすけ》・・・求吾《きゅうご》の弟、蘭学者《らんがくしゃ》で外科医《げかい》

兄の求吾《きゅうご》を助ける心優《やさ》しい医者

椋葉《むくは》の恋人《こいびと》、大樹《たいき》とそっくり

藤村喜八郎《ふじむらきはちろう》・・・廻船問屋《かいせんどんや》、求吾《きゅうご》の親友《しんゆう》

はる・・・・・喜八郎《きはちろう》の妻《つま》

主な登場人物

良佐

カピタン

父

尾藤《びとう》良佐《りょうすけ》・・・儒学者《じゅがくしゃ》、尾藤二州《びとうじしゅう》。寛政《かんせい》の三博士《さんはかせ》
松原一閑斎《まつばらいっかんさい》・・・京都《きょうと》の古医方《こいほう》、求吾《きゅうご》と大介《だいすけ》の恩師《おんし》
吉雄耕牛《よしおこうぎゅう》・・・長崎《ながさき》の大通詞《だいつうじ》、求吾《きゅうご》と大介《だいすけ》の恩師《おんし》
伊能忠敬《いのうただたか》・・・全国を測量《そくりょう》し、
「大日本沿海輿地全図《えんかいよちぜんず》」を完成
カピタン・・・オランダ商館長《しょうかんちょう》

現代
椋葉《むくは》の父
椋葉《むくは》の母

母

伊能忠敬

吉雄耕牛

主な登場人物

貴恵

奥田先生

田中さん

大樹

伊吹《いぶき》・・・医者を目指《めざ》す椋葉《むくは》の兄。

大樹《たいき》・・・椋葉《むくは》の恋人《こいびと》

田中のおっちゃん・・・父の親友《しんゆう》
歴史大好き

高丸《たかまる》先生・・・高校の日本史《にほんし》の教師《きょうし》

奥田《おくだ》先生・・・民衆史がご専門の大学教授《きょうじゅ》。

陽子《ようこ》・・・椋葉《むくは》の親友《しんゆう》。大金持ち

貴恵《きえ》・・・椋葉《むくは》の親友《しんゆう》。サウナとビールが大好き。

陽子

高丸先生

兄

プロローグ

私《わたし》の名は椋葉《むくは》。

観音寺市内の中学校へ通う二年生、十四歳《さい》。

スポーツはあまり得意《とくい》じゃないけれど、好きな教科は社会科。

それも日本の歴史《れきし》。

友だちは私《わたし》のことを「歴女《れきじょ》のムックー」と呼《よ》ぶ。

来年はいよいよ高校受験。

でも受験のためだけの勉強なんて大嫌《きら》い。

私《わたし》はテストの点数を上げるための勉強じゃなくて、本当に大好きな歴史のことを勉強したい。

私《わたし》が生まれるずっと前に「戦国BASARA《バサラ》」というゲームが流行《はや》った。

このゲームが引き金となり、戦国武将《ぶしょう》の魅力《みりょく》に引き込まれていった女性《じょせい》が多《おお》かった。

歴史《れきし》好《ず》きが講《こう》じて、戦国武将《ぶしょう》のコスプレをする女性《じょせい》。

戦国武将《ぶしょう》に憧《あこが》れ、ご当地巡《めぐ》りの「巡礼《じゅんれい》」をする女性《じょせい》。

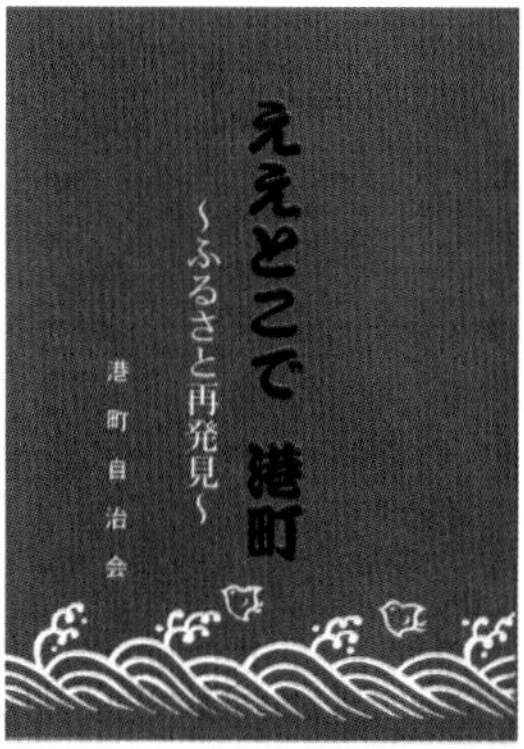

※魅力《みりょく》に取りつかれること

歴史《れきし》小説を読《よ》みあさる女性《じょせい》など・・・
とにかく歴史《れきし》大好き女子が増《ふ》えていった。

でも私《わたし》の場合は少し違《ちが》う。

私《わたし》が小学生の時、曽祖父《そうそふ》（ひいじいちゃん）が港町の自治会長をしていた。

その時、港町自治会から「ええとこで　港町　～ふるさと再《さい》発見～」という本が発刊《はっかん》された。

私《わたし》はこの本が大好きで、何回も繰《く》り返して読んだ。

これは男の子と女の子がタイムマシーンに乗り、過去《かこ》の港町を旅するというお話。

その話が講《こう》じて、男の子たちと実際《じっさい》に港町の歴史《れきし》を探《さぐ》る探検《たんけん》ごっこもした。

本に載《の》っている町内の史跡《しせき》を巡《めぐ》る旅だった。

そうこうしているうちに、ふと気がつくと、歴史《れきし》が大好きになっていた。

それとある体験をしたことが、私《わたし》を歴史《れきし》の※虜《とりこ》にさせた。

「えっ、どんな体験をしたん？」と人から聞かれることが多い。

プロローグ

でも、私《わたし》の体験話なんて誰《だれ》も信じてくれない。

友だちの中には「熱があるんじゃない？」とか「いつまで変な夢《ゆめ》を見ているの？」と私《わたし》を変人扱《あつか》いする人もいる。

私《わたし》が大好きな歴史上《れきしじょう》の人物は、戦国武将《ぶしょう》の伊達政宗《だてまさむね》とか武田信玄《たけだしんげん》ではない。

幕末《ばくまつ》に活躍《かつやく》した新選組《しんせんぐみ》の土方歳三《ひじかたとしぞう》とか、土佐の坂本龍馬《さかもとりょうま》でもない。

「じゃあ誰《だれ》なん？」と聞かれると、その方は、社会科の教科書には載《の》っていない人。

それにテレビや映画《えいが》に登場するような人でもない。

「アニメとかに出てくる架空《かくう》の人？」と言われるかもしれないけど、それも違《ちが》う。

私《わたし》が大好きな方は私の近所に住んでいた人。

つまり本当に実在した人物。

その方の存在《そんざい》は今ではほとんど知られていない。

でも、もしかすると、小学校や中学校の社会科の教科書に載《の》っている杉田玄白《すぎたげんぱく》や平賀源内《ひらがげんない》のように、誰《だれ》でも知っている人になっていたかもしれない。

プロローグ

その方を探《さぐ》る旅に出ようと思うけど、その前に私《わたし》の大好きな兄を紹介《しょうかい》したい。

兄は私《わたし》より五歳《さい》年上。名前は伊吹《いぶき》。

今は九州の大学に通っている。

私《わたし》たち兄弟は二人しかいない。

だから私《わたし》にとってかけがえのない存在。

幼《おさな》い時は時々喧嘩《けんか》をしたこともあったけど、今では人生相談など困《こま》ったことがあればすぐに乗ってくれる優《やさ》しい兄。

その兄の存在《そんざい》は大きかった。

和田浜海岸より、余木崎を望む。
遠くに愛媛県の山々が見られる。

浮島現象

第1章　不思議なお墓《はか》

それは今から六年ほど前、私《わたし》が小学校二年生で、兄が中学一年生の時だった。

十二月のある日、私《わたし》と兄は両親に連れられてお墓《はか》の掃除《そうじ》に出かけた。

その日は散歩も兼《か》ねて、和田浜《わだはま》の堤防《ていぼう》沿《ぞ》いを四人で歩いた。

といっても私《わたし》は歩くのが嫌《いや》になり、父に肩車《かたぐるま》されていた。

「いつまで甘《あま》えているの。もうすぐ三年生でしょう」

母に諭《さと》された。

「まぁ、ええやん。そのうち、肩車《かたぐるま》してあげるよと言っても、逃《に》げられる年頃《ごろ》になるんやから・・・」

父は口元を緩《ゆる》めた。

「見て、見て。海が光っとるよ！」

私《わたし》は、目の前に広がる燧灘《ひうちなだ》を指さして叫《さけ》んだ。

夕日に照らされた海。

まるで何千、何万カラットのダイヤモンドを敷《し》き詰《つ》めたように海が輝《かがや》いていた。

その時、兄が遠くに見えている島の不思議な現象《げんしょう》に興味《きょうみ》を示《しめ》し、急に大声を上げた。

※　浮島は海水温が気温より高く、風が弱い時に見られる現象。秋から初冬にかけて現れる一種の蜃気楼。

「椋葉《むくは》、島が浮《う》かんどるよ」

兄の言葉に足を止め、みんなで沖を見つめた。

「お兄ちゃん、どこなん？」

私《わたし》は父の首元を揺《ゆ》さぶる。

そして、父が指さした方向を見つめる。

私《わたし》は※浮《う》かんでいる島を発見した。

「あの浮《う》いている小さい島はお饅頭《まんじゅう》みたい・・・」

私《わたし》ははしゃいだ。

「うわぁー、ほんまや、ほんまや、お饅頭《まんじゅう》や、お饅頭《まんじゅう》や」

兄もなんだか嬉《うれ》しくなって私《わたし》と一緒《いっしょ》に騒《さわ》いだ。

兄が指さした島は、燧灘《ひうちなだ》に浮《う》かぶ伊吹島《いぶきじま》や股島《またじま》よりずっと遥《はる》か先。

愛媛県の江《え》ノ《の》島《しま》、魚島《うおしま》、瓢箪島《ひょうたんじま》、高井神島《たかいかみじま》などであった。

瀬戸《せと》の海はいつ来ても、私《わたし》の興味《きょうみ》をそそる不思議な内海であった。
その海が広がる和田浜《わだはま》海岸の背後《はいご》に、豊浜町《とよはまちょう》墓地《ぼち》公園がある。
ご先祖《せんぞ》様が眠《ねむ》るお墓《はか》を家族みんなで掃除《そうじ》をして、花を手向《た》け、線香を上げて両手を合わせる。
その後、松林の中を過《す》ぎ、再《ふたた》びみんなで堤防《ていぼう》へ上がり、海を見ることを常《つね》としていた。

※ラニーニャ現象とは、太平洋東部の赤道付近の海水面の温度が平年より低くなる現象。夏は太平洋高気圧が北に張り出し気温が高くなる一方、冬は西高東低の気圧配置が強まり気温が低くなる。その反対はエルニーニョ現象。

温恭合田先生之墓

年の瀬《せ》も迫《せま》り、今回の墓参《ぼさん》は、新年を迎《むか》える準備《じゅんび》という目的があった。

今年の冬は※ラニーニャ現象《げんしょう》が続いているのか、例年より寒く、すでに愛媛県の山々には雪が積もっていた。

といっても、私《わたし》と兄はまだまだ子ども。

墓《はか》の掃除《そうじ》なんかには興味《きょうみ》を示《しめ》さず、その辺《あた》りで追いかけっこをして遊んでいた。

その時、兄が急に大声をあげた。

どうやら古い墓《はか》を見つけて、何かに気づいたようだ。

「なんとか合田先生と書かれとるよ」

まだ十分に字が読めない私《わたし》は、兄の隣《となり》で今にも朽《く》ち果てようとしている墓《はか》を見つめた。でもその墓《はか》を見ているだけで、何かに吸《す》い込《こ》まれていくような気持ちになった。

「えっ、なんとか合田先生・・・？」

掃除《そうじ》をしている両親は手を止めて、私《わたし》たちの方へやって来た。

我《わ》が家の墓《はか》のわずか二列後ろに、十基《き》ほどの古い墓《はか》がズラリと並《なら》んでいる。

今では子孫の方もいないのか、花立てはガランとして何もない。

墓《はか》には確《たし》かに正面に「温恭合田先生之墓」と書かれていた。

濱合田家・一族の墓

その近くには「宗恭《むねたか》先生之墓《はか》」と書かれたお墓《はか》もあった。浜風《はまかぜ》や雨にさらされ、墓《はか》の一部は剥《は》がれて、見るからに今から何百年も前、たぶん江戸《えど》時代の墓《はか》だと思われる。

子どもには難《むずか》しい字なので、父が読んでくれた。

「あっ、この字は、『おんきょう』って読むんや。だから、『おんきょう　ごうだせんせいの　はか』と書かれとるよ」

すると、「ふーん、『おんきょう』・・・変なの？」と私《わたし》は軽く言ってしまった。

「温恭《おんきょう》先生って何をした人なん？」と素朴《そぼく》な質問《しつもん》を兄がした。

「温恭《おんきょう》先生・・・？　さぁ、誰《だれ》なんやろうな」

どうやら父は、子ども相手に、適当《てきとう》に相槌《あいづち》を打ってごまかすつもりであった。

でも私《わたし》が「なんだかお化けが出てきそう・・・小学校の合田先生に関係あるん？」と言った言葉に、父は、さっと聞き流すわけにはいられなくなったみたいだ。

父が、「ちょっと行ってみる」と言ってその場を離《はな》れようとした。

「また、あなたの調べ癖《くせ》が始まったみたいやね」

「父さん、どこ行くん？」

冬の燧灘

兄が不思議そうに父に尋《たず》ねた。
「お前たちも良かったら付いておいで」
「うん」
私《わたし》と兄は父の後を追った。

豊浜町《とよはまちょう》墓地《ぼち》公園の入り口の高台に大きな墓《はか》があった。

三人でその高台に登る。

「お父さん、海が見えるよ！」

墓地《ぼち》公園近くに堤防《ていぼう》があり、墓地《ぼち》から海は見えない。

しかし、この高台からは海が見えた。

と言っても、まだ八歳《さい》の私《わたし》には、松の枝《えだ》が邪魔《じゃま》して、何も見えなかった。

「お父さん、何も見えないよ！」

私《わたし》が泣くように言うと、父は「そうだったね。ごめんごめん」と言いながら、私《わたし》を抱《かか》えて、高く上げてくれた。

「うわー、海が見える・・・」

冬の海から、潮騒《しおさい》が聞こえてくる。

しかも、先ほどまでは埋《う》め立て地に隠《かく》れて見えなかった島を見つける。

「お父さん、島が見える・・・鯨《くじら》が海底から飛び出したみたいや」

鯨が飛び出したような島。それは伊吹島

「鯨《くじら》か・・・椋《むく》葉《は》は色々なものが想像《そうぞう》できるようになったんやな」

「想像《そうぞう》って？」

「ごめん、ごめん、自分の頭の中で考えることや」

「ふーん」

あの頃《ころ》の私《わたし》は、何を見ても物に例《たと》えて言っていた。浮《う》かんでいる島はお饅頭《まんじゅう》とか、ぷかぷかの雲は綿菓子《わたがし》とか・・・

兄が島を見て叫《さけ》んだ。

「あの島は伊吹島《いぶきじま》、イリコの島や」

「さすがや。中学生にもなるとよく知っとるな」

父は息子の成長に驚《おどろ》いたみたいだ。

「だって、ボクが四年生の時、洋上学習で伊吹島《いぶきじま》へ行ったことがあるから」

「なるほど・・・」

「ねぇねぇ、伊吹島《いぶきじま》の『いぶき』って、お兄《にい》ちゃんの『いぶき』？」

「そうだよ。『伊吹《いぶき》』も『椋葉《むくは》』もいい名前やろう？」

「うん」

私《わたし》と兄は二人同時に答えてしまった。

私《わたし》たちの名前は、亡《な》くなった曾祖父《そうそふ》（ひいじいちゃん）が名付けてくれたそうだ。

大平正芳氏の墓

大平正芳氏の銅像

どんな意味が隠《かく》されているのか、それが分かったのは、ずっと先になってのことだった。

私《わたし》たちの目の前に大きな墓《はか》が建っていた。

「でっかー！　※大平正芳《まさよし》之《の》墓《はか》？」

兄が大きな声を上げた。

「父さん、これ誰《だれ》のお墓《はか》なん？」

当時の私《わたし》は誰《だれ》のことか全く知らなかった。

「椋葉《むくは》にはちょっと難《むずか》しいかな、伊吹《いぶき》はこの方の名前を聞いたことあるん？」

「うん、少しだけ・・・」兄が小さく答えた。

「もうとっくに昔の人やから、だんだん忘《わす》れ去られているんやな。この方は、内閣総理《ないかくそうり》大臣をしていた方だよ」

「な・い・か・く・そ・う・り・だ・い・じ・んって？」

私《わたし》には全然分からなかったけど、兄が分かりやすく教えてくれた。

「日本で一番偉《えら》い人」

「ふーん、偉《えら》い人・・・」

兄は夏休みの自由研究でこの方のことを調べたから少し知っていた。

兄が不審《ふしん》そうな顔をして父に尋《たず》ねた。

※　大平正芳氏、生まれは明治四十三年（一九一〇）。当時の三豊郡和田村。現在の観音寺市豊浜町和田にて出生。自治会は長谷。今も長谷の公民館には、「内閣総理大臣　大平正芳生誕之地」という碑が建っている。なお、この碑文の文字は、第七十代内閣総理大臣、鈴木善幸氏の書。
　昭和四十七年（一九七二）、田中角栄内閣の下で外務大臣となり、日中国交正常化を実現させ、昭和五十三年（一九七八）に第六十八代内閣総理大臣に就任した。しかし、昭和五十五年（一九八〇）、衆議院議員選挙中、街頭演説をしている時に過労と不整脈で緊急入院して、そのまま亡くなる。田園都市構想を掲げ、その理念は、現在にも引き継がれている。


「父さん、そんなに偉《えら》い人なのに『大平正芳《まさよし》先生之《の》墓《はか》』とはなっていないん？」

「さぁ、なんでやろうなぁ」

「温恭《おんきょう》合田先生」、「宗恭《むねたか》先生」とは一体誰《だれ》なのか。

父の脳裏《のうり》には様々な疑問《ぎもん》が山のように湧《わ》いてきたみたい。

「もう一度さっきのお墓《はか》へ行ってみないか？」

私《わたし》たちは再《ふたた》び、我《わ》が家の墓《はか》へ戻《もど》った。

「何か分かったん？」

私《わたし》は思わず変なことを言ってしまった。

「お母さん、あのお墓《はか》はね、日本で一番偉《えら》い『そうじ』をする人《ひと》・・・」

「ブー」

父と兄が同時に吹《ふ》き出した。

「椋葉《むくは》、偉《えら》い人は当たっているけど、『そうじ』じゃなくて、『そうり』。『内閣総理《ないかくそうり》大臣』・・・」

兄は私《わたし》の間違いを指摘《してき》してくれたけど、父は、「椋葉《むくは》にはちょっと難《むずか》しいかな」とかばってくれた。あの時の私《わたし》は、なぜ笑われたのか分からなくて、少し不機嫌《ふきげん》になってしまった。

父と兄が再《ふたた》び『温恭《おんきょう》合田先生之《の》墓《はか》』をぐるりと回った。

墓の碑文、拓本

「紅毛」の文字

しかし、すべて漢字で、しかも欠落した字が多く、父も兄も一部しか読むことができない。

でもじっくりと見ている父は、何かを発見したみたい。

「伊吹《いぶき》、この字を見てん」

父が指さした先を、兄も興味《きょうみ》深く見つめた。

「父さん、これは何と読むん？」

「これはね。『こうもう』と読むんだ。『紅《こう》』は『くれない』、つまり『赤い』という意味《いみ》。紅毛《こうもう》って、赤い毛かなぁ」

「でもこのお墓《はか》に書かれている『紅毛《こうもう》』って何？」

兄からの質問《しつもん》には、父も即答《そくとう》できず困《こま》ったみたい。

近くにいた母が、助け舟《ぶね》を出してくれた。

「あなたスマホ持っているじゃない？」

「あっ、そうか・・・」

父は頭を掻《か》きながら、ジャンバーのポケットからスマホを取り出して、調べ始めた。

「えっと、『紅毛《こうもう》』ね・・・なるほど・・・」

満足そうな父の顔が飛び込《こ》んできた。

「何々・・・赤い毛という意味もあるけど・・・あっ、これだな。えっと、江戸《えど》時代、オランダ、またはオランダ人のことを指す」

「オランダ人？」

今度は兄が驚《おどろ》く番だった。兄が父に尋《たず》ねた。

「ねぇ、父さん、オランダがどうしたって書かれとん？」

「うーん」

さすがに父はうなった。

これには父も答えられないみたい。

父は、再《ふたた》びスマホを取り出して、墓《はか》に書かれている文字を写真に収《おさ》めた。

「どうして写真に撮《と》るん？」

不思議そうな顔をして兄が父に尋《たず》ねた。

「今度、田中のおっちゃんに聞いてみるからね」

父の友人に、私《わたし》たちが「田中のおっちゃん」と呼《よ》んでいるおもしろいおじさんがいる。

田中のおっちゃんは父より一歳《さい》年上。

お酒が大好きで、私《わたし》の家に突然《とつぜん》やって来ては、父とお酒を飲み交わしている。

私《わたし》たちにも気を遣《つか》ってくれているみたいで、田中のおっちゃんが我《わ》が家に来る時には、必ずチョコレートとかケーキを持ってきてくれる。

それと、父との話の中によく歴史《れきし》のことが出てくる。

私《わたし》の歴史《れきし》好きの一つには、田中のおっちゃんの存在《そんざい》も大きかったのかもしれない。

× × ×

あれから六年が過《す》ぎた。

私《わたし》は中学二年生になった。

兄は観音寺市内の高校を卒業して、長崎の大学に合格。それも医学部。

「将来《しょうらい》は医者になるんだ」と強い決意をして長崎へ行ってしまった。

でも兄が長崎に行った理由や、そして、私《わたし》が歴史《れきし》好きになった理由も、六年前に古いお墓《はか》で見た「紅毛《こうもう》」という文字だったのかもしれない。


一学期、期末テストの発表中、私《わたし》が机《つくえ》に向かって勉強らしきものをしていた時のことであった。

突然《とつぜん》、玄関《げんかん》のチャイムが鳴った。

私《わたし》は二階から急いで下りて玄関《げんかん》を開けると、田中のおっちゃんが立っていた。

でも、あの時、両親は不在《ふざい》だった。

そのことを告《つ》げると、田中のおっちゃんは、突然《とつぜん》、私《わたし》に不思議なことを言ってきた。

「もう少しで※夏至《げし》やな」

「えっ」

私《わたし》は社会科が大好きだけど、理科は得意《とくい》じゃなかった。

夏至《げし》という言葉は聞いたことがないし、学校でもまだ習っていない。

夏至《げし》について習うのは、中三の二学期後半になってからのこと。

小学生の時は「一年中で太陽が昇《のぼ》っている時間が一番長い日」と習った程度《ていど》であった。

「椋葉《むくは》ちゃんは、一の宮公園によく行くん？」

「はい、時々行きます」

「その広い芝生《しばふ》がある所に、時計台があるのを知っとるかい？」

「はい」

「夏至《げし》の日の六月二十一日に行ってごらん。おもしろいものが見えるよ」

「えっ、何ですか？」

田中のおっちゃんは、少し微笑《ほほえ》みながら一言こう付け加えた。

「日が沈《しず》む少し前に行ってごらん。いい景色が見られるから。でも梅雨のシーズンやから、それが見えるのは十年に一回《かい》ぐらいやけどね」

田中のおっちゃんは写真撮影《さつえい》も大好きで、撮《と》った写真は大野原町にある「萩《はぎ》の湯」という「日帰り温泉施設《おんせんしせつ》」に展示《てんじ》していた。

※夏至とは二十四節気の一つ。一年で最も日が出ている時間が長い日。北極圏では白夜になり、二十四時間、太陽が沈むことがない。ちなみに「お伊勢参りは二見から」といわれている。二見浦海岸には「夫婦岩」があり、夏至の日の前後には、岩の間から朝日を見ることができる。その方向には富士山も見ることができ、山頂のシルエットと重なって神々しい一瞬となる。夏至は太陽と宇宙のパワーに溢れた日なのかもしれない。

一の宮公園

六月二十一日がやって来た。

この時期はいつも雨。

でもたまたま梅雨《ばいう》前線が南下していて、偶然《ぐうぜん》にも晴れていた。

夕方、私《わたし》は一の宮公園へ足を運んだ。

我《わ》が家には雑種犬《ざっしゅけん》の「ノラ」がいる。

あっ、ノラのことを紹介《しょうかい》するのが遅《おく》れてしまった。

ノラは犬好きの兄が、まだ目も開かない子犬を、八幡《はちまん》神社から拾ってきたワンちゃん。

野良犬《のらいぬ》だから、ノラと名づけられた。

でも今じゃ、家族の一員。

広い芝生《しばふ》で、私《わたし》はノラと「犬用のフリスビー」を投げて遊んだ。

ノラはこのフリスビーが大好きで、成犬になった一歳《さい》ぐらいから、ここでよく遊んでいた。

この日の日没《にちぼつ》は七時十五分。

六時半ぐらいになると、カメラを持った人たちが続々と集まってきた。

不思議になり私《わたし》は首を傾《かし》げた。

どうやら、田中のおっちゃんが言っていた「一の宮ドリームタワー」に関係があるみたい。

太陽が伊吹島《いぶきじま》の方向に傾《かたむ》き始《はじ》める。

燧灘《ひうちなだ》が金色に輝《かがや》き始める。
カップルたちが「一の宮ドリームタワー」の中に入って色々なポーズを決めている。
カップルがスマホを持つ手を伸ばして、二人の姿を写真に収《おさ》めている。
カメラマンたちが、そのカップルのツーショットを写真に撮《と》る。

時計の針《はり》が午後七時を指したその時だった。
私《わたし》が投げたフリスビーが、「一の宮ドリームタワー」に向けて飛び続けた。
その後をノラが追う。
私《わたし》もノラを追う。
ノラがジャンプしてフリスビーを口にくわえる。
私《わたし》も同じような動作でジャンプする。

※その瞬間《しゅんかん》、パワースポットに包み込《こ》まれたように、私《わたし》とノラの体に一筋《ひとすじ》の光が天から放射《ほうしゃ》された。
いきなり宙《ちゅう》に浮《う》き、ホラ貝のような宇宙《うちゅう》空間に広がる大きな渦《うず》に巻《ま》き込《こ》まれていった。
私《わたし》とノラの体は、ただ淡々《たんたん》と螺旋階段《らせんかいだん》を登り続ける。

※実際、時計塔内に太陽が沈むのは、五月二十日と七月二十日前後である。

私《わたし》は太陽系《けい》の第三番惑星《わくせい》「地球」を飛び出して、何万光年も離《はな》れた
宇宙《うちゅう》を飛び続ける。

宇宙《うちゅう》を観測《かんそく》していれば過去《かこ》が見えてくると言われる。
宇宙《うちゅう》に存在《そんざい》する二つのブラックホールが衝突《しょうとつ》する。
その時、重力波が引き起こされ、物質《ぶっしつ》が縦《たて》や横に引き延《の》ばされる。
私《わたし》は光速で飛び続けるロケットに乗っているようだ。
時間がどんどん巻《ま》き戻《もど》されていく。
まるで、時計の針《はり》が急速に逆《ぎゃく》回転しているかのように。

一の宮公園
恋人の聖地にて

第2章　私《わたし》はタイム・トラベラー

長い空間を旅したような気がした。

うっすらと目を開けると、父と母の姿《すがた》が飛び込《こ》んできた。

しかし、それは長いスクリーンの上を流れる幻影《げんえい》のようであった。

私《わたし》はついさっきまで、一の宮公園の芝生《しばふ》の上で、フリスビーをしてノラと遊んでいた。

ノラがそのフリスビーを追い掛《か》けた。

ノラがジャンプする。

私《わたし》もノラを追ってジャンプした。

それが事実である。

でも何かがおかしい。

「もう大丈夫《だいじょうぶ》かい？」

私《わたし》は暖《あたた》かい布団《ふとん》の中に寝《ね》かされていた。

声のする方向を見ると、父が畳《たたみ》の上に正座されていた。

「お父さん・・・？」

「おお、やっと気がついたか」

でも父の服装はこれまでの姿《すがた》ではなかった。

父は短髪《たんぱつ》なのに、この方は長い髪《かみ》。

それも後ろで束《たば》ねている。

それに父はこの時期だとGパンにTシャツ姿《すがた》なのに、この方は上下とも白い作務衣《さむえ》のような着物を着ていた。

「旦那《だんな》様、この子、どこの子でしょう？」

隣《となり》に座《すわ》っている女の方が声をあげた。

（お母さん・・・？）

二人とも父と母なのに、やはり服装《ふくそう》が変である。

女性《じょせい》の髪型《かみがた》は時代劇《げき》に出てくるような髪型《かみがた》。

長い黒髪《くろかみ》を芸術《げいじゅつ》の域《いき》にまで高めた日本髪《にほんがみ》。

（この姿《すがた》は、どっかで見たことがある・・・）

（そうだ、京都の太秦映画《うずまさえいが》村だ・・・）

今年の春休み、両親にお願いして、京都へ連れて行ってもらった。

だからまだ記憶《きおく》に鮮明《せんめい》に残っている。

でも、ここは太秦《うずまさ》の映画《えいが》村なんかじゃない。

「あのー、ここはどこですか？」
とても不安になって私《わたし》は声をあげた。
すると、母によく似《に》た方が、ゆっくりとした物言いで、意外な言葉を発した。

「そなたこそ、どこから来られたのじゃ」

「えっ・・・そっ、そなた・・・？」

私《わたし》は布団《ふとん》をはねのけ、その場に座《すわ》り直した。

まるで時代劇《げき》のワンシーンを見ているかのようであった。

「私《わたし》は一の宮公園でノラと遊んでいて・・・」

すると父のような方がこう答えた。

「※公園とは何ぞや？」

「はい、一《いち》の宮公園《みやこうえん》です」

「えっ、公園とは初めて聞く言葉じゃの。一の宮とは姫浜にある松林じゃ。松林を抜《ぬ》けるときれいな砂浜《すなはま》が広がっておる」

知っている地名が出て来て、私《わたし》はなんだか嬉《うれ》しくなった。

「そっ、そうです。その一の宮です」

「実は、一の宮の海岸でそなたが倒《たお》れているのを近所の者が見つけ、ここに連れて来てくれたのじゃ。見たところ、ケガはしておらぬようじゃな」

「なぜ、私《わたし》をここに？」

「私《わたし》は医者をしている」

「ありがとうございます。ノラは？　近くに犬はいませんでしたか？」

※日本で最初の正式な公園が作られたのは、明治時代以降といわれている。

格子戸

※木材を縦と横に組んだ扉や引き戸。通気性がよく、美しい灯り演出できる。

「犬なら倒《たお》れていたそなたの横にいた。ほれ、そこにつないでおるぞ」

女の方がゆっくりと※格子戸《こうしど》を開《あ》けると、ノラがつながれていた。

「ノラ！　ノラ！　無事だったん？」

私《わたし》を見つけたノラは嬉《うれ》しそうに吠《ほ》えた。


医者は私《わたし》の服装《ふくそう》をじろじろと見続けてこう言った。

「それにしても、そなたは変わった服装《ふくそう》をしておられる。日《ひ》の本《もと》の者ではござらぬな。もしかして紅毛《こうもう》から来られたのか？」

（どっかで聞いたことがある・・・そうだ、以前、父と兄が話していた。確《たし》か江戸《えど》時代はオランダを指していた）

「思い出しました！　紅毛《こうもう》ってオランダのことです」

「オランダ？　はて、オランダという国があるのか？」

「はっ、はい！　そうです。確《たし》かにあります！」

歴女《れきじょ》の私《わたし》は、必死で思い出した。

（東南アジアの方からやって来るスペイン人やポルトガル人のことを、南蛮人《なんばんじん》と呼《よ》んでいた。それに対して、オランダ人のことを紅毛《こうもう》と呼《よ》んでいた・・・）

（これは先生が言っていた※中華思想の考え方だ）

このようなことを話していると、今度は医者が目を輝かせて体を乗り出してきた。

「そなたは長崎へ行ったことがあるのか」

「いいえ、私《わたし》はありませんが、今でも異国情緒《いこくじょうちょ》あふれる街《まち》と聞いております」

「さようか、私《わたし》も一度は行ってみたいと考えておる」

「では、京へは？」

「京都なら、この春休みに家族と行ってきました」

「そうか、行ったことがあるのか・・・京はどんな街《まち》じゃ」

（うーん、どう説明すればいいんだろう・・・そうだ！）

「すごい大都会ですが、古い神社仏閣《ぶっかく》があります」

「その通り。よく知っておられるの」

「はい、私《わたし》は古いのが大好きなのです」

今度は、私《わたし》があることを尋《たず》ねた。

「あのー、つかぬことをお聞きしてもよろしいでしょうか」

「何でも尋《たず》ねなさい」

「今はいつですか？」

医者の顔色がさっと変わった。

「はっ？　そなた今、何と申した。気は確《たし》かか？」

「今は、西暦《せいれき》で言えば二〇二X年、年号なら令和Y年ですね？」

※中華思想とは世界の中心は中国（漢民族）にあり、周辺の異民族を蔑視する考え方。東南アジアは南の方に位置する野蛮人ということから南蛮。スペイン人、ポルトガル人は、その南蛮からやって来たので南蛮人と呼ばれていた。ちなみに、日本や朝鮮など中国から見て東の国なので「東夷《とうい》」、モンゴルなどの北の国を「北狄《ほくてき》」、現在の新疆ウイグル自治区付近を「西戎《せいじゅう》（西夷）」と呼ばれていた。
　これらは中華の四方に居住し、朝廷に帰順しない周辺民族であり、「四夷」あるいは「夷狄《いてき》」とも呼ばれる。

観音寺市ふるさと学芸館所蔵

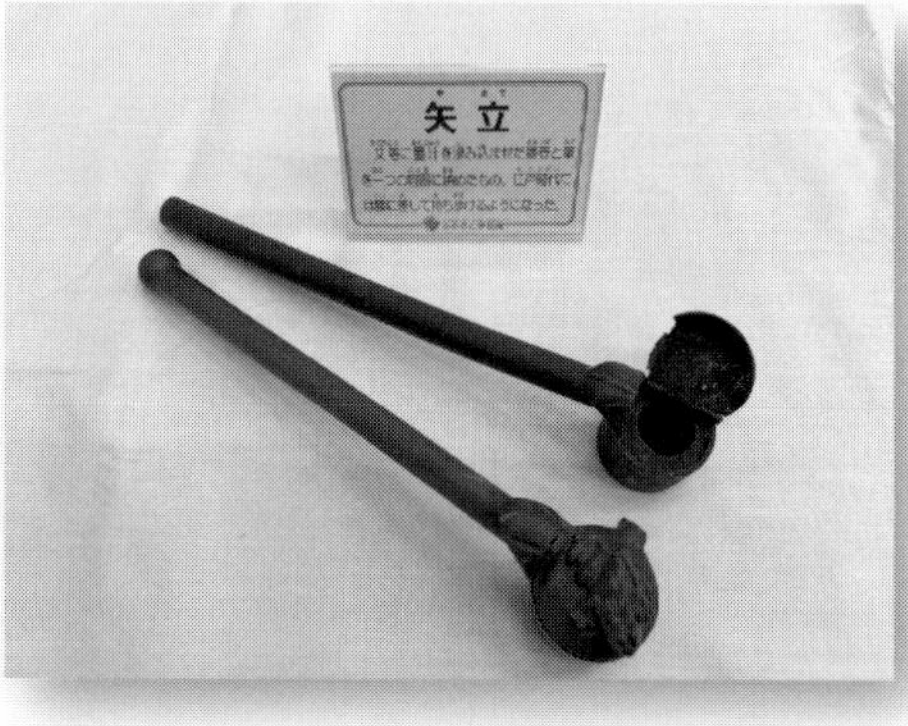

※矢立といわれる携帯用の筆記用具

「何を言っておられる。その西暦とか年号とは何ぞや？　今は、宝暦《ほうれき》二年ですぞ。そして皐月《さつき》の十八日です」

（ほっ、ほうれき・・・それに、さっ、さつき・・・さつきって五月のこと・・・今日は六月《がつ》二十一日《にち》。するとこれは旧暦《きゅうれき》？）

「もしかして、今は江戸《えど》時代ですか？」

「江戸《えど》時代？　そなたは本当におもしろいことを言う娘《こ》じゃの？江戸《えど》という町は確《たし》かにある。しかし、江戸《えど》時代という言葉を聞いたのは初めてじゃ・・・そなたからは、聞きたいことが数知れずある」

話が全くかみ合わない。

「そなた、名は？」

「はい、椋葉《むくは》と申します」

「『むくは』か・・・この紙に書いてごらんなさい」

※矢立《やたて》といわれる携帯用《けいたいよう》の筆記用具が私《わたし》に差し出された。筆《ふで》と墨壷《すみつぼ》が一緒《いっしょ》になっている。

（えっ・・・紙はいいけど、書く物は鉛筆《えんぴつ》とかボールペンではなくて筆？）

私《わたし》は習字が大の苦手であった。

仕方なくゆっくりと書くことにした。

ミミズが這《は》ったような字《じ》になった。

医者はその紙を見ながら、

「これは漢字じゃな。そなたは男か？」

「いいえ、私《わたし》は女です」

「女か・・・おなごの名前が漢字とは不思議な話じゃ」

医者が女の人に向かってこう言った。

「これは私《わたし》の妻《つま》の『※りん』じゃ。おなごの名は、かな二文字となっておるのが一般的《いっぱんてき》じゃ」

「えっ・・・」

「あっ、言い忘《わす》れたけど、私《わたし》の名前を書いて進ぜよう」

その方は私《わたし》と違《ちが》って、スラスラと紙に字を書かれた。

「合田様？」

「そうじゃ、よく読めたな」

「はい、私も合田で、私《わたし》の回りに合田という名字の人は一杯《いっぱい》います」

「なっ、なんと、そなたも合田か。我《わ》が家とは親戚筋《しんせきすじ》になるのかも・・・」

「さぁ、それは・・・それと、あまりにも達筆過《たっぴつす》ぎて下の名が読めません」

「そうか・・・下の名は『きゅうご』と読《よ》む。困《こま》ったことがあれば、何でも申せよ」

「はい、わかりました」

※江戸時代、女性の名はほとんど残されていない。
墓石には「○○の娘」「○○の妻」と書かれている程度である。男尊女卑の時代であった。

ただし。宗門改めには女性の名前が書かれている。ほとんどの女性の名は、ひらがな二文字である。合田求吾や後述の藤村喜八郎の妻の名は不明である。りん、はるという本小説に現れる女性の名前は、あくまでも筆者が名付けた架空の名前である。

なお、宗門改めとは、江戸時代、キリスト教を禁止するため、キリシタンではないことを確認する制度。お寺には宗門人別改帳という民衆調査のための台帳が設置され、家族単位の氏名や年齢が書かれ、事実上、戸籍の役割を果たしていた。

現在の佛証寺

何か私《わたし》はすごく頼《たの》もしい方にお会いできたような気がした。

私《わたし》が出会った方は合田求吾《きゅうご》先生。

この時、先生は二十九歳《さい》であった。

母によく似《に》た方は、坂本郷《ごう》坂元村（現、香川県観音寺市坂本町七丁目）、佛証寺《ぶっしょうじ》（浄土真宗《じょうどしんしゅう》・興正派《こうせいは》）の住職《じゅうしょく》、合田智典《ちてん》（号は泉渓《せんけい》）の娘《むすめ》さん。

当時、求吾《きゅうご》先生はその娘《むすめ》さんと結婚《けっこん》したばかりであった。

おりん様は求吾《きゅうご》先生と七歳違《さいちが》いの二十二歳《さい》。

私《わたし》からみれば、お姉さんのような存在《そんざい》に見えた。

「先生は私《わたし》の命の恩人《おんじん》です。求吾《きゅうご》先生とお呼《よ》びしてもいいでしょうか」

「それで、よいぞ」

「私《わたし》は椋葉《むくは》ですが」

「うーん、椋葉《むくは》か・・・『むく』でどうじゃ」

私《わたし》は渋々《しぶしぶ》、頭を下げた。

そして、隣《となり》の女性《じょせい》に声をかけた。

（確《たし》か、江戸《えど》時代の女性《じょせい》には『お』を付けていた・・・）

「『おりん様』これからもよろしくお願いいたします」

「まぁ、『おりん様』なんて・・・なんだか体中がくすぐったくなりますわ、ねぇ、おむくさん」と言いながら、奥《おく》の部屋へ入って行った。

しばらくして、おりん様が奥《おく》から出てきた。

「これは私《わたくし》が使っていた着物です。そなたはお若《わか》いから、この明るい模様《もよう》の着物がお似合《にあ》いでしょう」

江戸《えど》時代なのに、今の私《わたし》のスタイルじゃあ、確かに違和感《いわかん》がする。

開き直った私《わたし》は、太秦《うずまさ》の映画村《えいがむら》に来ているんだと自分に言い聞かせ、別室で着物を着せてもらった。

着物を着るのは何年ぶりだろう。

幼稚園児《ようちえんじ》の頃《ころ》、お祭りの時に、母に着せて貰《もら》った時、以来だ。

これで太秦《うずまさ》の映画村《えいがむら》にいる女優《じょゆう》さんのような姿《すがた》になった。

ただ髪型《かみがた》だけは仕方がない。

着物を着せてもらっている時、おりん様が私《わたし》に尋《たず》ねてきた。

「ところでそなたはいくつになられるのじゃ？」

「はい、私《わたし》は十四歳《さい》、中学二年生です」

再《ふた》び、おりん様は瞬《まばた》きを繰り返した。

「えっ、今、何と言われた？　『チュウガク』とは何ですか？」

「あっ、すみません・・・学校です。勉強する所です」

おりん様が相槌《あいづち》を打《う》った。

※中国の周から漢にかけて儒学者がまとめた「礼記《らいき》」の「内則《だいそく》」に、七歳にもなれば、男女の別をはっきりしなければならない（原文　七年男女不同席）という文言がある。

※求吾の曾祖父、合田安教《やすのり》が分家して、濱合田家を名乗った。

父の吉盤《よしやす》は、寛延元年（一七四八）十二月にこの世を去っており、二十九歳の求吾はすでに濱合田家の当主であった。

求吾は、曾祖父も祖父（温良《あつよし》）も父親も医者という家系に育った。

「我《わ》が家へも近所の子どもたちが勉学をしに来ております。旦那《だんな》様が教えております」

「それって、寺子屋のことですか」

「我《わ》が家は寺ではございません。だから寺子屋とは呼《よ》ばれてはいません。宋林寺《そうりんじ》とか満願寺《まんがんじ》で『読み、書き、そろばん』を学ぶことができます。それが寺子屋です。でもそなたぐらいの歳《とし》なると、※男の子と女の子は一緒《いっしょ》に学ぶことはできませぬ」

私《わたし》はまさにそうした時代に足を踏《ふ》み込《こ》んだことになる。

翌朝《よくあさ》、私《わたし》とおりん様は近くのお店へ行く。

もちろんノラも一緒《いっしょ》だ。

※濱《はま》合田家に嫁《とつ》いで来られたおりん様は、人の命を預《あず》かるお医者様の奥《おく》様。

近所の人からは一目《いちもく》置かれた存在《そんざい》のようだ。

通りすがりの人たちが声をかけてくる。

でもその内容《ないよう》は、みなさんよく似《に》ていた。

「おりん様、おはようございます。ところでこのお嬢様《じょうさま》は？」

「私《わたくし》の遠い親戚筋《しんせきすじ》の娘子《むすめこ》です。少し、預《あず》かっております」

江戸時代の医者は現在のような免許制度ではなく、誰でも開業できた。

しかし、医術を習得するには師匠の医者に弟子入りし、医術を学ぶ必要があった。そして、師匠に腕を認められ、代診の期間を経て、初めて独立が許される。師匠の評判にも関わるので、独立には十年から二十年の修行年数が必要と言われていた。求吾は、同郷の合田又玄《ゆうげん》、高橋柳哲《りゅうてつ》に就いて医術を修めている。


「さようですか・・・」

と言いながら、私《わたし》をジロジロと眺《なが》める。

みんな私《わたし》のショートカットの髪型《かみがた》に興味《きょうみ》があるみたい。

それとどうも歩きにくい。それもそのはず。

おりん様から渡《わた》されたのは、白い足袋《たび》に紺色《こんいろ》の鼻緒《はなお》の付いた重ね草履《ぞうり》であった。

濱《はま》合田家を出ようとした時、家の中から一人の少年が走ってきた。

「おりん様、少しお待ちください」

振《ふ》り返った私《わたし》は、まだ元服前《げんぷくまえ》のあどけない少年が目に飛び込《こ》んできた。

「どうかされましたか？」

おりん様が少年に尋《たず》ねた。

「兄上《あにうえ》がこれを姉上様《あねうえさま》に」

「まぁ、旦那様《だんなさま》はよく気《き》がつかれるお方《かた》ですこと」

少年は藍染《あいぞ》めの手ぬぐいを持《も》ってきた。

「はい、これはそなたのじゃ」

「これをどうすればいいのですか」

不思議になり、おりん様に尋《たず》ねると、

「そなたの頭につけるのです」と言われた。

「ありがとうございます」

私《わたし》は照れ笑いしながら、それを頭にかぶった。

なんだかイスラム教徒の女性《じょせい》のような姿《すがた》になった。

「おむくさん、この方は旦那《だんな》様の弟です。旦那《だんな》様とは十五歳《さい》も開いていますから、あなたと同じ十四歳《さい》ですよ。※大介《だいすけ》さんと言《い》います」

「大介《だいすけ》さん、どうかよろしくお願《ねが》いします」

私《わたし》が頭を下げると、「こちらこそ。姉上様」と言われた。

姉上様なんて呼《よ》ばれたのは、これまでの人生で初めて。なんだかくすぐったくなった。

厳密《げんみつ》に言うと私《わたし》の方《ほう》が一ヶ月だけ生まれるのが早かった。

「大介《だいすけ》さん、人様にお会いしましたら、おむくさんはあなたの従兄弟《いとこ》だと言《い》ってあげなさい」

「はい、分かりました。お姉《ねえ》様」

と言いながら、大介《だいすけ》さんは家に向けて駆《か》け出《だ》した。

白いたすき掛《が》けの後ろ姿《すがた》に、何か惹《ひ》かれるものがあった。

「大介《だいすけ》さんは、いつも旦那《だんな》様のお手伝いをされているのです」

（えっ、私《わたし》と同じ歳《とし》の人が、すでに働いている・・・）

※長男の求吾には二人の弟がいた。宇八郎《うはちろう》と大介である。大介は末っ子であり、求吾から十五歳も年下であった。宇八郎は求吾と二つ違いだったが、元文四年（一七三九）九月、わずか十四歳でこの世を去っている。だからこの時には、すでにこの世にいない。

ふと私《わたし》は自分のことを振《ふ》り返った。

私《わたし》は自分のことをすることで精一杯《せいいっぱい》。

おりん様と近くの油屋という屋号《やごう》の店に行く。

油屋という名前なので油を売っているのかと尋《たず》ねると、下駄屋《げたや》さんだ。

「年頃《としごろ》の娘《むすめ》さんが、紺《こん》色の重ね草履《ぞうり》ではね。これは大介《だいすけ》さんのですから・・・」

ということで、新しい重ね草履《ぞうり》を買っていただけることになった。

芯《しん》はコルクで畳表《たたみおもて》の草履《ぞうり》。

下駄屋《げたや》なのに草履《ぞうり》も売っていた。

私《わたし》は、赤い鼻緒《はなお》が気に入ってしまった。

油屋へ行く道中、色々な店が並《なら》んでいた。

呉服屋《ごふくや》、米屋、魚屋、八百屋《やおや》など。

そして、家の造《つく》りが、現在とはまったく違《ちが》う。

古風な軒《のき》。ずっしりと土で練り固められた土塀《どべい》。青銅《せいどう》のような重みを持つ本瓦拭《ほんがわらぶ》きの屋根。

求吾《きゅうご》先生のお屋敷《やしき》の隣《となり》は魚屋であった。聞けば「※濱田屋《はまだや》」という。

「おりん様、私《わたし》、濱田屋《はまだや》さんのこと、よく知っています」

「えっ、そうですか・・・」

※　現在の浜田屋が魚屋として営業を始めたのは、明治初期と言われている。だからこの時期にはない。
　あくまでも、筆者が架空の店・濱田屋として登場させた。

巨鼇《きょごう》山雲辺寺と高尾山

伊吹島より遠望

※「四國遍禮道指南」は貞享四（1687）年に発行された四国遍路の起源を示す重要な史料である。と同時に、江戸時代ロングセラーとなった実用書」

おりん様が不思議そうな顔をして私《わたし》をのぞき込《こ》んだ。

「時々、母と一緒《いっしょ》に魚を買いに行きますので」

山が見えた。この山の形には見覚えがある。

（そうだ。高尾山《たかおやま》や。すると、その左手には雲辺寺《うんぺんじ》があるはず・・・）

広い畑地があった。

家々の合間から垣間《かいま》見えた山。それはまさしく雲辺寺《うんぺんじ》であった。

「おりん様、あの山は雲辺寺《うんぺんじ》ですか？」

おりん様は私《わたし》を見て、目を丸くさせた。

「おむくさん、そなたはあの山を知っておられるのですか？」

（はい、今はロープウェイで登ることができます・・・と言っても話は通じないし・・・）

「おりん様、雲辺寺《うんぺんじ》って、四国霊場《れいじょう》六十六番の札所《ふだしょ》ですね？」

「まぁ、よくご存《ぞん》じで・・・その通りです。実は、旦那《だんな》様にお願いして、『※四國遍禮道指南《しこくへんれいみちしなん》』という本を買っていただき勉強しております」

「私《わたし》、登《のぼ》ったことがあります。おりん様、ここは豊浜《とよはま》ですか？」

「えっ・・・私《わたくし》は最近、ここへ嫁《とつ》いできたばかりだから、あまり詳《くわ》しいことは分からないけど、豊浜《とよはま》っていう言葉を聞いたのは初めてですわ」

「じゃあ、おりん様はどちらから嫁《とつ》いで来られたのですか？」

「私《わたし》は坂元村（坂本村）からです」

現在の天空の鳥居

「坂本村・・・？　それってどこですか」

おりん様は北の方向を指した。

すると七宝《しっぽう》の山々が見えた。

（あっ、確《たし》かあの一番高い所に・・・）

「あれは、天空の鳥居《とりい》がある山です」

「天空の鳥居《とりい》？　さあ、それって何でしょう？」

「高屋《たかや》神社です。稲積《いなづみ》さんです」

「あっ、その神社なら知っています。でも鳥居《とりい》のことは存《ぞん》じませぬわ。

神社がある付近は高屋郷《たかやごう》、私《わたくし》はその隣《となり》の坂本郷《ごう》の坂元村《さかもとむら》（坂本村《さかもとむら》）。

実家は佛証寺《ぶっしょうじ》というお寺です」

「そうですか・・・」

私《わたし》は何か腑《ふ》に落《お》ちない。

「じゃあ、ここは何という地名ですか」

「いいですか。まず、ここは讃岐《さぬき》の国です」

「さぬきうどんの讃岐《さぬき》ですね」

「そのとおり、そして、姫江郷《ひめのえごう》」

「すみません。それはわかりません。姫浜《ひめはま》ならわかります」

「そう姫濱《ひめはま》は村なの。姫江郷《ひめえごう》には十五の村があってね、ここは和田濱村《わだはまむら》」

「和田浜《わだはま》ならわかります」

　当時の小字名を現在の自治会名にあてはめると、それぞれ次のようになる。

　『大道筋』は『本町』。『中筋』は『中之町』。『東口』は『東町』。『西濱』は『港町』。『濱長谷』は『上田井《うわだい》』（『二軒屋』『姫路』も『上田井』）。これらは十九世紀中頃、江戸時代の中期に書かれた「西讃府《せいさんふ》志《し》」という本に書かれている地名。和田濱村の北には姫濱村がある。その小字は『北原《きたばら》』『須加』『南』『濱』とある。『北原』と『南』は今も昔も同じ。『須加』は『須賀』、『濱』は『東浜』である。当時、五軒屋《ごけんや》は花稲《はないな》村に属していた。

「自治会みたいなものですか？」

「うーん、自治会って何でしょう。私《わたし》は分からないけど、小字《こあざ》にはね『大道筋《おおみちすじ》』『中筋《なかすじ》』『東口《ひがしぐち》』『西濱《にしはま》』『濱長谷《はまながたに》』の五つあるわ」

　それらの地名を聞いても、私《わたし》が知っている小字《こあざ》はまったくなかった。

「おりん様の家はどこになるのですか」

「西濱《にしはま》ですよ」

（やはりここは私《わたし》が住んでいる港町のこと・・・やっと分かった。今は江《え》戸《ど》時代だ）

　私《わたし》が住んでいる港町には白坂川《しらさかがわ》が流れている。

　おりん様と西濱《にしはま》の町内を散歩していた時のことだった。

「おりん様、この川は白坂川《しらさかがわ》ですね」

「そうです。よくご存《ぞん》じで」

でも、川の流れが現在《げんざい》と違《ちが》っていた。

川は港に流れ込《こ》んでいた。

今は、豊浜《とよはま》港だけど、何と呼《よ》んでいるのだろう。

「おりん様、この港の名は？」

「これは和田濱港《わだはまこう》と言《い》います」

白坂川は和田浜港に直接流れ込んでいた。

「白坂川《しらさかがわ》は和田浜港《わだはまこう》に流れ込《こ》んでいるのですね」

「そうです。この川を境《さかい》に東側が東濱《ひがしはま》、西側が西濱《にしはま》です。でも川が港に流れ込《こ》んでいるため、上流からいろいろな物が流されて来て、港が浅くなり困《こま》っていますわ」

　私《わたし》は港町自治会から発刊《はっかん》された「ええとこで　港町　～ふるさと再《さい》発見～」を何回《なんかい》も読み直していたから、ある程度《ていど》のことは知っていた。大正の時代になって川が改修《かいしゅう》され、川の流れを替《か》えて、港に物が流れ込《こ》まないように付け替《か》えられた。

　しかし、それはこの時代から約二百年も後の話。

「おりん様、亀錦橋《かめきんばし》が白坂川《しらさかがわ》の一番、下流の橋ですか」

「そうです。この橋の手前まで船が遡《さかのぼ》って来ています。そこに荷揚場《にあげば》が見えるでしょう」

「はい、見えます」

「全国から送られた産物が、沖に停泊《ていはく》している船から小舟《こぶね》に移《うつ》され、港から荷揚場《にあげば》に上げられ、藤村家《ふじむらけ》のお屋敷《やしき》に運ばれるのです」

「藤村家《ふじむらけ》・・・」

　この藤村家《ふじむらけ》が、私《わたし》の運命を左右する出来事につながるのだが、この頃《ころ》の私《わたし》には、まだ理解《りかい》できなかった。

求吾が住む西濱（現、港町）の濱合田家から、東へ約百メートル進むと、東口（現、東町）に入る。東口とは和田濱に入るための、東の入り口という意味に由来している。

その東口に藤村家という大きなお屋敷がある。藤村家は廻船問屋を営んでいる豪商。当時、藤村家が所有する多くの弁才船が全国を行き交いし、和田浜港に入港すると、小舟に荷物を載せ替え、白坂川を伝って遡り、亀錦橋手前の荷揚場にて、全国から集められた荷物の積み卸しをしていた。

当時、藤村家の当主であった藤村喜八郎（通称、直香）は享保七年（一七二二）生まれで、求吾とは一つ違い。幼な友だちの二人は、無二の親友でもあった。

夏至《げし》が過《す》ぎ、蝉《せみ》の声が屋敷中《やしきじゅう》に鳴き響《ひび》く、ある日のことだった。

藤村喜八郎《ふじむらきはちろう》さんが直々《じきじき》に求吾《きゅうご》先生の屋敷《やしき》を訪《たず》ねて来ることがあった。

きちんとした喜八郎《きはちろう》さんの身なりは、廻船《かいせん》問屋の主《あるじ》としての風格《ふうかく》を十分漂《ただよ》わせていた。

一方、患者《かんじゃ》を治療《ちりょう》していた求吾《きゅうご》先生の白い衣服には、血が滲《にじ》んでいた。

しかも、月代《さかやき》をきちんと剃《そ》った本多《ほんだ》まげ（ちょんまげ）姿《すがた》の喜八郎《きはちろう》さんに対して、求吾《きゅうご》先生は、頭髪《とうはつ》を剃《そ》らずに、総髪《そうはつ》にして束《たば》ねる髪型《かみがた》（束髪《そくはつ》）をしていた。

このスタイルは、江戸《えど》時代、男性《だんせい》の神官や儒学者《じゅがくしゃ》、医者の髪型《かみがた》。

求吾《きゅうご》先生はいつもより物腰《ものごし》の低い喜八郎《きはちろう》さんに対して、やや訝《いぶか》しみ（怪《あや》しいぞという思い）を感じたようだった。

「これはこれは、喜八郎殿《きはちろうどの》、ご連絡《れんらく》をいただければ、私《わたくし》の方からお屋敷《やしき》をお訪《たず》ねいたしますのに・・・」

「いやいや、人様にお願いするのに、こちらから呼《よ》び付けるわけには・・・」

「お願い？　まぁ、どうぞどうぞお上がりください」

座敷《ざしき》へ通された喜八郎《きはちろう》さんは、早々《はやばや》と用件《ようけん》を切り出した。

「実は、　私《わたくし》の知り合いである川之江《かわのえ》の※廻船《かいせん》問屋のご子息《しそく》が右足に大怪我《おおけが》をされてな。求吾《きゅうご》先生の医術《いじゅつ》の噂《うわさ》は、川之江《かわのえ》まで届《とど》いております。ぜひとも診《み》ていただきたいのです」

※
廻船問屋とは、船を所有し、物資輸送を業とした海運業者。輸送だけでなく、物資の売買をも兼ねたものが多い。北前船で上方と蝦夷地（北海道）を行き来した場合、一航海で現在のお金に換算して一億円以上を稼いだという。その代わり、遭難するリスクが高い。


「もちろん私《わたくし》でよければ。困《こま》っている人がいれば助けるのが医者の務《つと》めです」

「それは心強いお返事。ありがとうございます」

「それにしても、川之江《かわのえ》とはえらい遠くから。ここまで通うのは大変ですな」

「そこでな、しばらく我《わ》が家に逗留《とうりゅう》（滞在《たいざい》）してもらおうと思いましてな」

　求吾《きゅうご》先生は開いていた扇子《せんす》を閉《と》じ、太ももをパチンと叩《たた》いて相槌《あいづち》を打った。

「それで、ご子息《しそく》とは何歳《なんさい》になられるのですか？」

「五歳《さい》の男の子と聞いております」

「えっ、五歳《さい》？　かような幼子《おさなご》が親元を離《はな》れて大丈夫《だいじょうぶ》なのですか」

　喜八郎《きはちろう》さんは、きざみ煙草《たばこ》の葉をキセルに詰《つ》めて、遠い目をした。

「そこなんじゃ。母御《ははご》にずっといてもらうのも難《むずか》しいだろうし・・・求吾《きゅうご》先生、何か良いお知恵《ちえ》はないもんじゃろうか」

　求吾《きゅうご》先生も腕《うで》を組み考え始めた。

「なにか妙案《みょうあん》はござらんかの。私《わたくし》の嫁《よめ》はまだ来たばかりで何の役にも立たぬだろうし」

「実は、せがれの源右衛門《げんうえもん》（後の麗沢《れいたく》）がその子とほぼ同年齢《どうねんれい》でな、遊び相手になってくれんかと思っているのです」

「なるほど・・・」

求吾《きゅうご》先生の頬《ほお》が緩《ゆる》んだ。


数日が過《す》ぎた。早速《さっそく》、求吾《きゅうご》先生のお屋敷《やしき》の門を叩《たた》く者がいた。

藤村家《ふじむらけ》の手代であった。

「先生、先生、求吾《きゅうご》先生はご在宅《ざいたく》か」

十文字に襷《たすき》をつけた大介《だいすけ》さんが、屋敷内《やしきうち》から飛び出してきた。

「はい、兄は現在治療中《げんざいちりょうちゅう》です。しばらくお待ちください」

すると手代の目が点になった。

「まぁ、大きゅうなられて、ついこの前まで、その辺《あた》りで遊んでいたのに・・・何歳《さい》になられたのですか？」

「はい、十四歳《さい》になります」

利発そうな少年に、手代は※一目置いた。

「しばらくお待ちください。すぐに兄上に伝えて参りますので」

大介《だいすけ》さんと共に玄関《げんかん》に入った手代が、「ありがとうございます。私《わたくし》はここで待たせていただきます」と言いながら、玄関《げんかん》かまち（上《あ》がりかまち）に座《すわ》ろうとすると、大介《だいすけ》さんが、「座布団《ざぶとん》を持って参ります」と立ち上がった。

※敬意を払うこと

※玄関や勝手口など、土間と床に段差のある部分に取り付けられた横板の化粧材のこと。

※頭を左右に振り、否定すること

「本当に十四歳《さい》なのですか。子どもの仕草とは思えませぬ」

素早《すばや》い行動に手代は目を疑《うたが》った。


しばらくすると、求吾《きゅうご》先生と大介《だいすけ》さんが玄関先《げんかんさき》へ出てきた。

すると、飛び上がるように立ち上がった藤村家《ふじむらけ》の手代に対して、求吾《きゅうご》先生は血相《けっそう》を変え、その場で土下座《どげざ》した。

何も分からない大介《だいすけ》さんは、ただオロオロとするばかりであった。

「大変、失礼なことをしてしまい、申し訳《わけ》ございません」

なぜ謝《あやま》るのか分からず、怪訝《けげん》そうな顔をする大介《だいすけ》さんに向かって求吾《きゅうご》先生は叱《しか》った。

「藤村家《ふじむらけ》の手代であろうお方を、かような※上がりかまちに座《すわ》らせておくなんて、大介《だいすけ》、これは無礼千万《ぶれいせんばん》でありますぞ」

恐縮《きょうしゅく》するのは手代の方であった。

「求吾《きゅうご》先生、とんでもない。こうして座布団《ざぶとん》まで出していただき、申し訳《わけ》ないのは私《わたし》の方です」

手代は求吾《きゅうご》先生に※かぶりを振《ふ》った。

「とんでもございません」

求吾《きゅうご》先生は振《ふ》り向き、大介《だいすけ》さんに静かに言い聞かせた。

「大介《だいすけ》、かような時は、座敷《ざしき》に上がっていただくのが筋《すじ》ですぞ」

※余木崎近くの箕浦村の本村には、二つの番所が置かれていた。境界番所と丸亀藩斥候《せっこう》番所である。番所は関所のような治安・警察的役割を果たしており、役人から通行手形の提示が求められた。現在の空港の出入国在留管理庁みたいな役所である。箕浦の丸亀藩斥候番所は、現在、高松市の屋島山麓にある四国村に保存されている。瓦には丸亀藩京極家の「平四《ひらよ》つ目結《めゆい》」の家紋が付いている。

「兄上、申し訳《わけ》ございません」

弟を優《やさ》しく諭《さと》す兄。

そして、謙虚《けんきょ》な姿勢《しせい》で兄に頭を下げる弟の姿《すがた》を見て、手代は目を見張《みは》った。

我《われ》に戻《もど》った手代が、求吾《きゅうご》先生に話しかけた。

「求吾《きゅうご》先生、先《せん》だって我《わ》が当主が話されていた川之江《かわのえ》の廻船《かいせん》問屋のご子息の件《けん》ですが、先ほど亀錦橋《かめきんばし》近くの荷揚場《にあげば》に着いた船からの連絡《れんらく》によりますと、明朝、川之江《かわのえ》を出立《しゅったつ》されるとのことです」

「分かりました。大切なお方、大介《だいすけ》とりんに、箕浦《みのうら》村の※斥候《せっこう》番所までお迎《むか》えに行かせましょう」

「そっ、そんなご遠方までお迎《むか》えに行かなくても・・・」

「いやいや、喜八郎殿《きはちろうどの》の大切な客分《きゃくぶん》ならば、私《わたくし》の客分《きゃくぶん》同様でござる。あっ、むくにも付いて行ってもらおう」

「むく？　はて、おむく様とはどなたでございましょう？」

手代の目が左右に動いた。

求吾《きゅうご》先生はニヤリと笑いながら、「りんの遠縁《とおえん》にあたる娘子《むすめご》。利発な子じゃゆえ、一緒《いっしょ》に参らせましょう」

「はい、ではそのように我《わ》が当主に伝えておきます」

「藤村家《ふじむらけ》に到着《とうちゃく》されましたら、ご連絡《れんらく》ください。私《わたくし》はすぐに参ります

左琴弾山・川口　右こんぴら

　和田濱村には南北に主要な二筋の道が走っている。

　一本の道は金比羅街道。その名のとおりに、出発は金比羅宮。この道は現在の国道三七七号線と並行あるいは重複する部分が多い。今も旧道には、金比羅講が建てた常夜灯（灯籠）が残っている。この道は大野原村の白坂付近から和田濱村に入ると、現在の「観音寺市豊浜総合体育館（愛称、すぽっシュＴＯＹＯＨＡＭＡ）」を横切る形で大道筋（本町）につながる。本町の薬師堂には「金毘羅宮大門より六里」と書かれた大きな道標が建っている。


から」

　手代は、濱《はま》合田家を後にした。

　翌朝《よくあさ》、朝日が顔を出し始める頃《ころ》、私《わたし》と、おりん様《さま》、大介《だいすけ》さんの三人で、濱《はま》合田家を後にした。

　大人の足だと、箕浦《みのうら》まで約一時間なのに、私《わたし》たち三人は一時間半近くかかった。

　豊浜八幡《とよはまはちまん》神社近くの宮の端《はな》を過《す》ぎた。

「おりん様、まもなく和田村に入ります」

「大介《だいすけ》さん、ありがとう。私《わたくし》、お嫁《よめ》に来たばかりだから、地名がよくわからないの」

　和田村には現在《げんざい》とよく似《に》た小字《こあざ》があった。


　宮の端《はな》を過《す》ぎると、右手には砂丘《さきゅう》が広がっていた。

　そして、海が見えた。

　私《わたし》にとっては久《ひさ》しぶりに見る海。

「大介《だいすけ》さん、海が近くに見えております」

「はい、あの砂丘《さきゅう》はずっと正面の大谷山《おおたにやま》まで広がっております」

　今より、海がかなり内陸部まで入り込《こ》んでいる。

もう一本の道、それは観音寺から続く観音寺道。花稲村から姫濱村の北原、濱（東浜）、南を通り、白坂川に架かる亀錦《かめきん》橋を渡り、藤村家の屋敷跡付近を右に曲がり、中筋（中之町）へと続く。

これら二本の道は八幡神社の入り口付近（宮の端《はな》）で合流し、伊予街道となる。

伊予街道は川之江を経て、遠くは松山の御城下へと続く。

西讃府志によると、和田村には「食場《じきば》（直場《じきば》）」「岡《おか》」「大開《おおびらき》（大平木《おびらき》）」「本村《ほんむら》」「院内《いんない》」「城之端《しろのは》」「雲岡《くもか》」「長谷《ながたに》」「坂之下《さかのした》」「三ツ《みつ》溝《みぞ》（道溝《みちみぞ》）」「鍛冶屋《かじや》（梶谷《かじや》）」の小字がある。


吉田川《よしだがわ》に架《か》かっている吉田橋《よしだばし》を越《こ》えると「大平木《おびらき》（大開《おおびらき》）」に入った。

そして、小さな集落を抜《ぬ》ける。

突然《とつぜん》、大介《だいすけ》さんが左手を指さした。

「おむく様、あの付近には船が沈《しず》んでおります」

「えっ、船が・・・」

あの辺りは、鉄道の線路が走っている。

しかも海岸からかなり離《はな》れている。

なんでこんなところに船が・・・

私《わたし》は、よく意味が分からなかった。

その事実が分かったのは、私《わたし》が大人になってからのことだった。


「おりん様、まもなく箕浦《みのうら》村に入ります」

「おりん様、少し休みませんか」

私《わたし》は足がかなり痛《いた》くなってきた。

草履《ぞうり》なんか履《は》いたことがない。

箕浦《みのうら》へは国道十一号線を車で走れば五分ほどだけど、そんなものあるはずがない。

エノキという大木の下に祠《ほこら》があった。

西讃府誌の和田村（塚墓）の項に、「塚三　船岡塚ト号ク広二段餘、田間ニアリ、相伝フ、昔大船暴風ニアヒ、此処ニ沈メリ、其處遂ニ岡トナレリ、里人誤テ穢スコトアレバ必ス祟リヲナスト伝、近キ頃此アタリニ井ヲ穿チシニ、船ノ具ナドヲ得タル者アリトナム、又錠塚トテ大小二ツ、其カタヘ二アリ」と書かれている。

また、国祐寺十五世の住職日豊上人が宝暦年間（一七五一～一七六四）頃書き残した記録「当山新社草創の濫觴・古実伝聞諸式記録」の中に、「俗語ニ曰大己貴尊、出雲国ヨリ当郷ノ浦、着岸ノ時御船ヲ止メシ處ヲ船岡ト云、碇ヲ懸所ヲ千今ニ碇塚ト伝フ大碇、小碇トテ二箇所在之」とある。

このように、船岡には、色々な言い伝えがある。

※江戸幕府は慶長九年（一六〇四）に東海道など全国の主要街道を整備し、江戸・日本橋を起点として一里ごとに五間（約九メートル）四方の塚を築き、エノキ、松、けやき、杉などの木を植えた。旅人にとっては旅程の目安になり、馬や駕籠の賃金の目安となった。

ここが※一里塚《いちりづか》。

（このあたりは、ちょうど箕浦駅《みのうらえき》の近くや）

しばらく休んで再《ふたた》び歩き始めた。

すると、先頭《せんとう》を歩いていた大介《だいすけ》さんが振《ふ》り向いた。

「おりん様、姉上様、まもなく番所に着きますよ」

（やっと着く・・・ホッ）

私《わたし》は余木崎《よきざき》の方を指さして尋《たず》ねた。

「おりん様、尾藤《びとう》様はいつ到着《とうちゃく》されるのですか？」

大介《だいすけ》さんが心配そうになって答えた。

「さぁ、いつでしょうね」

通信手段《しゅだん》が極《きわ》めて乏《とぼ》しい中、それは誰《だれ》にも分からなかった。

そんな時、大介《だいすけ》さんが海を指さして、不思議なことを言い出した。

「兄上が余木崎《よきざき》から六町半（約七百メートル）ほど沖合いに、『千軒ケ家《せんげんがいえ》浦《うら》』という集落が沈《しず》んでいると申しておりました」

「えっ、それはどういうことなのですか？」

そのような話を私《わたし》は初めて聞いた。

「はい、※豊前《ぶぜん》の国で起きた大地震《おおじしん》で津波《つなみ》が発生し、陸が沈《しず》んだと兄が申していました」

「恐ろしや。それは大介さん、いつ頃のお話でしょうか？」

「はい、今から二百五十年ぐらい昔のお話です。秀吉《ひでよし》の頃《ころ》です」

「えっ、秀吉《ひでよし》・・・」

大介《だいすけ》さんの口から秀吉《ひでよし》という言葉を聞き、歴史《れきし》がより一層《いっそう》身近に感じられた。

半刻《はんとき》（一時間）ほど待っていると、余木崎《よきざき》を回ってやってくる一隻《いっせき》の船があった。

帆《ほ》が張《は》られている。

「おりん様、もしやあの船では」

大介《だいすけ》さんが指さした。

私《わたし》も目を凝《こ》らせて見続けた。

船は定期的に川之江《かわのえ》の港と箕浦《みのうら》を結んでいる。

船が近づくと、帆《ほ》が下ろされ、惰性《だせい》で箕浦港《みのうらこう》に入港してきた。

船に何人かの人が確認できた。

その中に、ご婦人《ふじん》と※いざり車（箱車）に乗っている男の子、そして、その側には奉公人《ほうこうにん》のような男の人の姿《すがた》が見えた。

その番所で、私《わたし》ははじめて武士《ぶし》といわれる方を見た。

※慶長豊後地震といわれている。文禄五年（一五九六）、閏七月（九月一日もしくは四日）、豊後の国、現在の大分県で発生した地震。震源地は別府湾。死者は約八〇〇人。この年の閏七月には、慶長伊予地震や慶長伏見地震が発生。天変地異が多い年のため、同年十月に文禄から慶長に改元された。

江戸時代、讃岐と伊予の往来には一般的に船が使用されていた。なぜなら、余木崎を歩いて越えることはできないから。余木崎一帯が鋭い崖になっていて、物理的に潮が引いた大潮の時以外は、海岸伝いに行くことができない。

箕浦村には、本村（箕浦）、堀切、関谷という三つの小字名がある。

関谷で製綿業が盛んになったのは明治時代になってからのこと。明治時代に入って、製造された綿を積み出すための関谷港が造られたので、江戸時代、関谷港はなかった。

箕浦の一里塚の跡

西側は断崖絶壁となっており、余木崎まで岩場が続いている。少し開けた場所があり、松の林が群生している場所があった。この付近の地名を「四ノ松」という。

丸亀《まるがめ》のご城下から派遣《はけん》されているお役人だ。腰《こし》に日本刀を差している。

私《わたし》は遠くから見るだけに留《とど》めた。

しばらくすると番所から人が出てきたので、私《わたし》たちはその方々に近づいた。

「川之江《かわのえ》の尾藤《びとう》様でいらっしゃいますか？」

「はい、私は尾藤《びとう》温州《うんしゅう》の妻で『うめ』と申します」

物腰《ものごし》の低そうなご婦人《ふじん》が挨拶《あいさつ》された。

「私《わたくし》は和田《わだ》濱村《はまむら》、西濱《にしはま》の医者、合田求吾《きゅうご》の妻《つま》でりんと申します」

「私《わたくし》は求吾《きゅうご》の弟、大介《だいすけ》と申します」

二人の丁寧《ていねい》な挨拶《あいさつ》に圧倒《あっとう》され、私《わたし》はただ、たじたじとしているだけであった。

「まぁ、倅《せがれ》のために、こんな遠くまでお迎《むか》えに来られたのですか」

「はい、藤村《ふじむら》様と旦那《だんな》様とはご懇意《こんい》な仲。尾藤《びとう》様は、私《わたくし》どもにとって、大切な客人でございますから」

「まぁ、心温まるお言葉、ありがとうございます。倅《せがれ》の良佐《りょうすけ》です。良佐《りょうすけ》、みなさまにご挨拶《あいさつ》しなさい」

　箱車に乗っている良佐《りょうすけ》さんがちょこんと頭を下げた。

「そんな態度《たいど》ではいけません。きちんと言葉で挨拶《めいさつ》するのです」

※「いざり」とは、重度な障害のため、腹や膝を地面につけたまま移動する足が不自由な人を指す。

　この言葉は他者の人格を否定する極めて暴力的な言葉であり、差別用語である。したがって現在では死語として使われていない、今後も、絶対に使ってはいけない言葉である。

　ただ、歴史的用語として、この場面だけ使用させていただく。箱車は葛飾北斎の浮世絵にも「いざり車」という名称で描かれている。平らな木の箱に小さな木の車が付けられている。そして、手で握った棒で地面を押して進む。主に、物乞いをして生きていた人たちが使用していたものと思われる。

　足の不自由な子どもを川之江から連れて来る時、この箱車を改造して、現在の車イスのような補助車として使用したのではないかと考えた。

五歳《さい》の男の子が礼儀《れいぎ》正しい挨拶《あいさつ》などできるはずがないのだが、良佐《りょうすけ》さんは自分の置かれている立場を理解《りかい》した。

この聡明《そうめい》な男の子が誰《だれ》だったのか、あの頃《ころ》の私《わたし》には分からなかった。

子どもは箱車に乗せられ、私《わたし》たち六人は、再《ふたた》び箕浦《みのうら》から伊予《いよ》街道（金比羅《こんぴら》街道）を北東に進んだ。そして、太陽が西に傾《かたむ》き始めようとした頃《ころ》、藤村《ふじむら》家に到着《とうちゃく》した。

到着の知らせを受けた求吾《きゅうご》先生は、さっそく藤村《ふじむら》家に向かった。

藤村《ふじむら》家の大きな門をくぐりお屋敷《やしき》の中に入ると、きれいに剪定《せんてい》された多くの松が植えられている。

その松を見ているだけでも、豪商《ごうしょう》、藤村《ふじむら》家の格式《かくしき》の高さが伺《うかが》える。

庭の近くに、箱車がぽつんと置かれていた。

「誰《だれ》か、いますか」

求吾《きゅうご》先生が大声をあげると、座敷《ざしき》から手代が飛び出してきた。

「求吾《きゅうご》先生、早速《さっそく》ご足労《そくろう》いただきまして、申しわけございません。さぁ、どうぞ、どうぞ」

求吾《きゅうご》先生と薬箱を持った大介《だいすけ》さんが座敷《ざしき》へ通された。

床《とこ》の間には水墨画《すいぼくが》の掛《か》け軸《じく》が掛《か》かり、花瓶《かびん》には華道《かどう》を究《きわ》めた師匠《ししょう》が生《い》けたと思われる見事な向日葵《ひまわり》が飾《かざ》られていた。

余木崎
和泉層波蝕奇岩群

そして、上座《かみざ》には正座《せいざ》された藤村喜八郎《ふじむらきはちろう》さんが、そして、下座《しもざ》には足を投げ出した五歳《さい》の少年と、その隣《となり》にはご婦人《ふじん》が、その後ろには尾藤《びとう》家の手代が正座《せいざ》されていた。

見慣《みな》れない風体《ふうてい》をした求吾《きゅうご》先生の姿《すがた》を見た男の子は、母の横に隠《かく》れるような仕草をした。しかし、そこは年齢差《ねんれいさ》も近い大介《だいすけ》さんである。

大介《だいすけ》さんは男の子に近寄《ちかよ》り、良佐《りょうすけ》さんに優《やさ》しく話しかけた。

「何も怖《こわ》がることはございません。私《わたし》たちはそなたの足を治しに来たのですから」

すでに手代からの報告《ほうこく》を受けていた喜八郎《きはちろう》さんだが、大介《だいすけ》さんの鮮《あざ》やかな振《ふ》る舞《ま》いに目を奪《うば》われた。

「大介《だいすけ》さん、しばらく見ないうちに、大きゅうなられて。この子の足をどうかよろしくお願いしますぞ」

慌《あわ》てたのは大介《だいすけ》さんの方であった。

「いえいえ、私《わたし》はただ兄上の手伝いに参っただけですので」

求吾《きゅうご》先生は、喜八郎《きはちろう》さんと男の子の母親の方に向かい、「大介《だいすけ》は私《わたし》の助手のように動いております」と話された。

「求吾《きゅうご》先生、それは頼《たの》もしいこと。将来《しょうらい》が楽しみですな」

と喜八郎《きはちろう》さんは目を細めた。

※丁寧《ていねい》で礼儀《れいぎ》正しく

※船の甲板に設置されている構造物。

「いいえ、とんでもない。この先どうなることやら。それより早速《さっそく》、この子の足を診《み》せていただきたい。どうされましたか」

良佐《りょうすけ》さんの母、おうめ様は求吾《きゅうご》先生に一礼《いちれい》した。

「私《わたくし》どもは藤村《ふじむら》様のように川之江《かわのえ》村で廻船《かいせん》問屋を営《いとな》んでおります尾藤《びとう》と申します」

おうめ様は※慇懃《いんぎん》に振《ふ》る舞《ま》い、求吾《きゅうご》先生に頭を下げた。

「私《わたくし》はこの近くで町医者をしております合田求吾《きゅうご》と申《もう》します。見たところ、相当な、お怪我《けが》をされたみたいですな」

おうめ様は涙《なみだ》を流しながら答えた。

「はい、私《わたし》が少し目を離《はな》した時、高い岸壁《がんぺき》から舟溜《ふなだ》まりに落ちまして・・・」

「海の中に落ちたのですか？」

求吾《きゅうご》先生は男の子の方を見つめた。

「いいえ、高い堤防《ていぼう》から船《ふね》の※かまちへ、そして、そのまま船倉《せんそう》に落ち込《こ》んだのです」

「それは大変なこと・・・」

「そして、右足の太ももの骨《ほね》を折ってしまったのです」

「でも物は考えようです。もし、海の中に落ちていれば・・・この子はここには居《お》りませぬ」

良佐の足の怪我は大腿骨骨折であった。「骨接ぎ」という名で骨折や脱臼の治療をする時もあったが、複雑骨折のような重傷の場合は、完治できない場合が多く、足を引きずっての生活を余儀なくされた。

日本で初めて理学療法が始まったのは大正時代からだと言われている。江戸時代の頃は、骨折した骨をなんとかつなぐことができても、元の生活に戻るためのリハビリという概念はなかった。

「それはそうですね」

求吾《きゅうご》先生の一言に、おうめ様の目に一筋《ひとすじ》の光が射《さ》したように私《わたし》には見えた。

「これ、求吾《きゅうご》先生にきちんとご挨拶《あいさつ》をしなさい」

おうめ様の背後《はいご》に隠《かく》れるようにしていた男の子が頭を上げた。

「そなた、名は何と申される？」

求吾《きゅうご》先生が優《やさ》しく問いかけた。

「良佐《りょうすけ》・・・」

「これ、きちんと、ご挨拶《あいさつ》しなさい。あなたはもう五歳《さい》になられたのですよ」

おうめ様からの叱責《しっせき》に、男の子はその態度《たいど》を改めた。

「良佐《りょうすけ》と申します。先生、どうか私《わたし》の足の怪《け》我《が》をお治しください」

良佐《りょうすけ》さんのきちんとした振《ふ》る舞《ま》いに、求吾《きゅうご》先生は唸《うな》った。

「なかなかしっかりとしておられる子じゃ。でも足の怪《け》我《が》を治すには相当な時間がかかります。お母様としばらくお別れしないといけませんが、大丈夫《だいじょうぶ》なのですか」

良佐《りょうすけ》さんはおうめ様の方をそっと向いた。

「良佐《りょうすけ》、川之江《かわのえ》を出立《しゅったつ》する時、お話したでしょう。我慢《がまん》できるでしょうね」

良佐《りょうすけ》さんは下を俯《うつむ》いたままであった。

「あなたはもっと強い子にならなくては・・・」

人の気配《けはい》を察した喜八郎《きはちろう》さんが、扇子《せんす》を持った手を伸ばして大きな声を発した。

「これ『みつ』に『源右衛門《げんうえもん》』、そこに隠《かく》れるようなまねはせず、ここへ出て来なさい」

すると、大きな屏風《びょうぶ》の後ろに隠《かく》れていた、おみつさんと源右衛門《げんうえもん》さんが笑顔で出てきた。

二人とも、良家のご子息《しそく》だけあって、きちんとした見だしなみであった。

「はーい、お父上」

二人は屏風《びょうぶ》の横に正座《せいざ》し、父、喜八郎《きはちろう》さんの声を待った。

「尾藤《びとう》様、この子たちは、良佐《りょうすけ》さんの何かお役に立てばと思いまして・・・これ、みつからきちんとご挨拶《あいさつ》しなさい」

十歳《さい》のおみつさんは、お嬢《じょう》様らしく振《ふ》る舞《ま》った。

「はい、私《わたくし》はみつと申します。良佐《りょうすけ》さん、どうか私《わたし》を姉だと思って、困《こま》ったことがあれば何なりと・・・」

姉の態度《たいど》を横で見ていた源右衛門《げんうえもん》さんも、五歳《さい》とは思えないような物言《ものい》いをした。

この二人、後の良佐《りょうすけ》さんから大きな影響《えいきょう》を受けることになるのだが、この時、良佐《りょうすけ》さんって誰《だれ》なのか、知る由《よし》もなかった。


求吾《きゅうご》先生が急に話題を変えた。

「実は、弟の大介《だいすけ》以外にもう一人、頼《たよ》りになる娘子《むすめご》がおりましてな」

みんなの視線《しせん》がサッと私《わたし》に向けられた。

(えっ・・・この私《わたし》のこと・・・)

私《わたし》は、恥《は》ずかしくなった。

江戸《えど》時代の言葉なんか話せない。

(えーい、時代劇《じだいげき》のような話し方をすればいいんだ)

と、私《わたし》は開き直った。

「私《わたし》はむくと申します。大介《だいすけ》さんの従兄弟《いとこ》にあたります。今後ともどうかよろしゅうお願い申しあげます」

礼儀上《れいぎじょう》、私《わたし》は頭に付けていた藍染《あいぞ》めの手ぬぐいを外しながら、そして、畳《たたみ》に頭をつけながら返答したつもりであったが、ここでもみなさんの視点《してん》は私《わたし》の頭髪《とうはつ》に向けられた。

この髪型《かみがた》について、どのような言い訳《わけ》をすればいいのだろうかと、私《わたし》は返答《へんとう》に窮《きゅう》していると、そこは求吾《きゅうご》先生が助け船を出してくださった。

「この娘《こ》は長崎の方へ行っておりまして、どうやら紅毛《こうもう》や南蛮《なんばん》の影響《えいきょう》を受けたみたいで・・・」

すると、喜八郎《きはちろう》が※間髪《かんぱつ》を入れず応《こた》えた。

「なっ、なんと、この娘子《むすめご》、求吾《きゅうご》先生や大介《だいすけ》さんよりも一足《ひとあし》早く、長崎に行かれていたとは・・・おむく殿《どの》、また、ゆるりと長崎の話をお聞かせください」

（私《わたし》は長崎へは行ったことがない・・・歴史や地理で習ったことを話せばいいんだ・・・）

私《わたし》はゆっくりと頭を上げて、喜八郎《きはちろう》さんを見た。

（えっ、なんで田中のおっちゃんがここに・・・）

「失礼いたします・・・」

障子《しょうじ》の後ろから声がした。

障子《しょうじ》がそっと開く。

日本髪《にほんかみ》を結い、明るい花柄《はながら》の着物を着こなした上品そうな女性《じょせい》が現《あらわ》れた。

「私《わたくし》は喜八郎《きはちろう》の妻《つま》、はると申します。尾藤《びとう》様、本日は遠路はるばると和田濱《わだはま》村までお越《こ》しになられました。本日はどうかゆるりとお泊《と》まりください」

※とっさに、すぐさま

すると、良佐《りょうすけ》さんの母御《ははご》が、「こちらこそ、こんなにしていただきありがとうございます」と頭を下げた。

「粗食《そしょく》ですが、ご夕食を準備《じゅんび》いたしましたので・・・」

はるがパンパンと手を叩《たた》くと、長い廊下《ろうか》を五人の女中（お手伝いさん）がうやうやしく箱膳《はこぜん》を持《も》って現《あらわ》れた。

しかし、求吾《きゅうご》先生は箱膳《はこぜん》をチラッと見ただけで立ち上がろうとした。

「求吾《きゅうご》先生、どうかご夕食を・・・」

喜八郎《きはちろう》さんが引き留《と》めようとしたが、

「いやいや私《わたくし》は、先にこの子を診《み》させていただきます」と大介《だいすけ》さんを誘《さそ》った。

求吾《きゅうご》先生と大介《だいすけ》が別室へ良佐《りょうすけ》さんを連れて行こうとした時のことであった。

床《とこ》の間《ま》に飾《かざ》られていたひまわりが求吾《きゅうご》先生の目に留《と》まった。

「喜八郎殿《きはちろうとの》、この花は何と申しますか？」

当時、珍《めずら》しかったひまわりに、喜八郎《きはちろう》さんは目を輝《かがや》かして説明した。

「これは、『日に向かう葵《あおい》（向日葵《ひまわり》）』と書きましてな、『ひまわり』と呼《よ》びます」

「ほー、ひまわり・・・私《わたくし》にとって初めて見る花ですな。こんな立派《りっぱ》に生けられたのはどなたでしょうか。この近くに華道《かどう》に熟達《じゅくたつ》した方がい

　ひまわりは北アメリカが原産。日本へは十七世紀の元禄時代に中国から伝わったといわれる。当時は「丈菊《じょうぎく》」と呼ばれ、人気のある花ではなかった。花があまりにも大きすぎたからである。貝原益軒は著書「大和本草」の中で、ひまわりのことを「最も下品な花なり」と書いて酷評している。当時の日本人の感覚では、小さくてかわいい花が好まれたからである。

なお、ひまわりを「日まわり」と呼んだのは、貝原益軒が最初だと言われている。

　太陽の方向を追うように回ることから名付けられた。

　みつはひまわりが大好きであった。昨年、上方（大坂）から到着した弁才船の船頭が、たまたまひまわりの種を持ち帰った。何の花の種かも分からず、みつは大切に育て、花を咲かせた。その花の大きさもさることながら、いつも太陽に向かう、凛とした姿と美しさに感動した。みつには平均的な女性とは異なる感性が備わっていたのかもしれない。


らっしゃいましたか」

喜八郎《きはちろう》は、満足そうに微笑《ほほえ》んだ。

（そうか、日本に伝わってそんなに時間が過《す》ぎていないのか・・・）

日頃《ひごろ》、見慣《みな》れているひまわりに、私《わたし》は興味《きょうみ》が沸《わ》いてきた。

一瞬《いっしゅん》の間が空いた。

「求吾《きゅうご》先生、生けたのはこの娘《こ》ですよ」

喜八郎《きはちろう》さんはおみつさんを自分の近くへ引き寄《よ》せた。

「えっ・・・」

求吾《きゅうご》先生は花の美しさにハッと息を呑《の》んだ。

そして、おみつさんをじっと見つめた。

「喜八郎殿《きはちろうどの》、これは頼《たの》もしいことですな」

求吾《きゅうご》先生はしばらくひまわりに見とれていた。

良佐《りょうすけ》さんは、生涯《しょうがい》、梅の花を愛する人となった。

花を愛するその心の根底には、同じく花を愛するおみつさんの優《やさ》しさを、良佐《りょうすけ》は感《かん》じ取《と》っていたのかもしれない。

翌日《よくじつ》から良佐《りょうすけ》さんへの治療《ちりょう》が始まった。

藤村家《ふじむらけ》に求吾《きゅうご》先生と大介《だいすけ》さんが通う。

それにこの私《わたし》までが付き人となった。

良佐《りょうすけ》さんの足を見た瞬間《しゅんかん》、求吾《きゅうご》先生の目には自分に課せられた責《せ》めを強く自覚したように映《うつ》ったみたい。

良佐《りょうすけ》さんは自分で右足を曲げることができない。

もちろん自分で歩くことはおろか、立つこともできない。

しかも求吾《きゅうご》先生は内科医である。

しかし、医者は患者《かんじゃ》に弱みを見せることはできない。

「良佐《りょうすけ》さん、私《わたくし》と一緒《いっしょ》に歩くことができるようにしましょう」

求吾《きゅうご》先生の頼《たの》もしいお言葉に、私《わたし》までが勇気をいただいたような感じがした。

「はい・・・」

蚊《か》の鳴くような、か細い返事が聞こえてきた。

麻酔《ますい》がない時代、手術《しゅじゅつ》はできず、治療《ちりょう》には想像《そうぞう》を絶《ぜっ》する苦痛《くつう》が伴《ともな》った。

「ギャー」

良佐さんに寄り添い、求吾《きゅうご》先生がゆっくりと良佐《りょうすけ》さんの右足を曲げる。

すでに大腿骨《だいたいこつ》は無事につながれているが、長い間、足を曲げていなかったので、曲げることができない。

それから毎日、藤村家《ふじむらけ》のお屋敷《やしき》から悲痛《ひつう》な叫《さけ》びが聞こえてきた。

良佐《りょうすけ》さんの苦しむ声を聞いていると、私《わたし》は居《い》たたまれなくなった。

十八世紀後半、最高の外科医と名声を馳せたのは、長崎の大通詞（通訳）、吉雄《よしお》耕牛《こうぎゅう》であった。この人は、求吾・大介兄弟に大きな影響を与えることになるのだが、それはもう少し後のこと。

良佐《りょうすけ》さんが逗留《とうりゅう》（滞在《たいざい》）しているお屋敷《やしき》の窓《まど》から、池や大きな木が見えた。

季節によって池には鶴《つる》や鴨《かも》が飼《か》われていた。

そんなある日のことだった。

姉のおみつさんと弟の源右衛門《げんうえもん》さんが大木の幹《みき》の回りで遊んでいた。

私《わたし》と大介《だいすけ》さんが良佐《りょうすけ》さんの部屋を訪問《ほうもん》した時、良佐《りょうすけ》さんは外の景色をじっと見つめていた。

私《わたし》たちを見つけた良佐《りょうすけ》さんは、這《は》いながらやって来た。

「大介《だいすけ》様、私《わたくし》はいつになればおみつ様や源右衛門《げんうえもん》様と一緒《いっしょ》に遊ぶことができるのでしょう」

大介《だいすけ》さんは、良佐《りょうすけ》さんの手を握《にぎ》り、優《やさ》しくこう話された。

「大丈夫《だいじょうぶ》ですよ。良佐《りょうすけ》さんは、毎日、少しずつ足を動かす練習をされています。きっとよくなりますよ」

私《わたし》は、近くにあった裁縫箱《さいほうばこ》を持ってきて、良佐《りょうすけ》さんに声をかけた。

「良佐《りょうすけ》さん、この裁縫箱《さいほうばこ》に手をついて、立ってご覧《らん》なさい」

怪我《けが》をして以来、初めて立つことに大変ためらっていたが、私《わたし》と大介《だいすけ》さんが良佐《りょうすけ》さんの両脇《りょうわき》を抱《かか》え、立たせてみた。

すると、ゆっくりと立つことができた。

振《ふ》り返ると、外で遊んでいたおみつさんと源右衛門《げんうえもん》さんも部屋に入ってきて、私《わたし》たち三人の行動を見ていた。

「良佐《りょうすけ》さん、がんばれ！　がんばれ！」

二人の応援《おうえん》が声援《せいえん》となって部屋中に響《ひび》き始めた。

この日から、良佐《りょうすけ》さんを歩かせるための、四人の共同作業が始まった。

「歩きたい」という強い信念が、良佐《りょうすけ》さんの心を動かし、少しずつではるが回復《かいふく》していったようだ。

求吾《きゅうご》先生はリハビリ的な治療《ちりょう》を大介《だいすけ》さんに任《まか》せた。

時々、求吾《きゅうご》先生が藤村《ふじむら》家を訪問《ほうもん》する時があった。

求吾《きゅうご》先生は、良佐《りょうすけ》さんの足の状態《じょうたい》を見て、その早い回復力《かいふくりょく》に驚《おどろ》かれたようだ。

奥座敷《おくざしき》に上がられた求吾《きゅうご》先生は、いつものように喜八郎《きはちろう》さんと会話を始める。

その大人の会話の中に、良佐《りょうすけ》さん、大介《だいすけ》さん、おみつさんに源右衛門《げんうえもん》さん、そして、私《わたし》のような子どもたちまでが入る。

なぜかというと、その時に出されるお茶とお菓子《かし》に興味《きょうみ》があったから。

以前、※梅《うめ》ゲ枝餅《えもち》が出された。でもこれは福岡の太宰府天満宮《だざいふてんまんぐう》で売られているお餅《もち》のような梅《うめ》ゲ枝餅《えもち》ではない。

※梅ゲ枝餅が当地に伝わったのは江戸時代の後期。だからこの時代に梅が枝餅はなかったが、当地を紹介するために登場させた。

元祖は大黒屋・富田保治が、四国巡拝に来た京都の名僧からその製法を授かったといわれる。

※「ニッキ」とは、クスノキ科の常緑樹を原料として作られる香辛料。京都のお菓子、八つ橋にも使われている。よく似ているものにシナモンがある。ニッキは木の根から作られているのに対して、シナモンは樹皮から作られる。

※西讃府志」には、「唐饅頭ハ長崎ヨリ伝ヘツルトテ、和田濱ナル長崎屋、永徳屋ナド、最名ヲ得テ地方ニヒサゲリ（売れり）」と書かれている。

緑、ピンク、白の三層《そう》からできている菱餅《ひしもち》を薄《うす》く伸《の》ばした手のひらサイズのお菓子《かし》。※「ニッキ」が入っている。

そして、今日は、※唐饅頭《とうまんじゅう》。豊浜《とよはま》では唐饅《とうまん》と呼《よ》ばれている。

三人の女中（お手伝い）さんが、うやうやしくお盆《ぼん》に盛《も》られた唐饅《とうまん》にお茶を持って来られた。

薄《うす》くて堅《かた》い生地《きじ》から焼かれる郷土《きょうど》のお菓子《かし》だ。

「唐饅《とうまん》を食べていると、紅毛《こうもう》の香りがしますね」

「さすが求吾《きゅうご》先生、よくご存知《ぞんじ》で」

「先日、梅《うめ》ゲ枝餅《えもち》を食べていると、京都の香りがしました。そして、今日は長崎伝来のお菓子《かし》。いずれ京都や長崎へも行ってみたいものです」

求吾《きゅうご》先生と喜八郎《きはちろう》さんがニコニコされながらお話をされていた。

このような話を聞くのを、子どもたちはすごく楽しみにしていた。

そして、いつの時代でも変わらないのが、学問の大切さ。

「しっかりと本を読みなさい」

この一言が、求吾《きゅうご》先生と喜八郎《きはちろう》さんの共通した答えであった。

喜八郎《きはちろう》さんが良佐《りょうすけ》さんに向かってこう話された。

「そなたの傷《きず》は日々、癒《い》えている。もう少しで歩くこともできよう。でも治るということは、いずれ川之江《かわのえ》へ帰ることになる。当家には多くの書物がある。実は、みつや源右衛門《げんうえもん》のために、大坂から取り寄《よ》せた本が一杯《いっぱい》あるのだ。我《わ》が家にいる間、しっかりとお読みくだされ」

「なるほど、それはすばらしいこと。良佐《りょうすけ》さん、物事を悲観的（悲しく）に考えてはなりませぬぞ。怪我《けが》をすることは辛《つら》いこと。でも、今はその学問ができるよい機会ですぞ」

求吾《きゅうご》先生が良佐《りょうすけ》さんを諭《さと》すように話された。

すると、おみつさんが奥《おく》の部屋から多くの本を抱《かか》えてきた。

「良佐《りょうすけ》さん、これは父上が私《わたくし》たちのために買われた※赤本です。いつでもお読みください」

「ありがとうございます」

赤本を受け取った良佐《りょうすけ》さんは、早速《さっそく》読み始めた。

絵も描《えが》かれている。

「桃太郎《ももたろう》」とか「鼠《ねずみ》の嫁入《よめい》り」といった私《わたし》が知っているお話もある。

それからの良佐《りょうすけ》さんは、足の治療《ちりょう》と読書に明け暮《く》れる日々となった。

良佐《りょうすけ》さんの母御《ははご》は月に一度来られるぐらいであったが、おみつさんと源右衛門《げんうえもん》さんの三人は、兄弟のような仲になり、次第に藤村《ふじむら》家での生活に馴染《なじ》んできた。

秋になった。お祭りだ。

この時代に「ちょうさ（太鼓台《たいこだい》）」はまだない。

※　唐饅頭は和田濱村、中筋（中之町）の菓子職人、永徳屋久右衛門（平山姓）が、安土桃山時代から江戸時代の初頭、長崎へ行き、オランダ人からその製法を学んで作り始めた菓子。薩摩の黒砂糖が使われている。同じ製法による唐饅頭は愛媛県南予地方にもある。宇和島伊達藩の文献には、江戸まで運んだという記録がある。なお、カステラ生地タイプの唐饅頭が日本各地にあるが、それは全くの別物である。

※　赤本とは、江戸時代に幼児・児童向けに刊行された本。現在の絵本に近い。

豊浜ちょうさ祭り

西讃《せいさん》地方に「ちょうさ（太鼓台《たいこだい》）」が伝わったのは、江戸《えど》時代後期の文化・文政《ぶんせい》時代である。

だから御神輿《おみこし》を担《かつ》ぐだけのお祭り。

それでも多くの人たちが御神輿《おみこし》を見ようと、町中に繰《く》り出した。

羽織袴姿《はおりはかますがた》の喜八郎《きはちろう》さんが「本日はおめでとうございます」と言ってお花（ご祝儀袋《しゅうぎぶくろ》）を総代《そうだい》に渡《わた》す。

御神輿《おみこし》が藤村《ふじむら》家の大門の前を通る時、多くの男衆《おとこしゅう》によって差し上げが行われた。

そして、御神輿《おみこし》が揺《ゆ》さぶられる。

金糸銀糸《きんしぎんし》が舞《ま》い、大きな鈴《すず》が鳴る。

私《わたし》たちはその美しさに見とれた。

「私《わたくし》も大きくなったら、あのような御神輿《おみこし》を担《かつ》ぎたいです」

良佐《りょうすけ》さんが、小さくつぶやいた。

「もちろん、きっと担《かつ》げますよ」

この頃《ころ》になると、良佐《りょうすけ》さんの足の状態《じょうたい》もかなり良くなってきた。

まだ杖《つえ》が無ければ歩くことはできないが、それでも以前と比べると目を見張《みは》るような進歩であった。

秋も深まってきた。

良佐とは通称。名は孝肇《たかもと》。

次男、三男の通称は不明。

祖父は良佐の将来を案じ、良佐に歴史の話を毎日一杯聞かせたそうである。祖父は、この子は学問でしか身を立てることができないのではないか、ということを察したのかもしれない。

良佐は、祖父から色々な学問の話を聞くにつれて、世の中のことをもっと知りたいと思うようになった。そして、祖父の期待に沿い、「読み、書き、そろばん」はもちろんのこと、医者や僧侶、書道家など多方面の方から和歌や漢詩の作り方を習う。

宝暦十年（一七六〇）、十三歳の時、同郷の儒学者で医者であった宇田川楊軒《うだがわようけん》に儒学を学んでいる。

儒学とは、人はどのように生きるべきかを追究する学問。

宇田川は儒学の一派である荻生徂徠の徂徠学を学んでいる。

藤村《ふじむら》家のお屋敷《やしき》の柿《かき》が色づいてきた。

「ぼちぼち川之江《かわのえ》へ帰りますか。新年は川之江《かわのえ》で迎《むか》えたいでしょう」

求吾《きゅうご》先生が良佐《りょうすけ》さんにこう話された。

私《わたし》は、良佐《りょうすけ》さんの喜《よろこ》ぶ顔が見たかった。

しかし、良佐《りょうすけ》さんは少し暗い顔をされた。

すると求吾《きゅうご》先生が、「良佐《りょうすけ》さんはここでいつまでも逗留《とうりゅう》されるお方ではございません。また川之江《かわのえ》で一生を終えるようなお人でもありません。もっと、広い世界を見ようではありませんか」と言われた。

良佐《りょうすけ》さんは瞬《まばた》きを繰《く》り返した。

いよいよ良佐《りょうすけ》さんが帰る日がやって来た。

帰る時は、尾藤《びとう》家のご当主、尾藤温州《びとううんしゅう》様が直々にやって来られた。

同じ廻船《かいせん》問屋ということで、喜八郎《きはちろう》さんと温州《うんしゅう》様とは懇意《こんい》な仲。

そして、喜八郎《きはちろう》さんと求吾《きゅうご》先生は旧知《きゅうち》の仲。

「友の友は友」、温州《うんしゅう》様と求吾《きゅうご》先生とはすぐに打ち解《と》ける仲となった。

「求吾《きゅうご》先生、このたびは倅《せがれ》の足を治していただきまして、本当にありがとうございました」

「いやいや尾藤殿《びとうどの》、主に治療《ちりょう》に当たったのはこの子たちです。こちらに来なさい」

その後、同じ徂徠学者の片山北海《ほっかい》が大坂から川之江にやって来て講義をする。良佐は、その講義内容をすべて記憶する優秀な生徒になっており、片山北海は良佐に大坂へ行くことを勧める。

しかし、そのためには莫大な費用がいる。実はこの当時、尾藤家では、父の兄（長男）、つまり、良佐の伯父が尾藤家の財産を使い果たし、生活に困っていた。

しかし、この困難を救ってくれたのが、母方の叔父であった。

良佐が求吾と喜八郎に当てた漢文調の手紙（書簡）が今も残っている。

差し出しは安永元年（一七七二）八月二十八日、良佐が大坂に滞在した二十五歳の時のこと。

今だとまだ若い五十歳の求吾と喜八郎に対して「藤村、合田の二老人に与うる書」となっているのがおもしろい。あの当時、人の寿命は五十歳代であった。

尾藤《びとう》様にご挨拶《あいさつ》をした後、求吾《きゅうご》先生から一人一人が紹介《しょうかい》された。

「これは私《わたくし》の弟、大介《だいすけ》です。そして、藤村《ふじむら》家のご子息《しそく》の源右衛門《げんうえもん》さん、ご息女《そくじょ》のおみつさん。そして、私《わたし》の遠縁《とおえん》に当たるむくです」

尾藤《びとう》様も私《わたし》を見る目が変わっていた。

「この娘《むすめ》さんは、紅毛《こうもう》か南蛮《なんばん》から医学を学ばれたのですか」

私《わたし》の髪型《かみがた》を見た尾藤《びとう》様は、驚《おどろ》きを隠せぬ顔で尋《たず》ねた。

「いやいや、そんなことはありませぬ。長い間、長崎で暮《く》らしていましたので・・・」

「そっ、そうですか。本当にみなさまありがとうございました」

私《わたし》を見た尾藤《びとう》様は一瞬戸惑《いっしゅんとまど》ったみたいだ。

いよいよ亀錦橋《かめきんばし》の少し下流、荷揚場《にあげば》付近に接岸《せつがん》している藤村《ふじむら》家の小舟《こぶね》に、良佐《りょうすけ》さんとその父親が乗り込《こ》む。

まだ足を引きずってはいるが、驚《おどろ》くほどの回復力《かいふくりょく》だ。

とも綱《づな》が外《はず》され、小舟《こぶね》は静かに岸壁《がんぺき》を離《はな》れた。

揺《ゆ》れている船上に立つことは危険《きけん》なので、箱車に乗せられた良佐《りょうすけ》さんは、私《わたし》たちの姿《すがた》が見えなくなるまで手を振《ふ》り続けた。

沖合に停泊《ていはく》している尾藤《びとう》家の弁財船《べんざいせん》に、良佐《りょうすけ》さんたちが乗り込《こ》む。

そして、船は帆《ほ》を広げ、針路《しんろ》を川之江《かわのえ》に向けた。

その三年後の安永四年（一七七五）、良佐が川之江村に帰郷して金毘羅参詣をした時、「象頭山遊記《ぞうずさんゆうき》」という漢文調の記録文に「和田濱に到る。旧知藤村九皐《くこう》（喜八郎のこと）の郷なり。九皐は読書人にして、余（私）においては丈人（長老を大切に）の行たり・・・」と書いている。

弁財船（想像図）

その後、外科の大切《たいせつ》さを良佐《りょうすけ》さんから学んだ大介《たいすけ》さんは、求吾《きゅうご》先生に胸《むね》の内を打ち明けた。

「兄上様、私《わたくし》は外科の道を進みたいと考えております」

求吾《きゅうご》先生は力強くうなずいた。

川之江《かわのえ》に戻《もど》った良佐《りょうすけ》さんは、さっそく父と共に祖父《そふ》の尾藤義観《びとうぎかん》様の元を尋《たず》ねた。

祖父《そふ》は孫の状態《じょうたい》を見るなり、こう言い放った。

「良佐《りょうすけ》、よくがんばった。確《たし》かに足は良くなり、ゆっくりであるが歩くこともできるようになった。しかし、その足で船の乗ることは難《むずか》しいだろう。お前は長男だが、廻船《かいせん》問屋の仕事は、孝常《たかつね》（次男）と孝章《たかあき》（三男）に任《まか》せばよい。お前は、自分の欲《ほっ》する道を進めばよい」

明和七年（一七七〇）、良佐《りょうすけ》さんが二十四歳《さい》になった時、大坂へ行くことになった。

その道中、和田濱村《わだはまむら》の藤村《ふじむら》家を訪問《ほうもん》し、良佐《りょうすけ》さんは源右衛門《げんうえもん》さんに再会《さいかい》する。

喜八郎《きはちろう》さんを交えて、三人で夜が更《ふ》けるまで飲み明かしたに違《ちが》いない。

土佐藩の大名行列は、江戸時代初期の頃は、高知城から陸路で浦戸（桂浜付近）へ行き、そこから船に乗って室戸岬の沖合を越え、甲浦（現、高知県安芸郡東洋町）から大坂へ行くというルートをたどっていた。しかし、海上の距離が長く、室戸岬は台風の銀座で海の難所。船が難破したり、遭難したりして殿様の身に危険があってはいけないということで、享保三年（一七一八）、六代藩主、山内豊隆公からは、立川を通る北山越えとなった。険しい四国山地を越える土佐街道と呼ばれる道を通ることになる。そのために、前年の享保二年（一七一七）、土佐藩は村々から約七千人の人夫を動員し、立川番所から笹ヶ峰を越える道を作った。

参勤交代の一行は、高知城から立川番所まで向かい、そこで一泊。そして、翌朝の四時頃に出発。笹ヶ峰あたりで夜明けを迎え、新宮には昼頃に到着。そして、馬立本陣で休憩を取った後、川之江へ向かう。でも大雨などで銅山川が渡れない時は、馬立本陣に泊まった。

良佐《りょうすけ》さんは、きっとおみつ様にもお会いしたかったことでしょう。

「おみつ様はお嫁《よめ》に行かれて我《わ》が家にはおりませぬ」というお言葉を藤村《ふじむら》家の手代から聞かされた時の良佐《りょうすけ》さんの胸《むね》の内は、さぞかし計り知れないものがあったことでしょう。

良佐《りょうすけ》さんが川之江《かわのえ》に帰られて時が流れた。

正月が過《す》ぎ、二月に入ると、梅の花が咲《さ》き始めた。

以前、良佐《りょうすけ》さんが藤村《ふじむら》家のお屋敷《やしき》におられた時、「私《わたくし》は梅の花が大好きです」と言われた言葉が私《わたし》の頭に残っている。

ある日のことだった。おりん様が私《わたし》にこう言われた。

「おむくさん、まもなくすれば土佐の大名行列が和田濱《わだはま》村を通過《つうか》いたします。絶対《ぜったい》にお屋敷《やしき》から出てはなりませぬぞ」

「だっ、大名行列・・・」

私《わたし》は飛び上がった。

大名行列は小学生の時、聞いたことがある。

でもそれは歴史上《れきしじょう》の言葉であって、遠い存在《そんざい》だと思っていた。

「おりん様、大名行列って、『下にぃ、下にぃ』と言いながら、参勤交代《さんきんこうたい》のために殿《との》様が江戸《えど》へ行かれることですね」

本陣とは、殿様や上級武士が宿泊するところ。

今も四国中央市新宮町には、当時の建物が残っている。新宮のインターチェンジを降りると、道の駅「霧の森」がある。その近くには、殿様や上級藩士が宿泊したり休憩したりする馬立本陣がある。

土佐街道は、現在の高知自動車道とほぼ並行したコース。立川パーキングエリア（高知県大豊町、下り車線）と馬立パーキングエリア（四国中央市新宮町、上り車線）という名称は、その名の通り、立川番所や馬立本陣から来ている。

今なら、高知と愛媛の県境には笹ヶ峰トンネル（全長四千三百七メートル）があり数分で越えられるけど、当時は大変険しい道が待ち受けていた。

こうして、川之江村に到着し、土佐街道から伊予街道を東へと進み、余木崎を越えて、讃岐の箕浦村に入る。そして、丸亀港もしくは仁尾港から船に乗り、日本で最も古い船泊である播州の室津（現、兵庫県たつの市）に渡っていた。

「そうです。でもお殿《との》様が何かのご用で移動《いどう》することも、大名行列と言います。今回は土佐のお殿《との》様が参勤交代《さんきんこうたい》で江戸《えど》へ行かれるそうです」

「土佐というと山内《やまのうち》家ですね。初代藩主《はんしゅ》は山内一豊公《やまのうちかずとよこう》・・・確《たし》か一豊《かずとよ》と妻《つま》、千代《ちよ》との有名なお話が残っています」

「まぁ、よくご存《ぞん》じで。でも『土佐の鬼侍《おにざむらい》』といって、土佐のお侍《さむらい》は恐《おそ》ろしいのですよ。山の向こうに住んでいます。どんな人たちなのか、何をされるかも分かりませぬ」

（そうか、通信手段《しゅだん》も交通手段《しゅだん》も発達していない時代、噂《うわさ》が噂《うわさ》を呼《よ》んで、土佐の鬼侍《おにざむらい》なんていう悪口になってしまうのだ）

私《わたし》はとにかく大名行列が見たくなった。

「どこから来られるのですか」

「伊予《いよ》の川之江村《かわのえむら》の方からです」

「見に行ってもいいのでしょうか」

「いけません！」

私《わたし》は強く言われた。

「えっ・・・」

「先ほども言いましたよ、おむくさん。大名行列とか、幕府《ばくふ》の偉《えら》い方が来られる時《とき》は、絶対《ぜったい》に家から出てはなりませぬぞ。奥座敷《おくざしき》に隠《かく》れていらっしゃい」

参勤交代で江戸をめざす西国大名のほとんどは、海路、瀬戸内海を東に進み、室津（現在の兵庫県たつの市）に上陸、それから陸路を進んだ。当時、室津には六軒の本陣があった（肥後屋、肥前屋、紀伊國屋、筑前屋、薩摩屋、一津屋《ひとつや》）今も、室津にはそうした歴史的構造物が残り、まさに海の宿場町だった。古くは遣唐使、そして、平家の軍勢、室町時代なら遣明船、江戸時代には朝鮮通信使の一行も立ち寄った。江戸へ向かうシーボルトも室津に立ち寄り「これまで日本で見た、最も美しい景色の一つ」と絶賛した。このことは、シーボルトの著書「日本」に書かれている。

最後の将軍、徳川慶喜公に大政奉還を建白（申し立てる）したことで有名な、十五代藩主、山内豊信（隠居して容堂）公も二十六歳の時、このコースを通っている。ただし、江戸から土佐へ帰るルート。

宋林寺の飛び地の仏堂である薬師堂（通称　おやくっさん）に、土佐藩士が休憩したという古文書が残されている。

おりん様から外出は固く禁《きん》じられてしまった。

（良佐《りょうすけ》さんをお迎《むか》えに箕浦《みのうら》へ行った時の逆《ぎゃく》ルートで来られるのは確《たし》かだ）

おりん様から強く言われても、大名行列という言葉を聞き、なんだか上《うわ》の空（注意が向かない）になってしまった。

私《わたし》は、大名行列の魅力《みりょく》に負けてしまった。

この時の土佐藩《はん》の大名行列は、仁尾港《におこう》をめざしていた。

総勢《そうぜい》二千名の人たちが、高知城を出発したと、おりん様より聞く。

私《わたし》はおりん様には内緒《ないしょ》で、ノラを連れて一の宮近くのあばら屋のような納屋《なや》に潜《ひそ》むことにした。

そして、その納屋《なや》の隙間《すきま》から、大名行列を見る計画を立てた。

姫浜《ひめはま》から和田浜《わだはま》海岸にかけて、広い砂丘《さきゅう》が広がっている。

そして、海岸近くには、ずらりと並《なら》んだ松林。

一の宮の北側には荒《あ》れ地《ち》や雑木林《ぞうきばやし》が広がっていた。

それらの合間を縫《ぬ》うように、細い砂利《じゃり》道が北に向かって延《の》びている。

これが観音寺道である。

今では想像《そうぞう》もつかないような道。

　一方、仁尾港を目指すなら、宮の端から左手の中筋（中之町）を通り、藤村本家の屋敷を左折して、亀錦橋を渡り、南、東浜、そして、北原筋から、観音寺道へと進む。

　八幡神社の正門前を過ぎ、二股に分かれる道の手前に、宋林寺へと続く一本の道がある。宋林寺の南門（旧正門）までの長さ百メートルぐらいの道であるが、この道は「殿さま道」と呼ばれていたそうである。昔は道幅が二十間（約三十六メートル）もあった。伊予や土佐の大名たちが江戸へ参勤交代に行く時、宋林寺で宿泊、あるいは休憩したのだろう。

　参勤交代がいつ通過するかは、高札場に書かれていた。ただし、通過時間のような細かな日程ではなくて、大体何日頃に通過するという程度の内容であった。

※花稲に行く唐井出川の手前（姫五軒屋）と先林あたりは「おっせ林」といって松林が続き、昔は蓑浦（箕浦）の「たきの下」とともに、時々追剥（おいはぎ）が出て旅人を困らせたという話が伝えられている。（旧豊浜町誌より）

おりん様がいつかこんなことを言っていた。

「おむくさん、一の宮から向こうの花稲村《はないなむら》の方に行くと、追いはぎ（強盗《ごうとう》）が出ますよ。だから決して一人で行ってはいけません」

その言葉を信じて、私《わたし》は、一の宮付近で留《とど》めていた。

亀錦橋《かめきんばし》を渡《わた》った土佐藩《はん》の一行《いっこう》は、北原筋《きたばらすじ》から観音寺道を通って花稲《はない》村を目指した。

昼前になり、北原筋《きたばらすじ》を土佐藩《はん》の大名行列が整然とほぼ二列の隊列で通過《つうか》した。

北原筋《きたはらすじ》は、道沿《みちぞ》いに沿《そ》って家が建ち並《なら》び、その後ろには畑や田んぼが広がる。

（いよいよ来る・・・）

なんだか心がときめいて来た。

以前、私《わたし》はテレビで高松の仏生山《ぶっしょうさん》大名行列を見たことがある。

これは高松藩《はん》、松平家《まつだいらけ》のお殿《との》様が、菩提寺《ぼだいじ》の法然寺《ほうねんじ》へ参詣《さんけい》する大名行列を再現《さいげん》したもの。

みんなお祭り騒《さわ》ぎをしていた。

北原筋《きたはらすじ》では土下座《どげざ》姿《すがた》の人は見られなかった。

街道は参勤交代だけでなく、飛脚や旅人など多くの人が通った。

江戸時代、巡見使という制度があった。これは将軍の代替りごとに、諸国の大名の領地に巡見使を派遣して、領内の様子を視察する制度。

水戸黄門のように隠れて諸国を行脚するのではなく、公式に「行くからよろしく」という感じ。

でも、巡見使の機嫌を損なわないように、藩を上げて、手厚いおもてなしをしないといけない。なぜなら、あの藩は「悪政」をしていると幕府に報告されると、※改易、減封、転封などの処罰を受けるから。

※改易とは大名の領地没収、減封とは領地削減、転封とは国替えのこと。

源右衛門の時代になった寛政元年（一七八九）四月、幕府の巡見使（田中角右衛門）がやってきた。従者は、山田安兵衛と後藤重次郎。伊予からやってきて、箕浦で巡見使を迎え、当主が源右衛門となっている藤村家の屋敷に宿泊。その時、用意するように命ぜられた品道具があった。茶の小道具、座敷での小道具、食事時の小道具など、きめ細かに書かれている覚え書きと言われる古文書が藤村家に今も残っている。

みんな家の中に隠《かく》れて、障子《しょうじ》の隙間《すきま》などから見ていたのだろう。

大名行列で無礼があれば、斬《き》り殺《ころ》されるということを聞いたことがある。

しかし実際《じっさい》にはそんなことはなかったらしい。

もし、刃傷《にんじょう》沙《さ》汰《た》になれば。幕府《ばくふ》への報告等《ほうこくなど》で、後で厄介《やっかい》なことがあるから。

人々は事が起きないように、静かに北原筋《きたばらすじ》を見守っていた。

私《わたし》は、「下にぃ、下にぃ」と大声を発し、沿道《えんどう》の人たちを威嚇《いかく》するようにして来るものと思っていた。

でも、そんな格式張《かくしきば》った行列は、ここでは見られなかった。

北原筋《きたばらすじ》を過《す》ぎると、回りには田や畑しか広がっていない。

先頭の人たちは、回りの人たちと談笑しながら楽しそうに歩いている。

人なんか誰《だれ》もいないのに、「下にぃ、下にぃ」と言う方が滑稽《こっけい》。

おりん様が、二千人の人たちが通過《つうか》すると言っていた。

しかし、その半分もいない。

でも人数が減《へ》っているとはいえ、千人近くの人たちが通過《つうか》する。

その異常《いじょう》さに敏感《びんかん》に反応《はんのう》したノラが急に吠《ほ》えだした。

（ノラ、静かにして。お願い・・・）

興奮《こうふん》しているノラをなだめようと、私《わたし》は必死にノラの首元を押《お》さえ

　食べ物は精進料理が中心で、お酒は出さなかったから、質素倹約に徹した。不正を誘うような過分な接待を禁じ、質素倹約をするようにと、丸亀藩から事前に言い渡されていたから。また、藩は巡見使に対して気を遣い、庄屋を通じて通達した注意書きが残っている（公儀御巡見要用雑記　地蔵院萩原寺文書）。

　これは天保九年（一八三八）、福田原の庄屋より出された覚え書きの定め。

「・・・御通りを見物に出るようなことは、男女子どもに至るまでしてはならない」

「火の用心を第一に心がけること・・・」

「人足はみな体を大切にし、仲間で声高に口論してはならない。また、髪や衣類は見苦しくならないよう申しつける」

「農業をする者は、仕事をしてもよいが、御通りの時は、笠をぬぎ平伏する・・・」

　大名行列も同じだ。特に男女差別が厳しい江戸時代において、女が見物することは決して許されなかった。

た。

　でも吠《ほ》え続けるノラ・・・

犬の鳴き声に気づいたお殿《との》様を警護《けいご》する御小姓《おこしょう》や御供番《おともばん》たちが、納屋《なや》の前に飛び出してきた。

武士《ぶし》たちは、二本の日本刀を腰《こし》に差している。打刀《うちがたな》と脇差《わきざ》しだ。

おもちゃなんかじゃない。

まさに真剣勝負《しんけんしょうぶ》の真剣《しんけん》。つまり、本物の日本刀。

そして、怖《こわ》そうな人相。

まさに、おりん様が言っていた、土佐の鬼侍《おにざむらい》たちだ。

「おい、ここに誰《だれ》かおるぞ」

「曲者《くせもの》か・・・」

武士《ぶし》たちは腰《こし》に差している刀袋《かたなぶくろ》を取り出し、ゆっくりとその紐《ひも》を解《と》く。

そして、長い打刀《うちがたな》を鞘《さや》から抜《ぬ》きだした。

（もう万事休《ばんじきゅう》す・・・）

納屋《なや》に隠《かく》れていた私《わたし》とノラは、納屋《なや》を飛び出した。

夢中《むちゅう》で観音寺道を駆《か》けた。

私《わたし》は、大名行列の前を横切ったことになる。

これはどういうことを意味するのか。

※生麦事件とは、文久二年（一八六二）、帰国中の薩摩藩、島津久光公の大名行列の前をイギリス人が横切ったことで殺傷された事件。これが原因で、薩英戦争が起こるが、薩摩は惨敗。その後、薩摩は長州と共に尊王攘夷運動に走る。

参勤交代の人数は、藩の石高で決まっていた。土佐藩は江戸幕府の初期は十七万石程度であったけど、幕末の頃には五十万石に膨れ上がっていた。だから、参勤交代では相当な人数を幕府は強要した。

土佐藩の大名行列は他の藩と比較すると大規模だ。

人数と諸道具の点で、土佐藩の権力を示していたから。

「今に西国四国諸侯の御人数土州ほど大勢なるはなし」と言われた。

土佐から江戸まで三十日はかかると言われていた。仮に一泊一万円の宿に泊まるとして、宿泊費だけで六億円が必要になる。

中学生の私《わたし》でもそのぐらいは知っていた。

つまり非常《ひじょう》に無礼《ぶれい》な行為《こうい》で「切捨御免《きりすてごめん》」となる。

（ギャー、殺《ころ》される！　これじぁ、授業《じゅぎょう》で習った※生麦事件《なまむぎじけん》の再現《さいげん》だ！）

観音寺道から細い道が海に向かって延《の》びていた。

私《わたし》とノラは駆《か》けた。

後ろを振《ふ》り向くと、血相を変えた鬼《おに》のような武士《ぶし》たちが、日本刀を振《ふ》りかざし、追ってくる。

私《わたし》の頭に付けていた藍染《あいぞ》めの手ぬぐいが、風で飛ばされそうになる。

私《わたし》はそれをさっとつかんで握《にぎ》りしめて走った。

ショートカットの異様《いよう》な髪型《かみがた》に気づいた武士《ぶし》たちが叫《さけ》んだ。

「気をつけろ！　あの者は忍《しの》びの者かもしれぬ」

（私《わたし》は忍者《にんじゃ》なんかじゃない。でもこんな所で殺《ころ》されたら二度と現在《げんざい》に帰れない・・・）

雑木林《ぞうきばやし》の中に入った。

獣道《けものみち》のような細い道が海へと続く。

ここで私《わたし》の細い体が幸いしたようだ。

雑木林《ぞうきばやし》を抜《ぬ》けると、広大な砂丘《さきゅう》が広がっていた。

目の前には昔も今も変わらない伊吹島《いぶきじま》が、鯨《くじら》のように飛《と》び出している。

持っている槍を見れば、どこの藩かが分かる。土佐藩の槍は、「黒大鳥毛《くろおおとりげ》」。土佐藩の「土佐柏」という家紋の旗を持った人もいる。この家紋は三菱のマークに似ている。

なお、旧三菱財閥の創業者、岩崎弥太郎氏は高知県安芸市出身。このマークは、土佐山内家が用いていた家紋「土佐柏」と岩崎家の家紋「重ね三階菱《さんがいびし》」に由来する。

大名行列の役割は、藩の大きさを、見学している人たちに見せつけるという意味がある。要するに見栄を張ること。武士は自分のメンツを潰されることを極力嫌っている。

だから、宿場町のような人がたくさん集まるところでは、「下にい、下にい」と威勢のよいかけ声を掛ける。そして、整然と並び、二列縦隊の隊列を組んで勇ましく行進する。でも人がいない所になると、気の合う者同士がグループを作り、気ままに歩いたそうだ。

当時、派遣社員のように、お金で動員された武士や荷物を運ぶ従者もいたそうだ。

偶然《ぐうぜん》に砂丘《さきゅう》の中に窪地《くぼち》があった。

私《わたし》とノラが、その中に身を隠《かく》そうと飛び込《こ》んだ。

その瞬間《しゅんかん》、横から一人の少年も飛び込《こ》んできた。

刹那《せつな》！（思いもよらないことが起きること）

少年と私《わたし》とノラは、再《ふたた》び、ホラ貝《がい》のような螺旋状《らせんじょう》の渦《うず》の中に巻《ま》き込《こ》まれてしまった。

体がクルクルと回り始めた。

（ウッ、ウッワワワ・・・・・）

アインシュタインの一般相対性理論《いっぱんそうたいせいりろん》が予測《よそく》した、物体が生み出す重力は重力波として光の速度で時空を伝わる。

そして、時間が矢のように先に飛んだ。

×　×　×

（ここはどこだろう・・・）

私《わたし》は、うっすらと目を開けた。

（見えてきた・・・）

緑の絨毯《じゅうたん》を敷《し》き詰《つ》めたような芝生《しばふ》。

その上を走り回る子どもたち。

イサムノグチの作品「オクテトラ（彫刻《ちょうこく》遊具）」に登って遊ぶ子どもたち。

高知城を出る時は、隊列を組み威勢良く大勢で出発する。「土佐のお殿様の大名行列はすごい」と道ばたにいる人たちは互いに自負する。でも、郊外に出て、四国山地にかかると、その人たちの役割はそこまで。Uターンして、高知のご城下に舞い戻る。だから四国山地を越える隊列は半分以下になる。

でも東海道五十三次の宿場町とか、江戸が近づくと、再び、動員された人たちが現われ、隊列に加わったといわれる。

参勤交代とは、各藩（特に外様大名）が幕府に反抗しないように、大名の妻子を人質として江戸に住まわせる。そして、国元と江戸とを一年交替で往復させる参勤交代を行い、莫大なお金を使わせることである。

しかし、各藩は見栄を張るために、自ら多くのお金を使い、自分で自分の首を絞めていたような面があったのではないかと思われる。

私《わたし》は立ち上がった。

（するともっと遠くが見えてきた・・・）

茜色《あかねいろ》に染《そ》まり、心洗《あら》われる夕日の絶景《ぜっけい》。

北へ帰る渡《わた》り鳥の群れ。

（聞こえてきた・・・）

「幸せを呼《よ》ぶ鐘《かね》」と言われるドリームタワーを子どもたちが鳴らす音色《ねいろ》。

子どもたちの笑い声。

（ここはもしかして・・・）

自分の姿《すがた》を振《ふ》り返って見た。

（戻《もど》っている。以前の私《わたし》に・・・）

私《わたし》はGパンにTシャツ。そして、スニーカー。

（一の宮公園・・・私《わたし》は現代《げんだい》に帰れたんだ・・・）

キョロキョロとしていたノラが、私《わたし》のそばに擦《す》り寄《よ》ってきた。

「ノラ、ノラ、大丈夫《だいじょうぶ》なの？」

吠《ほ》え続けるノラ。私《わたし》はしゃがんで、ノラの頭を撫《な》でた。

でもノラの様子が少しおかしい。

私《わたし》に何かを伝えているようだ。

ふと振《ふ》り向くと、芝生《しばふ》の上にしゃがみ込《こ》んでいる少年がいた。

ノラはどうやらそのことを私《わたし》に知らせるために吠《ほ》えていたようだ。

少年は何がなんだか分からず、グッタリしている。

「ここは、どこでございますか？」

少年は、か細い声で私《わたし》に話しかけた。

「えっ、えっ・・・」

これぞまさしく※青天《せいてん》の霹靂《へきれき》。

私《わたし》はその場で飛び上がった。

「あっ、あなたは・・・」

「はい、大介《だいすけ》でございます。姉上様、私《わたくし》はどうなったのでしょうか」

「えっ！　そっ、それは、私《わたし》にもわかりません・・・」

「おりん様から、家の中から出ないように言われたはずなのに、外出される姉上様の姿《すがた》をお見かけして、私《わたくし》、後を付けてきたのです」

「それは、ありがとうございます。殺《ころ》されるところでした」

「本当に良かった。でも、偉《えら》い方が来られる時は、絶対《ぜったい》に家から出てはなりませぬ」

「ごめんなさい。おりん様になんと謝《あやま》ればいいのでしょう」

「私《わたし》からも謝《あやま》っておきます。それにしても姉上様の服装《ふくそう》は？　それに、あの稚児《ちご》たちの服装《ふくそう》は何でございましょう？」

（えっ、これはどう説明すればいいのだろうか）

私《わたし》は三百年前の過去《かこ》へ行き、現在《げんざい》に無事に戻《もど》って来られた。

※　晴れ渡った空に突然起こる雷。つまり、急に起きる変動・大事件、突然に受けた衝撃。

しかし、大介《だいすけ》さんは三百年先の未来に来たことになる。

芝生《しばふ》の上を走り回っていた幼稚園児《ようちえんじ》ぐらいの子どもたちが、私《わたし》たちの回りに集まってきた。

どうやら、大介《だいすけ》さんの風貌《ふうぼう》（姿《すがた》、形）に興味《きょうみ》を示《しめ》したようだ。

元服前《げんぷくまえ》の垂《た》れた前髪《まえがみ》。

十文字にかけられた襷姿《たすきすがた》。

「このお兄ちゃん、変なかっこ・・・」

子どもたちは大介《だいすけ》さんを一斉《いっせい》に指さす。

（何と言えばいいのだろう。そうだ！）

※咄嗟《とっさ》に出た言葉、それは、

「みなさん、このお兄さんは俳優《はいゆう》さんです。これはテレビ番組の撮影《さつえい》ですよ」

「えっ、俳優《はいゆう》さん・・・ママに言ってあげよう」

「ママ・・・パパ・・・テレビ局の人や・・・」

一斉《いっせい》に子どもたちは保護者《ほごしゃ》の方へ走り去った。

（よし、今がチャンスだ！）

「大介《だいすけ》さん、向こうへ行きましょう」

大介《だいすけ》さんの手を引っ張《ぱ》り、一の宮ドリームタワーの方へ走った。

※その瞬間に。立ちどころに。

夕日をバックに、撮影会《さつえいかい》が行われていた。

タワーの上部、東西南北の四方向に取り付けられている時計を見た。

時計の針《はり》は、七時二分を差している。

（あれから何ヶ月が過《す》ぎたのだろう・・・）

私《わたし》は大きいカメラを持っている中年の男性《だんせい》に声を掛《か》けようとした。

するとその方は田中のおっちゃんだった。

「田中のおっちゃん！」

「なんや、椋葉《むくは》ちゃん、やっぱり来とったんか」

「ええ。田中のおっちゃん、今日は何月何日ですか？」

おっちゃんの顔が一瞬《いっしゅん》引きつったようだ。

「えっ！　変わったこと聞く娘《こ》やね・・・今日は六月二十一日の夏至《げし》の日。あのタワーの中にきれいな夕日が入っとるやろう・・・」

「あっ、はい・・・」

（あれから時がまったく過《す》ぎていない。あの時は七時ちょうどだった。

二分というのは、芝生《しばふ》の上であった出来事から、ここまでの移動《いどう》時間。

でもどうして・・・）

（求吾先生《きゅうごせんせい》や大介《だいすけ》さん、おりん様、良佐《りょうすけ》さん、藤村家《ふじむらけ》当主の喜八郎《きはちろう》様、それに子どものみつさんに源右衛門《げんうえもん》さん・・・）

私《わたし》の脳裏《のうり》は、まるで走馬燈《そうまとう》のように、これまで出会った人たちが駆《か》け巡《めぐ》る。

何ヶ月も過《す》ぎたと思っていたのに、それはほんの一瞬《いっしゅん》の出来事だった。

（なぜだろう・・・わからない）

ふと、我《われ》に戻《もど》る。

「そこのボク、変わった服装《ふくそう》しとるの。撮影《さつえい》にばっちりじゃ。すまんけんど、あの『一の宮ドリームタワー』の下に行ってくれんかいの」

田中のおっちゃんが、大介《だいすけ》さんに声を掛《か》けた。

「ドリームタワー？　姉上様、私《わたし》はあの方が何をおっしゃっているのか、さっぱりわかりませぬ」

再《ふた》び、田中のおっちゃんは不審《ふしん》そうな顔をした。

「ボクはどっから来たんや。まるで江戸《えど》時代の人みたいじゃの？」

私《わたし》は嘘《うそ》をついてしまった。

「この方は時代劇専門《じだいげきせんもん》の俳優《はいゆう》さんです」

「なるほど。それで身なりも話し方も、時代劇《じだいげき》に出てくる人のようなんやな」

「はっ、はい。大介《だいすけ》さん、この方が、お写真を撮《と》ってくださるのですよ」

「お写真《しゃしん》ってなんですか」

色々と細かい説明をしているうちに、夕日が沈んでしまう。

「さあ、私《わたし》と一緒《いっしょ》にあそこへ参りましょう」

大介《だいすけ》さんと夕日とのポーズはきっといい写真になると思い、私《わたし》は急いで大介《だいすけ》さんの手を引き、一の宮ドリームタワーの下へ連れて行ってあげた。

大介《だいすけ》さんはとても不安そうな顔をした。

火縄銃《ひなわじゅう》で撃《う》たれるとか、あるいは魂《たましい》を抜《ぬ》かれるような気持ちになったのかもしれない。

「おっ、ええ感じやの」

田中のおっちゃんは嬉《うれ》しそうな顔をして、カメラのファインダーをのぞいた。

大介《だいすけ》さんが夕日を一杯《いっぱい》浴びる。

田中のおっちゃんが人差し指をシャッターにゆっくりとかける。

そして、シャッターを押《お》そうとした、その時《とき》だった。

耳を疑《うたが》うような小さな声が私に聞こえてきた。

「きっ、消えた・・・」

「えっ・・・」

私《わたし》は振《ふ》り向いた。

そこに大介《だいすけ》さんの姿《すがた》はなかった。

田中のおっちゃんは慌《あわ》てた。

夕暮れ時の一の宮公園

「椋《むく》葉《は》ちゃん、さっきの男の子、消えてしもうた。これは一体どういうことな」

「えっ、私《わたし》にも分からん・・・」

「知り合いかい？」

「はっ、はい、今のお方は、合田大介《だいすけ》さんと言います」

田中のおっちゃんは首を傾《かし》げた。

「合田大介《だいすけ》？　んっ？　どこかで聞いたことある名前やな」

「三百年ぐらい前の、江《え》戸《ど》時代中期の人です」

「ぶっ、椋《むく》葉《は》ちゃん、気は確《たし》かかい・・・さっき映画《えいが》俳優《はいゆう》って言ったやんか」

「あれはウソ、ごめんなさい・・・」

田中のおっちゃんは私《わたし》を信用していなかった。

でも、突然《とつぜん》、カメラのファインダーから男の子が消えたことは確《たし》かである。

田中のおっちゃんも自分が体験したことだから、まんざら作り話ではないと感じたようだ。

「これが本当なら、椋《むく》葉《は》ちゃん、すごい体験をしたことになるぞ」

田中のおっちゃんは次第に私《わたし》を信じ始めたようだ。

×　×　×

私《わたし》は一の宮の海岸に降《お》りた。

私《わたし》は口元に手を当て、思いっきり、海に向かって叫《さけ》んだ。

「大介《だいすけ》さん！」

相変わらず芝生《しばふ》を元気に走り回っている子どもたちの笑い声。

ふと気がつくと、私《わたし》は手に藍染《あいぞ》めの手ぬぐいを握《にぎ》りしめていた。

（そうだ、これは求吾《きゅうご》先生が大介《だいすけ》さんを通《とお》して手渡《てわた》された大切な物）

私《わたし》はそれを強く握《にぎ》りしめた。

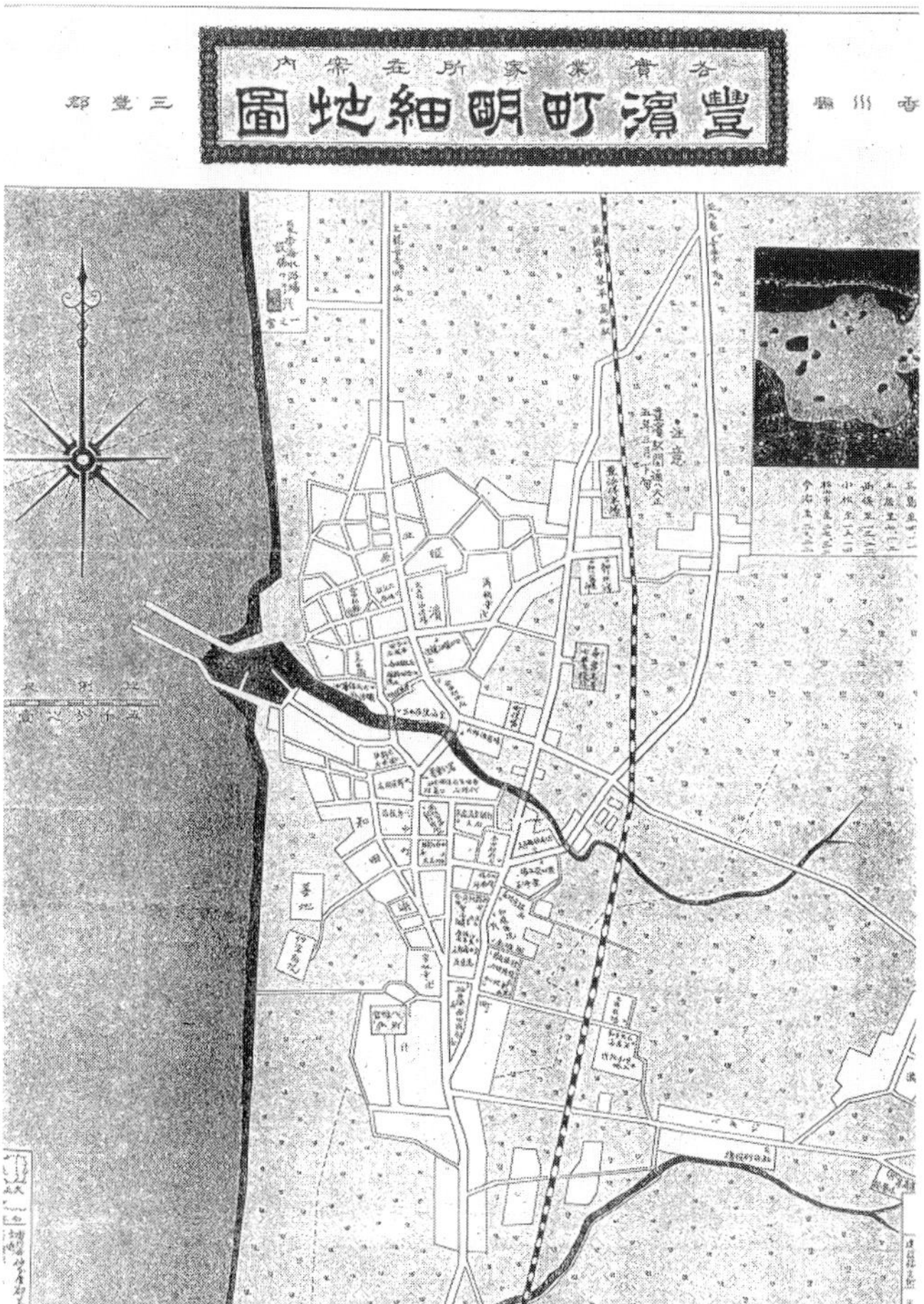

大正時代、豊浜の地図

第３章　ピンチはチャンスに

ということで、私《わたし》が経験《けいけん》したことを長々と話してきたけど、このようなことを友だちに話したって、誰《だれ》も信用してくれない。

家に帰ると、父さんと母さんが待っていた。

求吾《きゅうご》先生とおりん様にそっくりだったから、私《わたし》は一瞬《いっしゅん》戸惑《とまど》ってしまった。

大介《だいすけ》さんを我《わ》が家に連れ帰っていたらどうなっていただろう。

ほんの少しだけ未来を※垣間見《かいまみ》ただけで良かったのかもしれない。

×　×　×

その後、私《わたし》は中学校を卒業し、観音寺市内の高等学校に進学した。

それも兄と同じ高等学校。

近くに財田川《さいたがわ》が流れていて、校門付近には大きなクスノキが植わっている。

毎日、自転車で通学し、おもしろくない授業《じゅぎょう》を受ける。

そして、弁当《べんとう》を食べて帰る。

何の変哲《へんてつ》（変化）もない高校生活を送っているうちに、ふと気がつく

※チラッと見ること

と高校三年生になっていた。

私《わたし》は普通科《ふつうか》の高校へ通っている。

三年生になると、大学進学かあるいは就職を考えなければいけない。

それなのに私《わたし》は、ますます歴史《れきし》にのめり込《こ》んでいってしまった。

高校へ通っている時も、旧道《きゅうどう》を自転車で走りながら常夜灯《じょうやとう》、道標《どうひょう》など古い物があれば、止まってそれをじっくりとながめ、時には碑文《ひぶん》を読む。

そのため、学校にはたびたび遅刻《ちこく》した。

休日には、父にお願いして、戦国時代の城跡《しろあと》に連れて行ってもらう。

父は私《わたし》の将来《しょうらい》を案じたが、ほぼ諦《あきら》めムードになっていた。

それと今も時々、田中のおっちゃんが我《わ》が家にやって来る。

そして、歴史《れきし》の話をする。

中学二年生の時、一の宮公園での不思議な出来事は、私《わたし》と田中のおっちゃんとの秘密《ひみつ》となった。

高校の授業《じゅぎょう》は中学のように楽しいとはいえないけど、私《わたし》は日本史《にほんし》の授業《じゅぎょう》が一番好き。

日本史《にほんし》の先生は、定年間近の高丸先生。

とても優しそうで、なんだか時代劇《じだいげき》の映画《えいが》から飛び出して来たような感じの先生。

※令和三年、株式会社　山川出版社発行「詳説　日本史Ｂ」高校の教科書より

した。朱子学《しゅしがく》を正学《せいがく》とし，1790（寛政２）年には湯島聖堂《ゆしませいどう》の学問所で朱子学以

聖堂学問所での講義（聖堂講釈図）　湯島聖堂付属の学問所では，毎月，定期的に儒員講釈（御座敷講釈）がおこなわれ，直参《じきさん》を中心とする武士たちが受講した。（東京大学史料編纂所《へんさんじょ》蔵）

外（異学）の講義や研究を禁じ，学術試験をおこなって人材登用につなげた。林家当主《りんけとうしゅ》(→p.183)に人材が得られなかったことから，儒官に柴野栗山《しばのりつざん》(1736〜1807)・尾藤二洲《びとうじしゅう》(1747〜1813)・岡田寒泉《かんせん》(1740〜1816)を任じた❶。


いつもボーとしていて、時たま脱線《だっせん》する。

その脱線《だっせん》が始まると、生徒たちの目が輝《かがや》いてくる。

いつも死んでいるみんなが、生き生きとしてくる。

教科書通りの授業《じゅぎょう》なんかしていると、後ろの方の人は寝《ね》ている。


今日の日本史の授業は寛政《かんせい》の改革《かいかく》だ。

突然《とつぜん》、高丸先生が私《わたし》を指名した。

「ちょっと教科書を読んでくれんかい」

「はっ、はい」

考えごとをしていた私《わたし》は少《すこ》し戸惑《とまど》ったが、
先生に言われた箇所《かしょ》を読んだ。

「※・・・朱子学《しゅしがく》を正学《せいがく》とし、一七九〇（寛政《かんせい》二）年には湯島聖堂《ゆしませいどう》の学問所で朱子学《しゅしがく》以外（異学《いがく》）の講義《こうぎ》や研究を禁《きん》じ、学術《がくじゅつ》試験をおこなって人材登用につなげた。林家《りんけ》当主に人材が得《え》られなかったことから、儒官《じゅかん》に柴野栗山《しばのりつざん》、尾藤二洲《びとうじしゅう》、岡田寒泉《おかだかんせん》を任《にん》じた①・・・」

「ついでに、下の①も読んでくれんかい・・・」

「はい。この三人を『※寛政《かんせい》の三博士《はかせ》』という。その後、岡田寒泉《おかだかんせん》は代官に転任《てんにん》し、そののちに古賀精里《こがせいり》が任《にん》じられた。・・・」

※江戸時代の後期、幕府の教学政策の中心となった三人の朱子学者、柴野栗山・尾藤二州、古賀精里（または岡田寒泉）をいう。老中、松平定信は寛政異学の禁を実行するため、彼らを湯島の聖堂の儒官とし、朱子学による学問・思想の統制をおこなった。

❶ この3人を「寛政の三博士」という。その後，岡田寒泉は代官に転任し，そののちに古賀精《こがせい》里《り》が任ぜられた。学問所は7年後に官立に改められ，昌平坂《しょうへいざか》学問所と呼ばれた。
❷ 洒落本《しゃれぼん》作者の山東京伝《さんとうきょうでん》，黄表紙《きびょうし》作者の恋川春町《こいかわはるまち》，出版元の蔦屋重三郎《つたやじゅうざぶろう》らが弾圧された。

234 第8章 幕藩体制の動揺

「よっしゃ。寛政《かんせい》の三博士《はかせ》という言葉が出てきたけど、この三人の名前を聞いたことがある人は手を上げろ」

（シーン）

知っている人なんて、誰《だれ》もいなかった。

「寛政《かんせい》の三博士《はかせ》の中に、この近くの人がおるんやけど、知っとるか」

（シーン）

「お前ら、何ちゃ知らんのやな。えーか、柴野栗山《しばのりつざん》は高松市牟礼町《むれちょう》の人や」

（シーン）

「じゃあ、もう一人。この近くの人や」

（シーン）

「それは尾藤二洲《びとうじしゅう》。川之江《かわのえ》の人や」

（ふーん、川之江《かわのえ》の人、尾藤《びとう》・・・何か聞いたことがある）

私《わたし》は必死に思い出した。

（二洲《じしゅう》なんて変わった名前は全然知らないけど、川之江《かわのえ》と尾藤《びとう》・・・）

「そうや、良佐《りょうすけ》さんや！」

私《わたし》は大声で叫《さけ》んでしまった。

「ブー　また、歴女《れきじょ》のムックーが始まったぞ」

回りの生徒たちが私《わたし》に向《む》かって※揶揄《やゆ》し始《はじ》めた。

※からかうこと

※スマホ以前の古い携帯電話

※人前で隠さず言うこと

※字《あざ》とはペンネームみたいなもの

「先生、尾藤良佐《びとうりょうすけ》さんではありませんか」

「えっ、尾藤良佐《びとうりょうすけ》・・・私《わたし》は聞いたことがないけど・・・誰《だれ》かスマホで調べてくれんかいの？　私《わたし》のは※ガラケイや」

　教室内に笑い声が響《ひび》いた。

　東大を目指していると※公言している隣席《となりせき》の大樹《たいき》君が手を挙げた。

「先生《せんせい》、今、スマホで調べました。尾藤二洲《びとうじしゅう》は江戸《えど》後期の儒学者《じゅがくしゃ》です。名は孝肇《たかもと》、※字《あざ》は志尹《しいん》、通称《つうしょう》は良佐《りょうすけ》です。伊予国川之江《いよのくにかわのえ》の廻船《かいせん》業者の家に生まれました。幼児《ようじ》の時に足を怪我《けが》しています。学問に励《はげ》んで荻生徂徠《おぎゅうそらい》の古文辞学《こぶんじがく》を学んだ。とあります。椋葉《むくは》さんが言った、良佐《りょうすけ》というのは通称《つうしょう》です。だから呼《よ》び合う時は良佐《りょうすけ》でいいと思います。でもテストの時には、尾藤二洲《びとうじしゅう》と書くべきです。特に、東大の入試では・・・」

　再《ふたた》び、どっと笑い声がした。

「大樹《たいき》、東大は誰《だれ》でも受験できるんぞ。でも受かるかどうかはわからん。思い出受験という言葉もあるからな」

　隣《となり》の康平《こうへい》君がいやみそうに言った。

　すると、高丸先生が、「いやいや、大樹《たいき》、がんばって東大受かれよ。先生は来年から観音寺の赤東大（灯台）へ通うからの」と応援《おうえん》した。

「先生、赤東大って何ですか」

「港の赤灯台で釣《つ》りでもするか・・・」

「ブッ！」

こういう洒落《しゃれ》ばかり言う高丸先生は、生徒たちの人気の的《まと》であった。

大樹《たいき》君が手を挙げた。

「先生、教科書に書かれている湯島《ゆしま》の聖堂《せいどう》とか、昌平坂学問所《しょうへいざかがくもんしょ》というのは、もしかして東大の前身ですか」

「そのとおり」

大樹《たいき》君の目が次第に輝《かがや》いてきたようだ。

でも、私《わたし》にはよくわからない。

あの時の良佐《りょうすけ》さんが尾藤二洲《びとうじしゅう》なんて信じられなかった。

私《わたし》は先生に尋《たず》ねた。

「先生、すると尾藤二洲《びとうじしゅう》は、今で言えば東大の先生ですか」

「そうだ、それも東大の名誉教授《めいよきょうじゅ》といったところかなぁ」

「すごーい」

私《わたし》は益々《ますます》、良佐《りょうすけ》さんを応援《おうえん》したくなった。

先生がこんなことを言われた。

「国道十一号線を西に進み、余木崎《よきざき》を越《こ》えると愛媛県に入るやろう。そこから四キロメートルほど進むと、左手に川之江《かわのえ》の八幡《はちまん》さんが見えてくるんや。そして小さい橋を渡《わた》ってすぐ左手に『寛政《かんせい》の三博士《さんはかせ》』と書かれた大きい碑《ひ》が建ってるぞ」

「えっ・・・」

そのことを聞いた私《わたし》は、もう居《い》ても立っても居《い》られなくなった。

次の日曜日、私《わたし》は父にお願いして、高丸先生が話されていた所へ連れて行ってもらった。

道筋《みちすじ》には黄色い花を咲《さ》かせたセイタカアワダチソウが可憐《かれん》に（かわいらしく）咲《さ》いていた。

車を運転している父が、突然《とつぜん》、私《わたし》に話しかけてきた。

「なぁ、椋葉《むくは》、もう少しで入試やけど。将来《しょうらい》はどうするん。大学めざしとるんやろう？」

父からの突然《とつぜん》の質問《しつもん》に私《わたし》は戸惑《とまど》ってしまったが、自分の胸《むね》の内を打ち明けた。

「私《わたし》、歴史《れきし》が好きなん。だからもっともっと歴史《れきし》の勉強がしたいん」

「そうか、将来《しょうらい》の夢《ゆめ》は？」

「うーん、高丸先生みたいな社会科の先生か、歴史《れきし》博物館の学芸員かなあ・・・」

一瞬《いっしゅん》の空白時間があった。

「それはなかなか難《むずか》しいぞ。でも夢《ゆめ》は大《おお》きくな」

「うん・・・」

二州、望郷の詩

豊浜町《とよはまちょう》から川之江《かわのえ》まではわずか十五分程度《ていど》。

あっという間に、余木崎《よきざき》を越《こ》えて愛媛県に入った。

左手を見ていると、八幡《はちまん》さんの境内《けいだい》が見えてきた。

「お父さん、もう少しや」

「なんかウキウキしてくるよなぁ。椋葉《むくは》の歴史病《れきしびょう》が感染《かんせん》したみたいや」

「新型《しんがた》コロナウイルス感染症《かんせんしょう》よりはましよ」

「そりゃ、そうだよなぁ」

川之江《かわのえ》の八幡《はちまん》神社を過《す》ぎると、すぐに碑《ひ》が見えてきた。

家族で四国中央市へ買い物に行くけど、これまで全く気づかず素通《すどお》りしていた。

「寛政《かんせい》の三博士《はかせ》　尾藤二洲生誕地《びとうじしゅうせいたんち》」という大きな文字が目に飛び込《こ》んできた。

駐車《ちゅうしゃ》して、父とゆっくりそのあたりを散策《さんさく》する。

川沿《かわぞ》いにちょっとした小さい庭があり、梅の木が植えられていた。

春になるときっときれいに咲《さ》くことだろう。

「尾藤二洲顕彰碑《びとうじしゅうけんしょうひ》」はすぐに見つかった。

平成十五年に建てられたものなので、字は読みやすい。

これが江戸《えど》時代や明治時代の変体仮名《へんたいがな》の古文書とか碑文《ひぶん》なら、絶対《ぜったい》に読めないだろう。

「尾藤二洲先生は、延享《えんきょう》四年（一七四七）十月八日宇摩郡川之江村農人町《のうにんまち》に生まれる。五歳の時、舟溜まりに落ち、生涯足疾《そくしつ》となる。

十四歳の時、祖父の勧めで村の儒医宇田川楊軒に就き徂徠学を学ぶ。二十四歳で大阪に遊学、片山北海に師事、古文辞学《こぶんじがく》を学ぶ。後に頼春水《らいしゅんすい》等切磋交遊、朱子学を正学とし素餐録《そてつろく》を著す。

寛政三年（一七九一）幕府に登用され昌平黌《しょうへいこう》の教官となり、柴野栗山、古賀精里と共に寛政の三博士と称された。六十五歳で官を辞する迄の二十一年間、学識と卓見を以てその名を四海《しかい》に馳《は》せた。謹言《きんげん》で洒脱《しゃだつ》、豪放《ごうほう》で磊落《らいらく》、高い識見と大義に厚い性格は、多くの師弟、友人を感化教導して止まなかった。

父とゆっくり読んでみた。

近くに大きな碑《ひ》があった。

正面の漢文は、二洲《じしゅう》先生の直筆《じきひつ》を石に彫《ほ》ったものだ。

あまりにも達筆《たっぴつ》すぎて、父にも私にも読めない。

その石碑《せきひ》の後ろ辺りを見ていた父が急に大きな声をあげた。

「椋葉《むくは》、ここに漢文の書き下し文があるぞ」

「えっ」

私《わたし》は急いで父の所へ駆《か》け寄《よ》った。そして、声を挙げて読んでみた。

「水聲《すいせい》長く耳に在《あ》り　山色門《さんしょくもん》を離《はな》れず　二洲望郷《じしゅうぼうきょう》の句《く》」

（どういう意味だろう）

父にも分からない。

そこで、後日、漢文の先生に尋《たず》ねてみた。

片桐《かたぎり》先生という、定年を迎《むか》えたけれど再任用《さいにんよう》で来られている男の先生。

いつもにこにこしている。

高丸先生と同じくらい、私《わたし》が大好きな先生だ。

片桐《かたぎり》先生は、この碑《ひ》には漢文で「水聲長在耳《すいせいながくみみにあり》　山色不離門《さんしょくもんをはなれず》」と書かれているとおっしゃった。

しかも、この漢文は※宋の時代、李濤《りとう》という人が※編纂《へんさん》した詩学書《しがくしょ》の

生涯梅花を愛し、酒を嗜《たしな》み、故郷の風光を懐かしんだ望郷の念は、いみじくも今に伝わる詩の中に多い。
文化十年（一八一三）十二月四日、六十七歳にて没し、東京都大塚先儒《せんじゅ》墓所に眠る。
平成十五年十二月
尾藤二洲顕彰会」
※ルビは筆者が付けた。

※宋は西暦九六〇年から一二七九年に存在した王朝。ただし、李濤は唐（晩唐）の時代に生きた人という説もあり、詳細は不明。
※編纂とは、いろいろと材料を集めて、整理と加筆などを行って書物にまとめること。

「本朝警句《ほんちょうけいく》」の巻《かん》三に書かれている詩の一節であるとも言われた。

ただし、原文では「渓聲長在耳《けいせいながくみみにあり》　山色不離門《さんしょくもんをはなれず》」となっていて、碑文《ひぶん》の最初の一字が「水」なのに、原文では渓谷《けいこく》の「渓《けい》」になっている。

「こりゃ、不思議だ」と頭を抱《かか》えていた。

意味は「水の流れる音が絶《た》え間なく耳に聞こえ、家の窓《まど》を開けると山の景色がすぐ目に入る」である。

でも私《わたし》はどうも解《げ》せない。

なぜ、この詩が大きな碑文《ひぶん》となっていて、そこには「二《じ》洲望郷《しゅうぼうきょう》の句《く》」と書かれているのか。


次の日曜日も、私《わたし》は父にお願いして、四国中央市歴史《れきし》考古博物館へ連れて行ってもらった。

（ここなら何か分かるかもしれない・・・）

近代的ですごく立派《りっぱ》な建物。

平成二年に開館している。

博物館に入ると、受付に若《わか》い女性《じょせい》がいた。

「あのー、学芸員さんの方、いらっしゃいますか」と父が尋《たず》ねる。

「一応《いちおう》、私《わたし》が学芸員ですが・・・」

「しっ、失礼しました」

※ 遺墨とは、故人の書画、先人の残した筆跡。

尾藤二州先生の銅像

父の慌《あわ》てる姿《すがた》がおかしかった。

私《わたし》が、碑文《ひぶん》のことを尋《たず》ねると、「少しお待ちトさい」と言って書庫の中へ消えていった。

待つこと約十分。

学芸員さんは一冊《さつ》の本を持って来られた。

「どうもお待たせしました。この本をご覧《らん》ください」

本のタイトルは「郷土《きょうど》に残る尾藤二洲《びとうじしゅう》先生※遺墨選《いぼくせん》」とあった。

本を開いていくと、例の詩が掲載《けいさい》されたページが見つかった。

本には「水音は川の流れの音。この川は郷里川之江《きょうりかわのえ》の金生川《きんせいがわ》だろう。山色《さんしょく》は山の景色。山麓《さんろく》に尾藤家《びとうけ》の菩提寺《ぼだいじ》の佛法寺《ぶっぽうじ》がある」と書かれている。

また、「この書軸《しょじく》は川之江《かわのえ》の長野家に長く伝えられたもので、二洲《じしゅう》の望郷《ぼうきょう》の詩である」とも書かれていた。

学芸員さんが、「当時は現在《げんざい》の十一号線と並行《へいこう》するように、南から北に金生川《きんせいがわ》が流れていました。そして、尾藤家《びとうけ》の菩提寺《ぼだいじ》は城山の麓《ふもと》にある佛法寺《ぶっぽうじ》です」と説明される。

「だから、あの詩の意味は、『金生川《きんせいがわ》の流れる水音が絶《た》え間なく耳に聞こえ、菩提寺《ぼだいじ》である佛法寺《ぶっぽうじ》の門をくぐると、季節によって移《うつ》りゆく山の景色が目に入る』でしょうか」と学芸員さんから説明された。

尾藤家の菩提寺・佛法寺

「実は、私《わたし》の高校の先生が、中国の漢詩では『渓聲長在耳《けいせいながくみみにあり》』なのに、なぜ『水聲長在耳《すいせいながくみみにあり》』となっているのか分からないと言われました」と話してあげた。

すると学芸員さんは「えっ、あの漢詩は、二洲《じしゅう》先生が作られたのではないのですか」と驚《おどろ》かれていた。

私《わたし》は宋の李濤《りとう》いう人の名をあげた。

学芸員さんは「二洲《じしゅう》先生のような教養人なら、古い漢詩をいっぱい暗記されていて、最初の一字から間違《まちが》うことはないでしょう」と言われる。

（私《わたし》もそう思う・・・そうだ、薄々《うすうす》と分かってきた）

渓谷《けいこく》の「渓《けい》」とは、徳島の祖谷渓《いやけい》とか、小豆島《しょうどしま》の銚子渓《ちょうしけい》のような、山深く、山と山の間に川が流れている谷のようなもの。

一方、良佐《りょうすけ》さんが幼《おさな》い頃《ころ》に遊んだ金生川《きんせいがわ》は、川之江《かわのえ》の平野を流れている川。

だから、漢文の最初の一字を「渓《けい》」から意図的に「水」に置き換《か》えて詠《よ》み、遠き故郷《ふるさと》に想いを馳《は》せたのに違《ちが》いない。

遠き江戸《えど》にいる良佐《りょうすけ》さんの故郷《ふるさと》を愛する気持ちが感じられた。

だから「望郷《ぼうきょう》の詩《うた》」となっているのだ。

まさに「聞くは一時《いっとき》の恥《はじ》　聞かぬは一生の恥《はじ》」だ。

この瞬間《しゅんかん》、私《わたし》は「学芸員」という仕事に憧《あこが》れた。

箕浦の海岸
道の駅「とよはま」の沖

地震で沈んだ千軒ケ浦付近

帰り道、私《わたし》たちは気分転換《てんかん》も兼《か》ねて、「道の駅　とよはま」に寄《よ》った。

そして、車を降《お》りて父と堤防《ていぼう》の方へ行ってみた。

沖合にプレジャーボートが五隻停泊《せきていはく》している。

「ねぇ、父さん、どうして海は広いのに、みんな同じ付近で釣《つ》りをしているの？」

実は父さんの趣味《しゅみ》の一つに釣《つ》りがある。

「あれはね、あの付近に磯《いそ》があるんだ。お岩の磯《いそ》と言ってね、魚が岩礁《がんしょう》に寄《よ》ってくるんだ」

「ふーん」と言いながら、私《わたし》はあることを思い出した。

それは大介《だいすけ》さんが言っていた大地震《じしん》のことだ。

「父さん、あれは※千軒ケ家浦《せんけんがいえうら》と言われた大集落が沈《しず》んでいるの・・・」

「えっ、それは父さん、初耳だ。もしそれが本当なら水中考古学の出番だね」

なんだかロマンがある話だ。

中世の遺物《いぶつ》が数多く眠《ねむ》っているのに違《ちが》いない。

車を運転している父に話しかけた。

「今みたいに交通も発達していない時代、どうやって江戸《えど》の方まで行っ

※瀬戸内海浜図巻などの古文書に、「姫ケ濱　沖津浪に沈みてやふす恋嶋の逢かけへたつ姫ケ濱かな」と書かれている。当時、「千軒ケ家浦」といわれていた大集落が海没した跡と口碑は伝えている。現在、海岸から約七百メートル沖合に「お岩の磯」と呼ばれる1・8haほどの岩礁がある。

たんやろう。良佐《りょうすけ》さんは足が不自由なのに」

「そうやなぁ・・・大変な苦労をされて行かれたのやろうなぁ」

私《わたし》が江戸《えど》時代に旅していた時のことをじっくりと考えた。

（大坂、江戸《えど》、良佐《りょうすけ》さん、求吾《きゅうご》先生、大介《だいすけ》さん、喜八郎《きはちろう》さん、おみつさん、源右衛門《げんうえもん》さん、おりん様・・・）

「そうだ！」

突然《とつぜん》の大声に父は驚《おどろ》いた。

「良佐《りょうすけ》さんは、港町の求吾《きゅうご》先生に自分の足を診《み》てもらい、東町の藤村《ふじむら》喜八郎《きはちろう》さんのお屋敷《やしき》に住みながら治療《ちりょう》を受けとるよ。そして、弟の大介《だいすけ》さんや喜八郎《きはちろう》さんの子どものおみつさんや源右衛門《げんうえもん》さんのおかげで回復《かいふく》したんや」

「そうか、求吾《きゅうご》先生は港町だったんか。あっ・・・父さんも思い出したぞ」

「えっ、何を？」

「確《たし》か、椋葉《むくは》のじいちゃんの同級生にものすごく賢《かしこ》い女の子がいて、その人が求吾《きゅうご》先生の六代目になると言っていたのを聞いたことがある」

「子孫はずっと続いてたんやね」

「じいちゃんが高校生の頃《ころ》までは、その子の土地も家もあってね。大きなお屋敷《やしき》だったそうだ。その子のお父さんは、小学校のＰＴＡ会長もされていた。でも、今じゃ、みんなどっかへ行ってしまって、土地も家もない・・・」

「寂《さび》しい話やね」

「それから思い出した。東町の藤村家《ふじむらけ》のことも誰《だれ》かから聞いたことがある。江戸《えど》時代はすごく栄えていたんだ。屋敷《やしき》もすごく広いし・・・あっ、そうそう和田浜《わだはま》の港を改修《かいしゅう》したのも藤村《ふじむら》さんと聞いている・・・」

「父さん、私《わたし》、求吾《きゅうご》先生や藤村家《ふじむらけ》のこともこれからもっと調べてみる」

「そうか、父さんも調べるぞ・・こりゃ、椋葉《むくは》の歴史病《れきしびょう》が完全に伝染《でんせん》してしまったな」

「うん」

　私《わたし》は得意《とくい》げに父と意気投合したが、次の父の一言で現実《げんじつ》に戻《もど》った。

「椋葉《むくは》、ところで大学入試の方は・・・」

　それからの父は、田中のおっちゃんと一緒《いっしょ》になり、求吾《きゅうご》先生や大介《だいすけ》さん、そして、藤村家《ふじむらけ》の喜八郎《きはちろう》さんや源右衛門《げんうえもん》さんのことを調べ始めた。

ここで私《わたし》は素朴《そぼく》な疑問《ぎもん》が湧《わ》いてきた。

尾藤二洲《びとうじしゅう》先生や頼山陽《らいさんよう》先生は、高校の教科書にも出てくるような有名なお方。

　でも、求吾《きゅうご》先生やその弟の大介《だいすけ》さん、藤村家《ふじむらけ》の人たちは、どうして教

尾藤二洲は高校の教科書に載っている頼山陽の義理の叔父。つまり尾藤二洲の妻の姉が、頼山陽の母。頼山陽は歴史の教科書ではこう記述されている。

「※寛政期の高山彦九郎は尊王思想を説いて全国をめぐり、蒲生君平や頼山陽らもその著述を通して尊王論を説いた」

※令和三年、株式会社山川出版社発行「詳説日本史B」高校の教科書より

教科書では尊王論に重点がおかれているが、頼山陽は歴史家、思想家、漢詩人、文人（書家・画家）と多方面で活躍された。特に主著である「日本外史」は、幕末の尊王攘夷運動に影響を与え、日本史上のベストセラーとなった。

科書に載《の》っていないのだろう。

江戸《えど》時代の医者や廻船問屋《かいせんどんや》は、日本中探《さが》せば山ほどある。

尾藤二洲《びとうじしゅう》先生や頼山陽《らいさんよう》先生のような、表舞台《おもてぶたい》に立った有名な人だから、社会科の教科書に掲載《けいさい》されたんだ、と当時の私《わたし》はその程度《ていど》しか認識《にんしき》していなかった。

でも歴史《れきし》を勉強しているうちに、そんな単純《たんじゅん》なものでもないことがわかってきた。

その前に、私《わたし》にとって絶体絶命《ぜったいぜつめい》のピンチが訪《おとず》れる。

それは歴史《れきし》の研究にうつつを抜《ぬ》かして（夢中《むちゅう》になりすぎて、心を奪《うば》われること）、気が付くと、大学入試の勉強がおろそかになってしまったことだ。

その結果、やはり想像《そうぞう》したように、大学入学共通テストでは思うような成績《せいせき》を取ることができなかった。

そして、前期日程《にってい》試験で、希望する大学への入学試験では、ことごとく玉砕《ぎょくさい》（全滅《ぜんめつ》）してしまった。

自信があったのは日本史《にほんし》Bだけ。

その他の教科はまったくお手上げだった。

でも、歴史《れきし》研究のせいにするわけにもいけない。

私《わたし》は天下の浪人生《ろうにんせい》になってしまった。

高松の予備校《よびこう》へ行くことも考えたが、母校の補習科《ほしゅうか》へ行くことにした。

それは経済的《けいざいてき》な問題から。

その補習科《ほしゅうか》の入学式で、私《わたし》の隣《となり》に座《すわ》ったのは、東大を目指している大樹《たいき》君だった。

苦笑いしながら、私《わたし》の方を見ていた。

補習科《ほしゅうか》に入って入試勉強をしていても、歴史《れきし》のことが気になる。

ある日、田中のおっちゃんがいつものように遊びに来た。

父が私《わたし》の勉強部屋にそっとやって来た。

「椋葉《むくは》、田中のおっちゃんが来とるよ。何か古い物を持って来てるけど見る？」

「えっ、でも勉強せんと・・・」

「大丈夫《だいじょうぶ》、大丈夫《だいじょうぶ》。今、お母さん、買い物で外出中やから、今がチャンスや」

「本当？　じゃあ行く」

私《わたし》は父の甘《あま》い誘惑《ゆうわく》に負けてしまった。

応接間《おうせつま》に入ると、田中のおっちゃんは風呂敷《ふろしき》の中から大事そうに古い

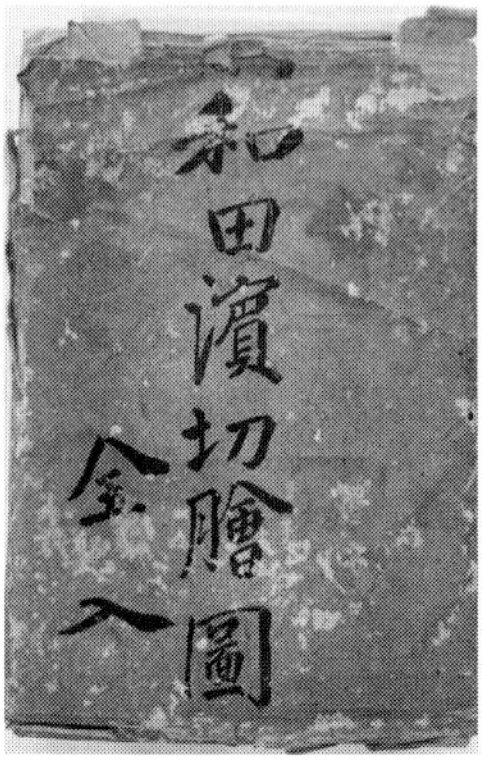

和田浜の字切図
（切絵図）

物を取り出した。

それは二つあった。

「椋葉《むくは》ちゃん、これ何か分かるかい？」

色あせていて、相当古い物であることだけは分かる。

（何だろう？）

「読んでみてん」

「えーと、『壱番《いちばん》　藤村本家《ふじむらほんけ》より戴《いただ》く　姫浜字切戸《ひめはまあざきりと》』それと『壱番《いちばん》　今井本家より戴《いただ》く　和田浜字切戸《わだはまあざきりと》』」

私《わたし》にはさっぱり分からない。

「これはな、字切図《あざきりず》と言《い》って、明治時代の地租改正《ちそかいせい》に伴《ともな》い、字《あざ》単位で作成された地図なんや」

「えっ、これって、豊浜《とよはま》の和田浜《わだはま》と姫浜《ひめはま》？」

「そうだよ」

私《わたし》にはよくわからないけど、この地図を見れば江戸《えど》時代や明治時代の道が分かるそうだ。

そして、求吾《きゅうご》先生と藤村家《ふじむらけ》のお屋敷《やしき》の広さもわかることに気づいた。

私《わたし》に一筋《ひとすじ》の光が射《さ》してきたみたいだ。

「何番地というのは、明治政府《せいふ》によって決められたもの。だから今も昔も変わらんのや」

「えっ、本当ですか？」

私《わたし》はまったく知らなかった。

「ではゆっくりと開けるで・・・」

白い手袋《てぶくろ》をはめた田中のおっちゃんが、慎重《しんちょう》に地図を広げる。

姫浜《ひめはま》だけでも十九冊《さつ》ある。

「ほら、ここに書かれとる字は読める？」

（これは明治時代に書かれた字だ・・・）

一字一字丁寧《ていねい》に筆で書かれている。

墨《すみ》は何千年過《す》ぎてもそのまま残っている。

「愛媛縣《けん》讃岐國《さぬきのこく》豊田《とよた》郡《ぐん》姫濱村《ひめはまむら》切繪圖《きりえず》十九枚《まい》之《の》内《うち》　壱号《いちごう》」

切繪圖《きりえず》とは、字切図《あざきりず》のこと。

「椋葉《むくは》ちゃん、これって明治のいつ頃《ごろ》か、わかるん？」

私《わたし》は首を横に振《ふ》った。

「実はここにヒントが隠《かく》されているんや」

田中のおっちゃんは、「愛媛縣《けん》」と書かれている文字を指さした。

「香川県って、明治に入って、すぐに香川県になったのではないよね」

「はい、確《たし》か、ある時は名東県《みょうとうけん》という徳島県、そして、香川県に。でも再び愛媛県に編入《へんにゅう》され、そして、香川県となりました」

「さすがだね。じゃあ、愛媛県であった時期は？」

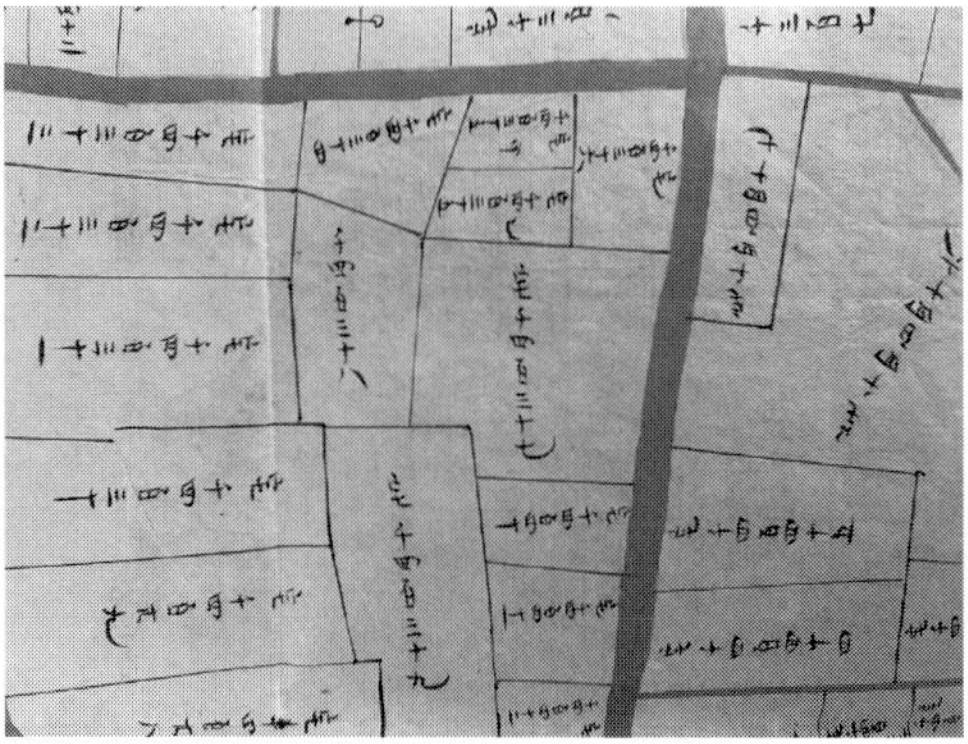

求吾先生のお屋敷付近

私《わたし》はそこまでは分からなかったので、スマホで調べた。

すると、香川県が愛媛県に属《ぞく》していたのは、明治九年（一八七六）八月二十一日から明治二十一年（一八八八）十二月三日までの十二年間。

「地租《ちそ》改正は明治六年（一八七三）です。だからこの地図は明治九年あるいは、その少し後になると思います」

「その通り！」

田中のおっちゃんと私《わたし》とのやり取りを横で見ていた父が、次第に体を乗り出して来た。

「我《わ》が家はありますか」

「もちろん、ありますよ」

私《わたし》も父も心臓《しんぞう》がドキドキし始めた。

だって百五十年も昔の我《わ》が家が分かるから。

地図が入っている箱は朽《く》ち果て、表紙は色あせているけど、地図そのものは百五十年前とは思えないほどきれいに保存《ほぞん》されていた。

道路、池・沼《ぬま》・川、荒《あ》れ地、官有林（国が所有する森林、現在は国有林）、宅地《たくち》、山林・藪《やぶ》、社寺・埋葬地《まいそうち》（墓《はか》）がそれぞれ色分けされている。

「あった！」

現在《げんざい》の我《わ》が家は「一〇〇〇番地の三」となっている。

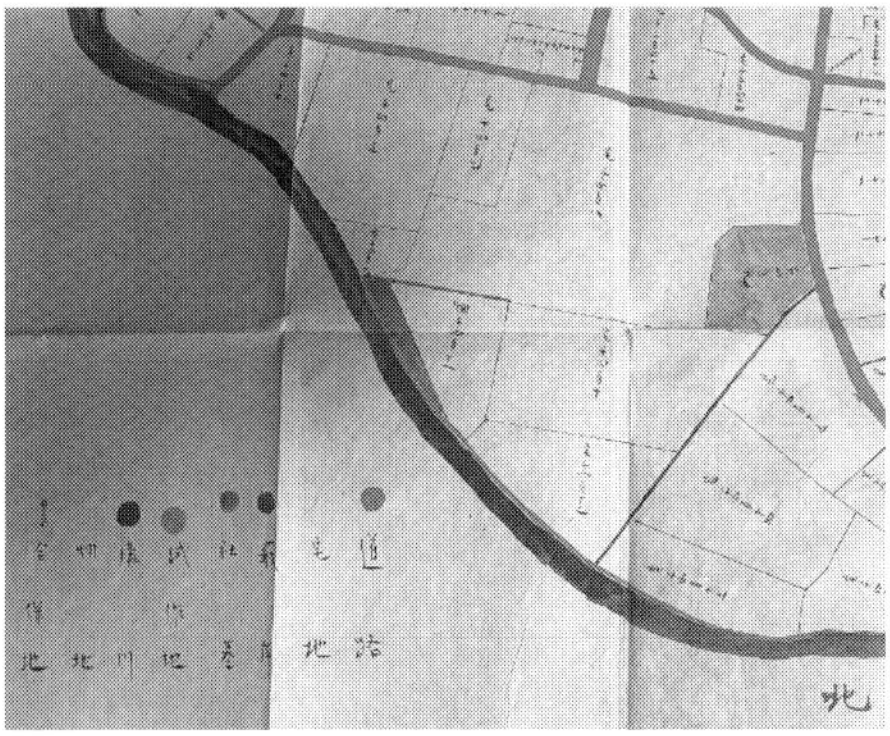

藤村家のお屋敷の広さは約一町あったと言われている。これは一ヘクタールとほぼ同じ。つまり、一辺が百メートルの正方形の面積。

つまり、四桁《けた》の次にハイフォンがあり、すべて五桁《けた》の数字になっている。

これはどういうことなのかと、田中のおっちゃんに尋《たず》ねると、こう言われた。

「それは分筆《ぶんぴつ》しているからだよ」

「分筆《ぶんぴつ》って？」

「一つの土地を複数《ふくすう》に分けること。例えば、広いお屋敷《やしき》を、何人かで分けて購入《こうにゅう》することがあるやろう」

百五十年前の我《わ》が家は四桁《けた》の番地《ばんち》であった。

何かの理由で土地を三つに分けて、残り二つを他人に売り払《はら》ったのだろう。

求吾《きゅうご》先生のお屋敷《やしき》も分かった。

広さは、当時の我《わ》が家の三倍ぐらい。

以前、父が言っていたことを田中のおっちゃんに伝えた。

「ここに住んでいた方は、近所の人に土地を売り払《はら》って都会に出て行ったんです」

だから今では、求吾《きゅうご》先生の跡地《あとち》には何も残っていない。

東町の藤村家《ふじむらけ》の屋敷《やしき》を見てみた。

その広さは、求吾《きゅうご》先生の屋敷の十倍以上の広さがあった。

※豊浜八幡神社付近で、伊予街道は、二本に分けられている。それは、金毘羅街道と観音寺道へと続く。和田浜港（豊浜港）からは一本の道が、大野原へと伸びており、金比羅街道とつながっている。それらの道幅は現在とは比較にならないぐらい狭い。当時の東海道でさえ、馬一頭がすれ違うのに難儀したと言われている。

観音寺道と金毘羅街道

つまり、我《わ》が家の三十倍以上の広さがある。

屋敷《やしき》の中には墓地《ぼち》もあった。

きっと藤村家《ふじむらけ》代々の墓《はか》だろう。

現在《げんざい》、藤村家《ふじむらけ》の墓地《ぼち》は豊浜町《とよはまちょう》共同墓地《ぼち》に移転《いてん》されている。

藤村家《ふじむらけ》の墓地《ぼち》があった場所は市の管理地となり、東町自治会が使用している。

今は、東町子ども会の手によってきれいなお花畑となっている。

私《わたし》はスマホの地図アプリを開いてみた。

そして、地図を拡大《かくだい》していくと、地番《ちばん》が書かれていた。

その地番《ちばん》は、この字切図《あざきりず》の地番《ちばん》とまったく同じであった。

藤村家《ふじむらけ》のお屋敷《やしき》だった土地はすべて分筆《ぶんぴつ》され、十軒《けん》近くの家が建っていた。

田中のおっちゃんが不思議なことを言い出した。

「椋葉《むくは》ちゃん、この地図を見ていると、当時の道も分かるんで」

当然、高速道路や国道十一号線なんかあるはずないけど、現在《げんざい》ある道も当時はなかった、というのがたくさんあった。

百五十年前の地図を見ていて、明らかに確認《かくにん》できる幹線《かんせん》道路がある。

それは愛媛県の方から豊浜《とよはま》へと伸《の》びている一本の道。それは※伊予街道だ。

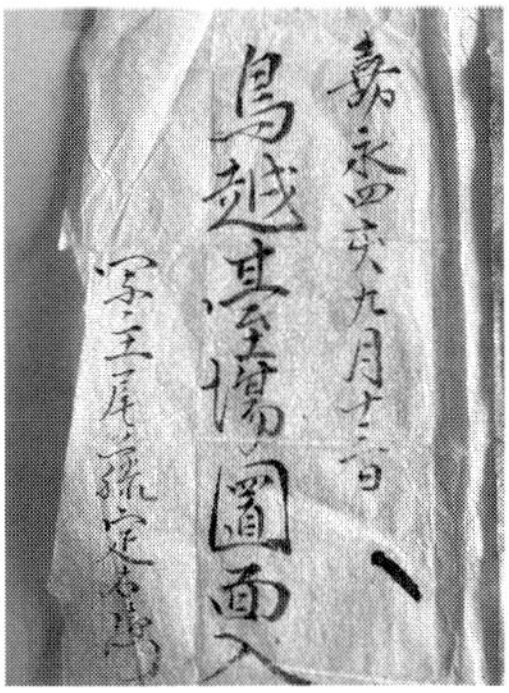

絵図が入った箱

鳥越台場の絵図

田中のおっちゃんが持ってきてくださった字切図《あざきりず》のお陰《かげ》で、明治時代の道とか屋敷《やしき》跡を見ることができた。

それと箕浦《みのうら》、和田、そして、大野原の字切図《あざきりず》は「ふるさと学芸館（旧紀伊《きゅうきい》小学校）」にあることがわかった。

田中のおっちゃんは、近々、和田浜《わだはま》と姫浜《ひめはま》の字切図《あざきりず》をそこへ寄付《きふ》する予定だ。

そうすれば、いつまでも貴重《きちょう》な史料《しりょう》を見ることができる。

こんな宝物《たからもの》は個人《こじん》が私的《してき》に所有するのではなく、公的機関に預《あず》けるのが一番だと思った。

また、田中のおっちゃんは、直場《じきば》の今井家本家から預《あず》かった、江戸《えど》時代に描《えが》かれた余木崎《よきざき》付近の絵図も持ってきた。

桐《きり》の箱には「※嘉永《かえい》四亥《い》九月十三日　鳥越臺場圖面入《とりごえだいばずめんいれ》　写主《しゃしゅ》尾藤《びとう》定右《じょう》衛門《えもん》」と書かれていた。

田中のおっちゃんの説によると、余木岬《よきざき》には大砲《たいほう》が設置《せっち》できるように台場が造《つく》られていても、実際《じっさい》には物騒《ぶっそう》な大砲《たいほう》は設置《せっち》されていなかったのではないかという。

その後も田中のおっちゃんは時々やって来る。

でもいつも相手することはできない。

嘉永四年とは西暦では一八五一年。ペリーが浦賀にやって来る二年前のこと。鳥越とは余木崎付近の四国中央市にある地名。正確には四国中央市川之江町余木字鳥越。ちなみに高速道路の香川県と愛媛県の境は鳥越トンネル。

お台場と聞くと、東京の「お台場」を想像する人が多い。台場とは、そもそも大砲を設置するための台を設置した所。江戸時代の後期、江戸の台場には大砲がたくさん置かれていた。

文政八年（一八二五）幕府は、異国船打払令（外国船打払令）を出した。もっともアヘン戦争（一八四〇）の結果、清国がイギリスに大敗したことに驚いた幕府は、天保十三年（一八四二）に薪水《しんすい》給与令を出している。これは外国船をただ闇雲に打ち払うのではなく、異国船に対して、やんわりと燃料や食料を与えて、やんわりと帰ってもらうという狙いがあった。

なぜなら今は浪人生活《ろうにんせいかつ》。

これから二浪《ろう》、三浪《ろう》の生活《せいかつ》は許《ゆる》されない。

そこで私《わたし》は、ある計画を立てた。

それは図書館へ行き、一時間は郷土《きょうど》の歴史《れきし》のことを調べる。

でもそれ以外は、きちんと入試勉強に取り組むことに決めた。

「図書館へ行ってくるけん・・・」

ある日、私《わたし》は母にそう告《つ》げて出かけた。

（今日は最初に歴史《れきし》の勉強をしよう・・・）

早速《さっそく》、分厚《ぶあつ》い「新修《しんしゅう》　豊浜町誌《とよはまちょうし》」を取り出し、その資料編《しりょうへん》を見ることにした。

「郷土《きょうど》に輝《かがや》く人々」という項目《こうもく》があったので、そこを一読《いちどく》した。

最初、目に付いた人は、「沙門法覚上人《しゃもんほうかくしょうにん》」とおっしゃる宋林寺《そうりんじ》の名僧《めいそう》。

（なるほど・・・本を最初に開いたページ、表見返《おもてみかえ》し（表紙の裏）には、その原文が掲載《けいさい》されている）

（これは鎌倉《かまくら》時代の文字や。一字一字の漢字は読めないことはないけど、意味は全くわからない・・・日本語と思えない）

次に、関谷兵衛国貞《せきやひょうえくにさだ》、合田新左衛門《ごうだしんざえもん》・・・と見ていくと、藤村喜八郎《ふじむらきはちろう》

「蒙古が襲来した元寇の時、朝廷や幕府は、各地の社寺仏閣に敵国降伏の祈祷をするように命じた。鎌倉幕府北条家の尊信を受けていた姫浜八幡宮の別当寺であった宋林寺もこの命を受け、当時の住職、沙門法覚《しゃもんほうかく》上人は建治元年（一二七五）から弘安三年（一二八〇）にかけて、大般若波羅蜜多経《だいはんにゃはらみったきょう》六百巻を書写して祈祷をした。その中の「巻第二百五十八」の奥書に沙門法覚上人の願い文があり、その一部が現在宋林寺に残されている」（新修　豊浜町誌より）

という文字が目に留《と》まった。

（喜八郎《きはちろう》さんや・・・）

町誌《ちょうし》の資料編《しりょうへん》には次のように書かれていた（次ページの上段を参考）。

（喜八郎《きはちろう》さん、すごい・・・でも私財《しざい》四万《まん》五千余両《よりょう》って、いくらやろう？）

図書館のインターネットコーナーへ行く。

そして、貨幣《かへい》博物館のサイトにアクセスする。

一両のことが分かった。

一両を米の値段《ねだん》とか一杯《ぱい》のおそば代《だい》に換算《かんさん》（別の単位で）して、今のお金で表すと、江戸《えど》時代初期は約十万円、中期から後期で六万円から四万円、幕末《ばくまつ》の頃《ころ》だと一万円以下ということが分かった。

仮《かり》に江戸《えど》時代中期なので一両を六万円とすると、現在《げんざい》のお金にして、喜八郎《きはちろう》さんは約二十七億円を投じたことになる。

あまりにも巨額《きょがく》なので、庄屋《しょうや》の宮武幸右衛門《みやたけこうえもん》さんは途中《とちゅう》で資金《しきん》が尽《つ》きたけど、喜八郎《きはちろう》さんは最後までやり遂《と》げたそうだ。

和田浜港《わだはまこう》にあった「安永《あんえい》の灯籠《とうろう》」には二人の功績《こうせき》を讃《たた》えた碑文《ひぶん》がある。

そして、灯籠《とうろう》は、八幡神社《はちまんじんじゃ》に移設《いせつ》されたとある。

私《わたし》は、受験勉強をおろそかにして、自転車で八幡神社《はちまんじんじゃ》へ向かった。

「享保七年（一七二二）～天明七年（一七八七）公益事業家　藤村尚胤《ひさたね》の長男として和田浜に生まれる。通称は直香《なおか》、字《あざな》は正明《まさあき》。和田浜港は、西讃の玄関口であったが、明和・安永のころは河口が狭かったため、船舶が停泊することができず、そのうえ、たびたびの大風のために破損して人命を奪われることも多かった。そこで、喜八郎は和田村庄屋宮武幸右衛門《こううえもん》とはかり、幕府に上申して私財四万五千余両を投じて築港事業に着手し、三年の歳月を経て安永二年（一七七三）に完成した・・・」（新修　豊浜町誌より）

国道十一号線の歩道を走る。すると八幡神社《はちまんじんじゃ》の入り口に安永《あんえい》の灯籠《とうろう》があった。灯籠《とうろう》をゆっくりと一巡《いちじゅん》した。

豊浜町誌に、安永《あんえい》の灯籠《とうろう》に関する石碑《せきひ》の住所が書かれていた。
（和田浜港岸町有地《わだはまこうがんちょうゆうち》一四七六の一ってどこだろう・・）

私《わたし》は家に帰って調べてみた。田中のおっちゃんが持ってきた字切図《あざきりず》は写真に撮《と》っている。パソコンの字切図《あざきりず》を拡大《かくだい》し、それとスマホの地図アプリで確認《かくにん》する。字切図《あざきりず》の番地《ばんち》と地図アプリの番地とはピッタリ合致《がっち》した。現在《げんざい》の「西かがわ漁業協同組合」がある所だ。これで、江戸《えど》時代の和田浜港《わだはまこう》がどこにあったのか分かった。現在《げんざい》の豊浜港《とよはまこう》の一部に和田浜港《わだはまこう》が位置している。神戸港とか横浜港《よこはまこう》とか、巨大《きょだい》な港を見慣《みな》れている人にとっては小さいけど、当時としては相当、大きい港だと思う。

私《わたし》は、八幡神社《はちまんじんじゃ》に行ったその足で、豊浜港《とよはまこう》へ向かった。「西かがわ漁業協同組合」の隣《となり》に、「本姓翁之碑《ほんしょうおきなのひ》」と刻《きざ》まれた碑《ひ》があるので見に行った。碑《ひ》は文化十一年（一八一四）に建てられた。

建てた方は安永《あんえい》の灯篭《とうろう》と同じ、源右衛門《げんうえもん》（直道《なおみち》）さん。

重圧感のする巨大な灯篭。

「豊浜町指定有形文化財　安永灯篭（当神社所有）　昭和五十八年七月一日指定　豊浜町教育委員会《きょういくいいんかい》」とある。

「この灯籠は和田浜港岸町有地一四七六の一に在ったものを心なき人に取りこわされ他町に移されていたものを多くの協力者を得てこの神社境内に復元したものである」

そして、復元協力者の主な人の名前四人と、他七十余名が記載。

日付は、昭和四十六年九月廿四日。

江戸時代の中頃、米を千石積める弁才船（千石船）で、約百五十トンぐらいである。

少し足を運ぶだけで、歴史《れきし》の一端《いったん》を垣間見《かいまみ》ることができる。

でも、こんなことばかりしていると、またまたヤバくなる。

（今日はここまで・・・）

私《わたし》は、急いで図書館に帰り、受験勉強に励《はげ》むことにした。

しかし、勉強をしていても歴史《れきし》のことが頭から離《はな》れない。

いつの間にか、私《わたし》は寝入《ねい》ってしまった。

×　×　×

ここは喜八郎《きはちろう》様のお屋敷。

心なしかおはるさんの口元が緩《ゆる》んで見える。

「はる、どうしたんじゃ」

「えっ、喜八郎《きはちろう》様、今、何か？」

「何か考え事をされていたのじゃろ？」

「だって、はるは明日届《とど》く荷物《にもつ》のことが楽しみ。上方《かみがた》の紅《べに》って、讃岐《さぬき》の紅《べに》とは違《ちが》うわ」

「そうかの？　男の私《わたし》には分からぬ」

その時、お屋敷《やしき》の格子戸《こうしと》がガタガタと音を立てた。

「喜八郎《きはちろう》様、あの音は？」

「あれは風の音、しかも『やまじ』じゃ」

安永の灯篭の碑文には、喜八郎と直場の庄屋、宮武幸右衛門を讃える碑文が書かれている。すべて漢字である。現代文に訳すと、次のようになる。

「燧灘は、ひとたび怒ると、山のような大波が起こり、行き交う船は立ち寄る港もなく、どこに流されるかも知れなかった。これを心配した藤村直香と宮武唯真は、藩の許しを得て、三年かかって港を完成した・・・」さらに、「石でつないだような堤防は、縄をなったようで、中国の南山と同じく欠けたり崩れたりしない」

「寛政四壬子夏六月吉日　藤村直道建」

藤村直道とは、喜八郎の息子、つまり、源右衛門のこと。寛政四年とは、一七九二年。安永の灯篭は、約二百年以上に渡って和田浜港の安全を守ってきたことになる。

「『やまじ』って？」

「南風のことじゃ。あの風では船は港に着けぬの」

「えー、またなぁ、これで何回目なの？」

喜八郎《きはちろう》様は一瞬《いっしゅん》、困《こま》ったような顔をされた。

「よし、私はやるぞ」

「何を？」

「港を大きくするのじゃ、これはおはるのためにも、そして、藤村家、ひいては和田浜のためになるのじゃ」

はるは目をパチパチとさせた。

「でも、それには丸亀藩《まるがめはん》のお許しがいる」

「喜八郎《きはちろう》様がそんなことをなさらずでも・・・」

「いや、私はやる。やってみせる」

こうして、喜八郎《きはちろう》様は丸亀藩《まるがめはん》と掛《か》け合って、和田浜港改築《わだはまこうかいちく》のお許しを得たのです。

しかし、そのための費用は・・・

（二十七億円・・・これは天文学的な数字）

私《わたし》には一つの疑問《ぎもん》があった。

（どうして、こんな額《がく》を個人《こじん》が出すん？　幕府《ばくふ》（国《くに》）や藩《はん》（県）は何も

和田浜港は明和八年（一七七一）に着工し、安永二年（一七七三）三月に落成している。直接工事をされたのは、備前・児島（岡山）の本性翁門吉。若い時から喜八郎に従い築石の技術を習得した。そして、四十七歳の時、徒弟数十人を連れてきてこの工事をしている。その技術はすばらしく今でも築かれた石は緩んでいない。

安永の灯籠（豊浜八幡境内）

しないの・・・）

　そんなことばかり思っていた。

　ふと、人の気配がした。喜八郎《きはちろう》さんが、私《わたし》の近くまでやってきた。

（えっ、田中のおっちゃん・・・）

「おむく殿《どの》、何をそんなに悩《なや》んでいるのか？」

「喜八郎《きはちろう》様・・・和田浜港《わだはまこう》を作るのに、四万五千両も出されたとお聞きしました。でもこれは幕府《ばくふ》や藩《はん》の仕事ではないのですか」

　喜八郎《きはちろう》さんは、笑いながら私《わたし》に優《やさ》しく答えられた。

「もっとも港を築《きず》くのは幕府《ばくふ》や藩《はん》がすることかも知れぬ。だが、幕府《ばくふ》の財政《ざいせい》が豊《ゆた》かだったのは、三代将軍《しょうぐん》、徳川家光公《いえみつこう》様の頃《ころ》までじゃ、それに江戸《えど》の丸亀藩邸《まるがめはんてい》が火事に遭《あ》い、港どころの話ではなくなったのじゃ」

「でも、そんな大金、なぜ喜八郎《きはちろう》様、個人《こじん》が出す必要があったのですか」

　喜八郎《きはちろう》さんは遠い目をした。

「お金には、死に金と生き金があるのをご存《ぞん》じか」

「死に金と生き金？　いいえ、私《わたし》にはよく分かりません」

「死に金とは、個人《こじん》の娯楽《ごらく》で使ったりする無駄遣《むだづか》い。また、千両箱に大判《おおばん》、小判《こばん》を入れて蔵《くら》に眠《ねむ》らせておくのも死に金だ。でも、生き金とは、そのお金で新たな価値《かち》を生み出すお金だ」

「新たな価値《かち》を生み出すお金？」

「そのとおり、港を造《つく》ることによって、物資《ぶっし》がどんどん和田浜港《わだはまこう》に入ってくる。そうなれば、この和田浜《わだはま》の地に富が築《きず》かれる・・・」

「そうか、分かった！」

喜八郎《きはちろう》さんがおっしゃっている経済《けいざい》のことが次第に分かってきた。

例えば、高速道路や空港の建設《けんせつ》に莫大《ばくだい》なお金がかかる。

でもかかった費用《ひよう》以上に経済《けいざい》は活性化《かっせいか》する。

企業《きぎょう》が利益《りえき》を出せば人々の賃金《ちんぎん》が上がる。

すると商品を購入《こうにゅう》する人も増《ふ》える。

そして、国や地方公共団体《だんたい》（都道府県や市区町村）への税収入《ぜいしゅうにゅう》が増加《ぞうか》する。

まさに※費用対効果《ひようたいこうか》が高いといえる。

（そうなのか・・・幕府《ばくふ》や藩《はん》に代わって莫大《ばくだい》なお金を投資《とうし》した喜八郎《きはちろう》さんの偉業《いぎょう》は、現在《げんざい》にもつながっているんだ）

× × ×

私《わたし》は、ハッとして机《つくえ》から頭を上げた。

その時、後ろから肩《かた》を突《つ》かれた。

「あのー、もう少しで閉館《へいかん》の時間ですが・・・」

※　費用対効果とは、ある施策に費やした費用に対して、得られる効果が大きいこと

（しまった。また今日もやらかした・・・）
私《わたし》は目を擦《こす》りながら図書館を後にした。
翌日《よくじつ》も図書館へ行く。
そして、凝《こ》りもせず、最初の一時間は歴史《れきし》の勉強をする。
もうここまでくれば、完全な歴史病《れきしびょう》だ。
今日も昨日の続き。「新修《しんしゅう》　豊浜町誌《とよはまちょうし》」の資料編《しりょうへん》を見る。
（えっと、昨日は喜八郎《きはちろう》さん、そして、一緒《いっしょ》に港を築《きず》いた宮武幸右衛門《みやたけこうえもん》さん・・）
今日は、※合田強《つよし》さんを見てみよう。
この方の名前を聞いたのは初めてであった。
（えっ、誰《だれ》だろう・・・和田浜《わだはま》なら私《わたし》の家の近くだ）
「同じころ、篤学家《とくがくか》の藤村喜八郎《ふじむらきはちろう》がおり、二人は互《たが》いに心の通じ合う親友であった」
（まっ、まさか・・・）
私《わたし》は慌《あわ》てて、豊浜町誌《とよはまちょうし》の本体を取り出した。
そして、目次から目を通した。
「第四編《へん》　教育・文化の移《うつ》り変わり」→「第二章　文化の進展《しんてん》」→「第

※合田強《つよし》
「享保八年（一七二三）～安永二年（一七七三）医学者（西洋医学）」

「合田吉盤《よしやす》の長子として和田浜に生まれる。西洋内科医としてわが国医学史上に赫然《かくぜん》と輝いている。彼が書いた書物に『西洋医述』『紅毛医述』があり、これは杉田玄白の『解体新書』より十二年も前のことである」

一節　学問と文芸」→「一　学問の発達」と見ていくと、蘭学《らんがく》と合田兄弟　《合田求吾《きゅうご》》《合田大介《だいすけ》》とあった。

（やはり間違《まちが》いない。これだ・・・）

私《わたし》は、そのページを開いて、むさぼるように読んだ。

「名は強《つよし》・剛《たけし》、字《あざな》は千之《ちゆき》、通称《つうしょう》は求吾《きゅうご》、号《ごう》を巨鼇《きょこう》・鼇山《ごうさん》・昆陵山人《こんりょうさんじん》・皆備堂《かいびどう》という」

（やはり、そうだった。資料編《しりょうへん》の合田強《つよし》とは、求吾《きゅうご》先生のことや）

また、私《わたし》の歴史病《れきしびょう》が再発《さいはつ》してきた。

（おむくさん、もういい加減《かげん》におよしなさい・・・・・）

求吾《きゅうご》先生や大介《だいすけ》さんからの叱責《しっせき》が聞こえてきた。

（もう、ここまでにしよう。大学に合格《ごうかく》してから、この続きをしよう）

私《わたし》は、強い決心をした。

歴史《れきし》の勉強は受験用の「日本史《にほんし》B」の勉強に留《とど》めた。

さて、どこの大学を受験するか。

学科は文学部の日本史学専攻《にほんしがくせんこう》に決めていた。

問題はどこの学校に行くのか。

できれば東京や大阪のような都会へ行きたい。

香川は離《はな》れようと考えていた。
理由は、ただ大都会に憧《あこが》れていただけ。
私《わたし》は行き先で悩《なや》んだ。
（兄は長崎の大学で医者を目指している。
私《わたし》とは分野が違《ちが》うが、長崎と・・・）
（そうだ・・・）
私《わたし》はある大事なことを思い出した。
あれは確か、求吾《きゅうご》先生との会話の中であった。

×　×　×

「そなたは長崎へ行ったことがあるのか」

「いいえ、私《わたし》はありませんが、今でも異国情緒《いこくじょうちょ》のあふれる街と聞いています」

「さようか、私《わたし》も一度は行ってみたいと考えておる」

「では、京へは？」

「京都なら、この春休みに家族と行《い》きました・・・」

それと、喜八郎《きはちろう》さんと求吾《きゅうご》先生との会話の中で次のようなこともあった。

「先日、梅《うめ》ゲ枝餅《えもち》を食べていると、京都の香りがしました。そして、今日は長崎伝来のお菓子《かし》（唐饅頭《とうまんじゅう》）。いずれ京都や長崎へも行ってみたいものです」

× × ×

（そうだ。京都や！）

私《わたし》は、京都の大学を目指すことに決めた。

でも具体的にどこの大学にするか。

とにかく受験勉強をして点数を上げてさえいれば、悩《なや》む必要はないと自分に言い聞かせた。

受験科目は、日本《にほん》史Bと国語と英語。

日本《にほん》史Bは二百点満点。

国語と英語はそれぞれ百点で計四百点満点。

文学部日本史学《にほんしがく》専攻《せんこう》なので、日本《にほん》史Bの配当得点《とくてん》が高いのはいいけど、問題は国語と英語。

はっきり言って、日本《にほん》史B以外、自信のある教科はない。

月日は流れ、早くも一月となった。

受験する大学は一校だけ。

滑《すべ》り止めも受けない。

私《わたし》は一浪《ろう》までしている。

受験料もバカにならない。

今回、大学に落ちた場合は、就職《しゅうしょく》を考えていた。

（大学へ行かなくても、歴史《れきし》の勉強はできるんだ）と、自分に言い聞かせた。


そして、いよいよ入試当日となった。

試験会場は高松市内。

事故《じこ》、渋滞《じゅうたい》・・・いろいろなアクシデントが予想される。

そのため、私《わたし》は前日から高松に入り、一泊《ぱく》して試験に挑《いど》むことにした。

実はそれが功を奏《そう》した（成功した）。

地球の温暖化《おんだんか》が影響《えいきょう》し、冬型《ふゆがた》の気圧配置《きあつはいち》が長続きせず、四国の沖を南岸低気圧《ていきあつ》が通過《つうか》した。

こうなると、太平洋側に雪が降《ふ》ることが多くなる。

何年か振《ぶ》りに讃岐《さぬき》平野にも雪が降《ふ》り、しかも積雪は五センチとなった。

北国でその程度《ていど》の雪なら何の問題もないけれど、ここは、南国・四国。

高速道路は通行止めとなった。

ほとんどの車はノーマルタイヤなので、一般《いっぱん》道路では追突事故《ついとつじこ》が多発した。

おまけに電車までポイントが凍《こお》って動かなくなり、不通になるという事態《じたい》となった。

私《わたし》は前泊《ぜんぱく》していたので、その心配はない。

でも問題は入試会場までどうやって行くか。

私《わたし》は早めに出て、ゆっくり歩いて行くことにした。

距離《きょり》は一キロぐらいしかないが、雪道を歩くのは慣《な》れていない。

怖《こわ》いのは新雪よりもアイスバーン状態《じょうたい》の歩道。

慎重《しんちょう》に歩いたつもりだったけど、陽の当たらない交差点付近で、案の定、思いっきり滑《すべ》って転んでしまった。

お尻《しり》を思い切り打った。

（あっ、痛《いた》たたた・・・！）

（滑《すべ》ってしまった・・・）


でも、物は考えようだ。

大きく滑《すべ》ったのだから、絶対《ぜったい》に入学試験には滑《すべ》らないぞ！

恥《は》ずかしいけど、私《わたし》はお尻《じり》をさすりながら、入試会場へ向かった。

そして、「日本史《にほんし》B」「国語」「英語」の三教科を受験した。

結果はどうあれ、「矢は放たれた」「※果報《かほう》は寝《ね》て待て」受かっても

※幸せの訪れは人間の力ではどうすることもできないから、焦らずに時機を待つ。

※幸せが不幸に、不幸が幸せに転じること

滑《すべ》っても「※人間万事塞翁《さいおう》が馬《うま》」もある。だから、安易《あんい》に喜《よろこ》んだり悲しんだりすべきではない。

　もうどうにでもなれ、という気持ちで帰路についた。

三週間なんてあっという間に過ぎた。

いよいよ今日は合格《ごうかく》発表の日。

午前十時、インターネットで合格者《ごうかくしゃ》の受験番号が公開される。

私《わたし》の受験番号は「一一二九」。

受験票が送られて、それを見た瞬間《しゅんかん》、私《わたし》は笑ってしまった。

だって「イイニク」つまり「いい肉」。

このことを両親に伝えたところ、父はこう言った。

「椋葉《むくは》が無事に合格《ごうかく》したら、焼き肉を食べにいこう」

すると、母がこう切り返した。

「父さん、焼き肉より、ステーキでしょう」

父は細い目をして、こう言った。

「それは、ステーキ（素敵《すてき》）」

こんな洒落《しゃれ》で生きている家族だけど、とにかく「一一二九」が載《の》っていることを祈《いの》るしかない。

午前十時が来た。

私《わたし》は震《ふる》えながらスマホを取り出し、大学のホームページへアクセスした。

合格者《ごうかくしゃ》発表のサイトはすぐ見つかったが、なかなか開かない。

アクセスが集中しているから。

もう心臓《しんぞう》が爆発《ばくはつ》しそうになった。

ふと近くを見ると、藍染《あいぞ》めの手ぬぐいが目についた。

その柄《がら》を見ていると、何だか心が落ち着く。

私《わたし》はそれを握《にぎ》りしめ、再《ふたた》び、スマホを手に取り、先ほどのサイトにアクセスした。

すると、いきなり「文学部日本《にほん》史学《しがく》専攻《せんこう》合格者《ごうかくしゃ》一覧表《いちらんひょう》」のサイトにつながった。

なぜか、その学科《がっか》の受験番号《じゅけんばんごう》は「一一二〇番代」から始まっていた。

「一一二二」「一一二六」そして、その次は・・・「一一二九」。

「あった！」

私《わたし》は思わず叫《さけ》んでしまった。

母《はは》がドッドッド・・・と階段《かいだん》を上って来て、

いきなり私《わたし》の部屋に飛び込んで来た。

「あったん？」

「うん・・・合格《ごうかく》したよ！」

「良かったなぁ・・・」

母はホッと胸をなで下ろし（安心する）、私《わたし》と母は抱《だ》き合って喜《よろこ》んだ。

「どれ見せてみ！」

母が私《わたし》のスマホを奪《うば》い取《と》り、再度《さいど》、見つめた。

母の顔が次第に丸くなる。

「椋葉《むくは》、これ見てん、何かおもしろくない？」

「えっ、何が？」

「だって、これ・・・」

私《わたし》はスマホをのぞき込《こ》んだ。

「ブー　何これ？」

思わず笑ってしまった。

合格《ごうかく》した人の受験番号は、すべて語呂《ごろ》合わせで説明ができた。

「一一二二（いい夫婦《ふうふ》）」「一一二六（いい風呂《ふろ》）」「一一二九（いい肉）」・・・

ただし、これには何の根拠《こんきょ》もなかった。

単なる偶然《ぐうぜん》が重なったに過《す》ぎない。

それよりも、これからの大学生活を暗示《あんじ》（それとなく知らせる）しているような気がした。

翌日《よくじつ》、父と母は私《わたし》を高松市内のステーキハウスへ連れて行ってくれた。

いつも行っている焼き肉屋さんとは違《ちが》って、高級感あふれるお店。

父は最初入店をためらっていたけど、こうなれば「便所の火事や（やけくそ）」と言いながら先頭を切って入っていった。

ステーキを食べながら、父がこう言った。

「現代《げんだい》に生まれて良かったな。江戸《えど》時代に生まれていたら、牛肉なんか食べられんかったんだぞ」

「本当やね」

と言いながら、母と私《わたし》はステーキをパクパク食べた。

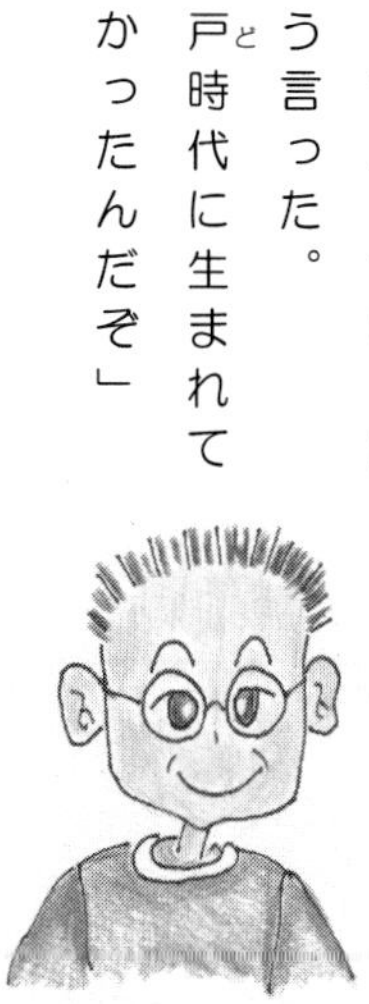

確《たし》かに、高校の教科書にも、明治時代に入って牛鍋《ぎゅうなべ》が流行したと書かれている。

生き物を殺生《せっしょう》してはいけないという仏教《ぶっきょう》の影響《えいきょう》で、日本は千二百年間に渡《わた》って四つ足の動物は食べていなかった。

でもこれはあくまでも表向きで、養生《ようじょう》のための薬として牛は食べられていたそうだ。

ただし、家畜《かちく》として牛や豚《ぶた》は飼《か》っていなくて、狩猟《しゅりょう》として捕《と》らえられたイノシシ（ぼたん・山《やま》くじら）、シカ（もみじ）は隠語《いんご》を使って食べていたと両親に説明した。

すると父が赤ら顔をしてこう言った。

「さすが、文学部日本史学専攻《にほんしがくせんこう》の学生や、歴女《れきじょ》の椋葉《むくは》を見直したわ」

それから、父が私《わたし》にある物をプレゼントしてくれた。

「はい、これは大事にせーよ。本屋さんには売っとらんのやから」

私《わたし》は父から重たい袋《ふくろ》を渡《わた》された。

「何やろう？」

ゆっくりと中をのぞき込《こ》んだ。

それは図書館で毎日見ていた、「新修《しんしゅう》　豊浜町誌《とよはまちょうし》」であった。

「もう、絶版《ぜっぱん》になっているんやけど、知り合いにお願いして探《さが》してもらったんや。京都へ持って行って、歴史《れきし》のことを一杯《いっぱい》調べておいで」

「ありがとう・・・」

私《わたし》はまたまたやる気が出てきた。

その後、大学入学の手続きをして、アパートを探《さが》した。

そして、いよいよ入学式を迎《むか》えるため、母と京都へ行く。

観音寺駅で切符《きっぷ》を購入《こうにゅう》しようと並《なら》んでいた時のことだった。

思いがけない人に会った。

それは大樹《たいき》君であった。

「大樹《たいき》君、久《ひさ》しぶり。大学は受かったん？」

大樹《たいき》君は私《わたし》を見て苦笑《にがわら》いをした。

「俺《おれ》んち、母さん一人だろう。だからどうしても国公立の大学しか行けないんだ」

「そっかぁ、ごめん、嫌《いや》なこと尋《たず》ねてしまって」

「いや、ええんや」

「でっ、東大は？」

「無理ということが分かってあきらめた」

「じゃあ、どちらの大学へ？」

「京都・・・」

「えっ、京都？　私《わたし》も・・・」

「そっか、・・・俺《おれ》、京都教育大学。椋葉《むくは》さんは？」

「私《わたし》は、立命館大学」

京都には親戚《しんせき》も知り合いもいないが、同郷《どうきょう》の大樹《たいき》君がいることで何か心強い気がした。

取りあえず、大樹《たいき》君と携帯《けいたい》番号やＳＮＳの交換《こうかん》をして、岡山行きの特急「しおかぜ」に乗車した。

瀬戸《せと》大橋を渡《わた》るゴーという電車の轟音《ごうおん》と共に、優《やさ》しい春の光が車内

一杯《いっぱい》に差し込《こ》む。

櫃石島《ひついしじま》を過《す》ぎて櫃石島高架橋《ひついしじまこうかきょう》を渡《わた》る。

いよいよ故郷《ふるさと》（香川県）ともお別れだ。

（さようなら・・・）

感傷《かんしょう》に浸《ひた》っていると、いきなりトンネルに突入《とつにゅう》し、抜《ぬ》けるとそこは岡山県の児島駅。

あっという間に岡山駅に着いた。

岡山駅のホームで再《ふたた》び大樹《たいき》君に会った。

すると大樹《たいき》君が不思議なことを尋《たず》ねてきた。

「椋葉《むくは》さん、新幹線《しんかんせん》はどこまで乗るん？」

「えっ、京都だから、当然、京都駅までよ」

「ほんまに？　俺《おれ》、新大阪。新大阪からは新快速《しんかいそく》に乗って京都へ行くんや」

「なんで、そんなややこしいことするん？」

「だって、新幹線《しんかんせん》の特急券《とっきゅうけん》、京都までと新大阪までとでは九百三十円も違《ちが》うんやで」

「えっ、そんなに違《ちが》うん？」

後で尋《たず》ねると、大樹《たいき》君は大の鉄道マニアだった。

金銭《きんせん》感覚に弱い私《わたし》は、大樹《たいき》君を見習わないといけないと思った。

私《わたし》は博多発「のぞみ」の指定席を取った。

でも大樹《たいき》君は岡山始発の「ひかり」の自由席に乗車する。

そんなに急いで京都に行く必要もないのに。

これは大樹《たいき》君に一本やられたと思った。


無事に大学に入学できたけど、コロナ禍《か》のせいで、教師《きょうし》との対面の授業《じゅぎょう》は少なく、ほとんどがリモートの授業《じゅぎょう》。

だから学生同士《どうし》の交流も少なく、友だちもできない状態《じょうたい》が続いた。

専門的《せんもんてき》な※ゼミは三回生から。
一、二回生は、一般的《いっぱんてき》な教科の講義《こうぎ》ばかり。
九十分という長い時間、ひたすら耐《た》えるだけ。

リモートだから、教師《きょうし》の表情《ひょうじょう》も分からず、わずか一ヶ月ほどで大学への魅力《みりょく》を失いかけていた。

そんなある日、田舎《いなか》から荷物が届《とど》いた。

段《だん》ボールの中を見ると、半生麺《はんなまめん》のさぬきうどん、しょうゆ豆、伊吹産《いぶきさん》のチリメンジャコにふりかけ、私《わたし》が大好きな観音寺饅頭《まんじゅう》など、観音寺の香りがするものばかりが一杯《いっぱい》詰《つ》まっていた。

そして、段《だん》ボールの底には、父からプレゼントされた重量感溢《あふ》れる「新修《しんしゅう》　豊浜町誌《とよはまちょうし》」がドカーンと入《はい》っていた。

※　ゼミとは、特定の専門分野について少人数で学ぶことができる授業のこと。学生と指導教官（教授・准教授・講師）が積極的に意見を出し合い、活発なコミュニケーションのもとで進められていく。

「合田求吾は、宝暦二年（一七五二）に京都に赴いて、松原慶輔《けいすけ》（一《いっ》閑斎《かんさい》）に学び、同六年には江戸の望月三英《もちづきさんえい》にも学んだ。郷里に帰ってからも京都を往来し、師の一閑斎や山脇東洋、香川修徳《しゅうとく》に教えを請うている」

※同じ場所へ何度も訪《おとず》れること

（お父さん、ありがとう・・・）

食べ物もいいけど、私《わたし》にとっては、これが一番大切な宝物《たからもの》。

大学の講義《こうぎ》がない時は、これを読むことにした。

すると、時間が過《す》ぎるのも忘《わす》れて、再《ふたた》び歴史《れきし》の魅力《みりょく》に引き込《こ》まれていった。

入試勉強をしていた頃《ころ》の箇所《かしょ》から再《ふたた》び目を通す。

求吾《きゅうご》先生が京都で主に学んだ師匠《ししょう》は、松原一閑斎《いっかんさい》先生というお方。

私《わたし》は大学の図書館に※足しげく通い、松原一閑斎《まつばらいっかんさい》先生について調《しら》べた。

松原一閑斎《いっかんさい》先生は、求吾《きゅうご》先生より三十四歳《さい》も年上。

そして、※古方四大家《こほうしたいか》に数えられる。

（古方四大家《こほうしたいか》って、何だろう）

調べてみると、わからないことばかりだ。

（うーん）

私《わたし》は唸《うな》ってしまった。入試勉強で習ったのは山脇東洋《やまわきとうよう》だけ。

松原一閑斎《いっかんさい》先生の弟子として集まった人は、約八百人に及《およ》んでいたこ

※「古方四大家の古方派（古医方派）とは、江戸時代に起こった漢方医学の一派」

我が国は古くから中国の医学や漢方を受け入れていた。漢方では外科に関心が薄いのが現実であった。

古方四大家として、後藤艮山《こんざん》、香川修庵（修徳）、松原一閑斎、山脇東洋（諸説あり）が上げられる。

とが分かった。

門人らは先生に本を出版《しゅっぱん》して欲《ほ》しいと頼《たの》んだが、「世の人が一知半解《いっちはんかい》にして、人《ひと》を誤《あやま》ること甚《はなは》だしい」と嫌《きら》い、一生、一冊《さつ》の本も出版《しゅっぱん》しなかった。

一知半解《いっちはんかい》とは、「少しは知っているようでも、十分に理解《りかい》していない、中途半端《ちゅうとはんぱ》である。だから、こんなことをしていると、人を誤《あやま》ってしまう」という意味。

（すごい、完ぺき主義者《しゅぎしゃ》や・・・）

「松原一閑斎《いっかんさい》は、京都の『衣棚通押小路下《ころものたなどおりおしこうじくだ》る』にて医を営《いとな》んだ」

（えっ、なんやって、場所まで分かっているのか・・・）

せっかく京都にいるのだから、求吾《きゅうご》先生が松原一閑斎《いっかんさい》先生に古方派《こほうは》の医学を学んだ地をこの目で確《たし》かめたくなった。

と言っても、京都に来たばかりだから、まだ京都の地理に疎《うと》い。

（どうすればいいのだろう・・・そうだ、大樹《たいき》君や）

「思い立ったが吉日《きちじつ》（何かをする決心をしたら、その日のうちに取りかかる）」の私《わたし》は、さっそく大樹《たいき》君にライン（無料通信《むりょうつうしん》アプリ）をした。

カーテン越《こ》しに差《さ》し込《こ》んでいた西日が、いつの間にか茜色《あかねいろ》に変わり、次第に夜の帳《とばり》（暗がりなること）が下《お》りようしていた。

「大樹《たいき》君、元気にやってる？　この日曜日、会える？」

大樹《たいき》君にラインをしたのは初めてだった。

大樹《たいき》君とは同じクラスメートであって、ただの友《とも》だちとして連絡《れんらく》をとっただけ。

（でも、ここは、どうしても大樹《たいき》君の助けが欲《ほ》しい）

ところが、いくら待っても大樹《たいき》君からの連絡《れんらく》はなかった。

（既読《きどく》にもなっていない・・・）

私《わたし》は次第に焦《あせ》り始《はじ》めた。

すると三十分ほどして大樹《たいき》君から連絡《れんらく》が入った。

「遅《おそ》くなってごめん。スーパーに夕食の買い物に行っていました。日曜日、オッケーです」

（大樹《たいき》君は自炊《じすい》しているんかなぁ・・・）

「大樹《たいき》君は自炊派《じすいは》？」

「そうだよ、夜の七時になると、肉や魚が半額《はんがく》になる。それがねらい目」

「すばらしい。私《わたし》は、外食派《がいしょくは》」

「いいな。俺《おれ》は貧乏《びんぼう》学生。ところで何時にどこへ行けばええん？」

「午前中は用事があるから、昼の一時でどうなん？　待ち合わせ場所は任《まか》すよ」

「了解《りょうかい》。じゃあ、四条河原町《しじょうかわらまち》の高島屋（デパート）の前でどう？」

「ええよ」

（と答えてしまったけど、四条河原町《しじょうかわらまち》の高島屋ってどこだろう？）

地理に疎《うと》い（弱い）私《わたし》は、スマホのマップアプリを開いて四条河原町《しじょうかわらまち》がどこなのか調べた。

私《わたし》の大きな欠点は方向音痴《おんち》ということ。

大樹《たいき》君を待たせるのは悪いと思い、早めにアパートを出た。

そして、バスに乗り、地下鉄烏丸線《からすません》が走っている「北大路《きたおおじ》」で下車。

そこから地下鉄に乗り「四条《しじょう》」で下りる。

そこまでは良かった。

問題は、地下から地上に出た時のことだった。

私《わたし》は方向感覚がまったくつかめなくなった。

スマホで地図を確認《かくにん》した時、四条河原町《しじょうかわらまち》へは地下鉄烏丸線《からすません》の四条駅《しじょうえき》から まっすぐ東に進めばいいと確認《かくにん》したにも関わらず、どっちが東なのか分からなくなった。

東だと思い込《こ》んでいた道をいくら歩いても、四条河原町《しじょうかわらまち》に着かない。

そのうち、嵐電《らんでん》（京福《けいふく》電気鉄道）、嵐山《あらしやま》本線の四条大宮駅《しじょうおおみやえき》が見えてきた。

私《わたし》は立ち止まって、スマホのマップアプリを開き、自分が今いる位置を確認《かくにん》した。

現在の京都・四条河原町付近

四条通りは片側二車線で、いつも渋滞していた。しかし、片側一車線化にすることで渋滞が緩和された。逆転の発想である。


（ヤバーい）

案《あん》の定《じょう》、東とはまったく逆方向《ぎゃくほうこう》の西に進んでいた。

私《わたし》はスマホを手に取り、位置情報《じょうほう》で自分の位置を確認《かくにん》しながら歩くことにした。

ここで、また私《わたし》は失敗をやらかした。

それはスマホの充電《じゅうでん》を忘《わす》れていたことだ。

スマホを起動《きどう》させているから、バッテリーがどんどん消耗《しょうもう》していく。

これでは大樹《たいき》君に連絡《れんらく》することもできなくなる。

いざという時のために、私《わたし》はスマホの電源《でんげん》を切ってひたすら東に向かって早足で歩いた。

そのうちにデパートが見えてきた。

しかし、そのデパートは藤井《ふじい》大丸であった。

そして次に見えたバカでかいデパート、これが高島屋であった。

この界隈《かいわい》（付近）は、人、人、人。

それに、車、車、車の世界であった。

ここ四条河原町《しじょうかわらまち》は、京都で一番の繁華街《はんかがい》。

多くのデパートやショッピングモール、飲食店が建ち並《なら》んでいた。

大樹《たいき》君は四条河原町《しじょうかわらまち》の高島屋を待ち合わせにすると言っていた。

でも、高島屋だけでも入り口が数カ所ある。

それも一階なのか地下なのかも言っていなかった。

悠長《ゆうちょう》さにもほどがある、と私《わたし》はイライラしてきた。

私《わたし》はスマホの電源《でんげん》を入れた。

バッテリーが薄赤《うすあか》い色に変わっていた。

もうほとんどない。

ラインなんかしてられない。

私《わたし》は、イチかバチか大樹《たいき》君の携帯《けいたい》に電話をかけた。

携帯《けいたい》は一発で掛《か》かった。

「大樹《たいき》君、椋葉《むくは》なんだけど、どこに行けばいいの？」

「・・・」

「えっ、どこにおるん？　私《わたし》、全然、分からない・・・」

大都会の喧噪《けんそう》と雑踏《ざっとう》の中にいる私《わたし》は、つい興奮《こうふん》して大声で叫《さけ》んでしまった。

通りすがりの人が私《わたし》をじっと見《み》つめる気配がした。

振《ふ》り向くと、そこに大樹《たいき》君が立っていた。

「ごめん、ごめん。俺《おれ》、田舎者《いなかもの》やから、※京都の街の広さをバカにしとった。観音寺なんかとは比《くら》べものにならない・・・」

「いいえ、私《わたし》こそ。もう最悪なことばかり。またゆっくり話すから、どっか、喫茶店《きっさてん》でも入る？」

※二〇二三年現在、京都市の人口は約百三十八万人。香川県の人口は九十三万人。

「コーヒーなら、コンビニの百円コーヒーでええよ」

大樹《たいき》君の徹底《てってい》したケチケチぶりに度肝《どぎも》を抜《ぬ》かれた。

後で尋《たず》ねると大樹《たいき》君の仕送りは私《わたし》の半分以下。

しかも家庭教師《きょうし》や居酒屋《いざかや》でのアルバイト、それに、奨学金《しょうがくきん》で生活をやりくりしている。

私《わたし》と大樹《たいき》君は四条大橋《しじょうおおはし》を渡《わた》った鴨川《かもがわ》沿《ぞ》い公園のベンチに腰《こし》をかけた。

そして、コンビニで買ったコーヒーを一緒《いっしょ》に飲んだ。

百円だけど、侮《あなど》れない美味《おい》しさ。

私《わたし》はコンビニのコーヒーを見直した。

大樹《たいき》君は京都教育大学の教育学部に進学し、社会領域専攻《りょういきせんこう》といって、中学校の社会科教員を目指すコースに入っている。

しかも専門《せんもん》は地理。

これは頼《たよ》りになると思った。

なぜ大樹《たいき》君に会おうとしたのか、私《わたし》はその理由を正直に話した。

「松原一閑斎《いっかんさい》か・・・俺《おれ》、歴史《れきし》は不得意《ふとくい》だったからなぁ」

「大樹《たいき》君、安心して。この人のことは、日本史の教科書には出て来なかったから。でも、大樹《だいき》君なら、この『衣棚通押小路下る《ころもだなどおりおしこうじくだ》』という地名が分かると思って聞いてみただけ」

「押小路《おしこうじ》・・・あっ、どっかで聞いたことあるぞ」

大樹《たいき》君の目が次第に輝《かがや》き始めた。

「実は何百年も前から、子どもたちに道筋《みちすじ》を教えるために京都では童歌《わらべうた》が作られていたんや。確《たし》か東西に走る道に押小路《おしこうじ》というのがあったぞ」

大樹《たいき》君はスマホで童歌《わらべうた》を探《さが》し始めた。

「あった、あった。これや！」

節回《ふしまわ》りは分からないけど、大樹《たいき》は自己流《じこりゅう》で口ずさみ始めた。

「えっと、『まる　たけ　えびす　に　おし　おいけ・・・』」

私《わたし》には思い当たることがあった。

「大樹《たいき》君、これって、『劇場版名探偵《げきじょうばんめいたんてい》コナン、迷宮《めいきゅう》の十字路《クロスロード》』で若葉《わかば》が歌っていた手まり歌じゃない？」

「そっ、そうだよ。椋葉《むくは》さんは映画《えいが》見に行ったん？」

「うーん、ＤＶＤを持っているから」

私《わたし》は、小学生の時から名探偵《めいたんてい》コナンの大ファンだった。

でもその時は幼《おさ》な過《す》ぎて、意味がよく分からなかった。

このことは大樹《たいき》君が教えてくれた。

「京都の町を東西に横に走っている道は、北から、『まる（丸太町通《まるたまちどお》り）たけ（竹屋町通《たけやまちどお》り）　えびす（夷川通《えびすがわどお》り）　に（二条通《にじょうどお》り）　おし（押小路通《おしこうじどお》り）　おいけ（御池通《おいけどお》り）・・・』」

「あっ、その『おし』というのが『押小路通り《おしこうじどお》』なん？」

「そうだよ。二条通り《にじょうどお》のすぐ南側を東西に走っている通りなんだ」

「なるほど」

私《わたし》は感激《かんげき》した。大樹《たいき》君は少しでも早く京都の地名を理解《りかい》しようと思っていたら、寮《りょう》の先輩《せんぱい》から※童歌《わらべうた》があるというのを教わった次第だ。押小路通《おしこうじどお》りは分かったけど、今度は南北に走っている衣棚通《ころものたなどお》りだ。

再《ふたた》び、大樹《たいき》君は目を輝《かがや》かしてそのサイトを探《さが》した。

「あった！」

私《わたし》は大樹《たいき》君のスマホをのぞき込《こ》んで驚《おどろ》いた。

「この歌の作者は近松門左衛門《ちかまつもんざえもん》とあるじゃない？　それも時期は江戸《えど》時代の前期・・・」

こうなれば歴女《れきじょ》の私《わたし》にスイッチが入った。

（近松門左衛門《ちかまつもんざえもん》といえば、元禄《げんろく》文化を代表する浄瑠璃《じょうるり》や歌舞伎《かぶき》の作者や）

「あっ、大樹《たいき》君、これ見て！」

そこには、「宝永《ほうえい》五年（一七〇八）上演《じょうえん》、浄瑠璃《じょうるり》『堀川波鼓《ほりかわなみのつづみ》』」と書かれていた。

「なるほど、その浄瑠璃《じょうるり》の中で歌われたんや」

今度は、私《わたし》が口ずさんでみた。

「てら（寺町通り《てらまちどお》）　ごこ（御幸町通り《ごこまちどお》）　ふや（麩屋町通り《ふやちょうどお》）　と

※京都の通りを歌詞にした昔から伝わるわらべ歌。
東西の通りの歌（歌は他にもある）
まる（丸太町通り）　たけ（竹屋町通り）　えびす（夷川通り）　に（二条通り）　おいけ（御池通り）　おし（押小路通り）　あね（姉小路通り）　さん（三条通り）　ろっかく（六角通り）　たこ（蛸薬師通り）　にしき（錦小路通り）　し（四条通り）　あや（綾小路通り）　ぶっ（仏光寺通り）　たか（高辻通り）　まつ（松原通り）　まん（万寿寺通り）　ごじょう（五条通り）　せった（雪駄屋通り）　ちゃらちゃら（鍵屋町通り）　うおのたな（魚の棚通り）　ろくじょう（六条通り）　さんてつ（三哲通り）　とおりすぎ　しちじょう（七条通り）　こえればはち（八条通り）　くじょう（九条通り）　じゅうじょう（十条通り）　とうじ（東寺）で　とどめさす

み（富小路通り《とみのこうじどお》）やなぎ（柳馬場通り《やなぎのばんばどお》）さかい（堺町通り《さかいまちどお》）たか（高倉通り《たかくらどお》）あい（間之町通り《あいのまちどお》）ひがし（東洞院通り《ひがしのとういんどお》）くるまやちょう（車屋町通り《くるまやちょうどお》）からす（烏丸通り《からすまどお》）りょうがえ（両替町通り《りょうがえまちどお》）むろ（室町通り《むろまちどお》）ころも（衣棚通り《ころものたなどお》）・・・ふっ、やっと出て来た」

「クックック」とうつむいて笑うその仕草。誰かに似ていると思った。しかし、その時の私には気づかなかった。

※京都の通りを歌詞にした昔から伝わるわらべ歌。

南北の通りの歌（歌は他にもある）

てら（寺町通り）ごこ（御幸町通り）ふや（麩屋町通り）とみ（富小路通り）やなぎ（柳馬場通り）さかい（堺町通り）たか（高倉通り）あい（間之町通り）ひがしに（東洞院通り）くるまやちょうひ（車屋町通り）からす（烏丸通り）りょうがえ（両替町通り）むろ（室町通り）ころも（衣棚通り）しんまち（新町通り）かまんざ（釜座通り）にし（西洞院通り）おがわ（小川通り）あぶら（油小路通り）さめがい（醒ヶ井通り）ほりかわのみず（堀川通り）よしや（葭屋町通り）いの（猪熊通り）くろ（黒門通り）おおみやへ（大宮通り）まつ（松屋町通り）ひぐらしに（日暮通り）ちえこういん（智恵光院通り）じょうふく（浄福寺通り）せんぼん（千本通り）はてはにしじん（西陣）「西陣」は通りの名ではありません。

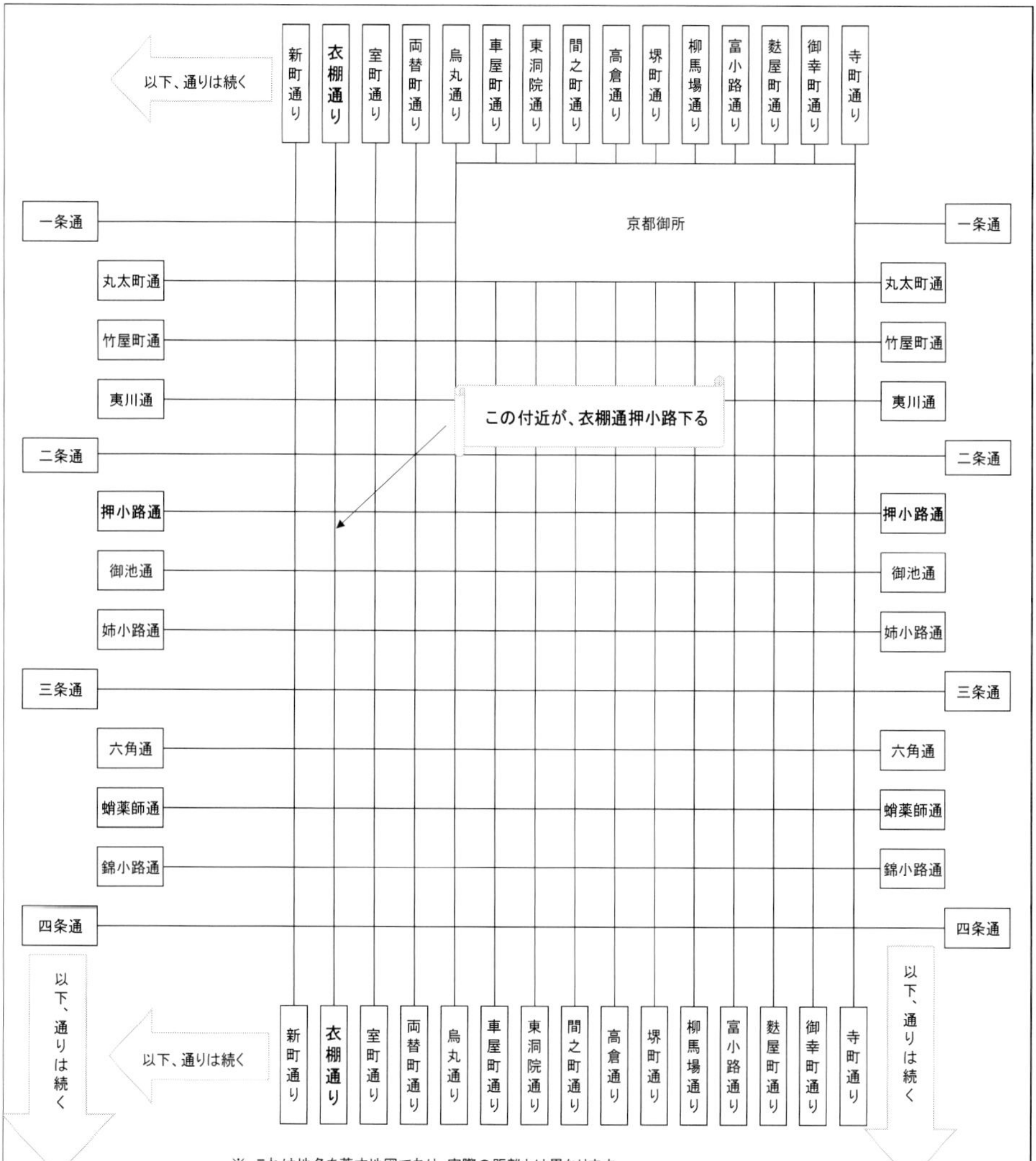

※ これは地名を著す地図であり、実際の距離とは異なります。

「これは、縦《たて》の通りを、東から詠《よ》んだ童歌《わらべうた》なんや。だから先ほどの押《おし》小路通《こうじどお》りと衣棚通《ころものたなどお》りが交差する地点から少し南へ下った所、その付近で松原一閑斎《いっかんさい》が医者を開いていたんや」

「そこへ行ってみよう」

「えっ、今から？」

「『善《ぜん》は急げ』というやん？」

「そりゃ、そうなんやけど・・・」

大樹《たいき》君はあまり乗り気じゃなかったみたいだけど、次の一言でコロッと変わった。

「じゃあ、今日の夕ご飯、奢《おご》ってあげるから・・・」

「ええよ」

大樹《たいき》君と再《ふたた》び、ベンチに座《すわ》り込《こ》み、大樹《たいき》のスマホのマップアプリを起動させた。

「えっと、二条通《にじょうどお》りの南側の通り・・・ちょっと拡大するよ」

「あった。これが押小路通《おしこうじどお》りや」

「東西にずっと走っとる。すると次は、衣棚《ころものたな》通《どお》り・・・椋葉《むくは》さん、室町《むろまち》通《とお》りを探《さが》して・・・」

私《わたし》は必死で探《さが》した。

京都市内の古い町並み保存地区には電信柱がない。電線は地中に埋められている。また、コンビニの看板や自販機なども回りの環境に配慮し極彩色ではない。建物を格子戸風にして、色もあまり目立たない茶色に塗られている。


「あった、これや」

「すると、先ほどの押小路通《おしこうじどお》りと衣棚通《ころものたなどお》りが交差する所は？」

「ここや」

さらに地図を拡大してみると、よく知っている地名を発見した。

それは「烏丸御池《からすまおいけ》」であった。

「大樹《たいき》君、烏丸御池《からすまおいけ》までタクシーで行く？」

「タッ、タクシー？　この地図からだと、ここ四条河原町《しじょうかわらまち》から四条烏丸《しじょうからすま》までが約六百メートル。そこから北へ烏丸御池《からすまおいけ》までも約六百メートル。

ここから烏丸御池《からすまおいけ》まで約千二百メートルだよ」

「そりゃ、そうだけど・・・じゃあ、早歩きで行こうよ」

結局、私《わたし》たちは四条通《しじょうどお》りを西に進み四条烏丸《しじょうからすま》へ、そして、右折して烏丸通《からすまどお》りを北へ烏丸御池《からすまおいけ》まで進んだ。

（町の景観《けいかん》はなんとなくさっぱりしている）

大樹《たいき》君に言われて、改めて京都の良さを再確認《さいかくにん》することができた。

烏丸御池《からすまおいけ》の交差点を渡《わた》り左折する。

すると、先ほどの童歌《わらべうた》のとおり、「両替町通《りょうがえまちどお》り」「室町通《むろまちどお》り」そして
「衣棚通《ころもたなどお》り」があった。

右折して、「衣棚通《ころもたなどお》り」を北上する。

すると最初の東西に走る通り、そこが「押小路通《おしこうじどお》り」であった。

現在の京都、衣棚通押小路下る付近

ここまで、歩いて約二十分であった。

「衣棚通《ころもたなどおり》押小路《おしこうじ》下《くだ》る」とは、その交差点から南へ五十メートル以内だ。

私《わたし》と大樹《たいき》君は何か松原一閑斎《いっかんさい》先生の痕跡《こんせき》はないかと、その辺《あた》りをくまなく調べた。

しかし、それらしいものはなかった。

マンションが建ち並《なら》び、古民家を改築《かいちく》したオシャレなイタリアンレストランがあった。

古い感じのお店もあった。

中山法衣店《ほういてん》と書かれている。

私《わたし》と大樹《たいき》君は勇気を出して店内に入った。

「こんにちは」

私《わたし》は思いっきり大きな声を出した。

「はいはい、おこしやす」

白髪《しらが》混《ま》じりの女性《じょせい》が、腰《こし》をかがめて店の奥《おく》から出てきた。

「すみません、つかぬことをお聞きしますが、この付近に松原一閑斎《いっかんさい》先生が住んでいらっしゃったと思うのですが・・・」

恐《おそ》る恐《おそ》る私《わたし》が尋《たず》ねた。

「松原一・・・さて、どなたのことどすやろ」

「今から三百年ぐらい前の江戸《えど》時代の方ですが」

松原一閑斎は、明和二年（一七六五）に七十六歳の生涯を閉じている。墓は京都市左京区浄土寺真如町《しんにょちょう》二十二の迎称寺《こうしょうじ》にある。


「さっ、三百年・・・」

女性《じょせい》の顔つきがカメレオンのように変わった。

「そんな大昔のことなんか、ようわからしまへんな」

そりゃ、そうだろう。あまりにも古過《ふるす》ぎる・・・

何だか悪いことをして、叱《しか》られたような気持ちになった。

気を取り戻《もど》して、

「ここはお寺のお坊《ぼう》さんが着られる法衣《ほうい》を作られているのですか」

女性《じょせい》は、大樹《たいき》君の質問《しつもん》に自信を持ってはっきりと答えられた。

「そうどす」

もう少し詳《くわ》しく尋《たず》ねると、創業《そうぎょう》は天保《てんぽう》年間という伝統のある店。

時代的には、松原一閑斎《いっかんさい》先生が古方派《こほうは》（古医方派《こいほうは》）を求吾《きゅうご》先生や大介《だいすけ》さんたちに伝授《でんじゅ》されていた約百年後のこと。

法衣店《ほういてん》と松原一閑斎《いっかんさい》先生との関連は分からない。


その後、私《わたし》は約束どおり、大樹《たいき》君に夕食をごちそうした。

私《わたし》は食べ放題の焼き肉屋へ連れて行った。

大樹《たいき》君はバカみたいにガツガツと食べ続けた。

こんなごちそうを食べるのは、京都に来て初めてらしい。

大樹《たいき》君は中学生の時、父親が交通事故《じこ》で亡《な》くなり、母一人の手で育て

※香川県の方言で、お腹が一杯になることを「お腹がおきた」という。

られてきた。

高校生の時は、東大に入るんだという大きな夢《ゆめ》を持ち続けてきた。

でも、現実《げんじつ》は厳《きび》しいことが分かり、東大は諦《あきら》めた。

しかし、それでも国立の京都教育大学に入学し、将来《しょうらい》は中学校の社会科教員になるんだという夢《ゆめ》を追い続けている。

「大樹君《たいきくん》、今日はありがとうね」

「いやいや、こちらこそ夕食《ゆうしょく》までごちそうになってありがとう」

「大樹君《たいきくん》、お腹《なか》、※おきた?」

「うん、おきたよ」

私《わたし》と大樹《たいき》君はお腹《なか》をさすりながら大笑いした。

だって、このような方言を理解《りかい》できるのは、同郷《どうきょう》のよしみ(仲間)である私《わたし》と大樹《たいき》君ぐらいしか、ここにはいなかったから。

それと、大樹《たいき》君の笑う仕草を見て、ハッとした。

(まさに大介《だいすけ》さんだ・・・)

それからの私《わたし》と大樹《たいき》君は、土・日ごとに会って京都市内の寺院仏閣《ぶっかく》や史跡《しせき》を巡《めぐ》っている。

そして、いつの間にか、お互《たが》い「大樹《たいき》君」「椋葉《むくは》さん」から、「大樹《たいき》」「椋葉《むくは》」と下の名で呼《よ》び合う関係になっていた。

第4章　華《はな》の三人旅烏《たびがらす》

三回生になると、楽しみにしているゼミが始まる。

私《わたし》は、絶対《ぜったい》に入りたいと決めているゼミがあった。

それは奥田教授《おくだきょうじゅ》のゼミ。

奥田《おくだ》先生のご専門《せんもん》は、近世の※民衆史《みんしゅうし》。

民衆史《みんしゅうし》と聞くと聞き慣《な》れない言葉《ことば》かもしれない。

これまでの歴史《れきし》は陽の当たった人ばかりに焦点《しょうてん》が当てられてきた。

しかし、最近では名も知らない民衆《みんしゅう》の生活や政治《せいじ》の動きに注目が集まっている。

奥田《おくだ》先生は、特に江戸《えど》時代の百姓一揆《ひゃくしょういっき》を専門《せんもん》に研究されていて、百姓一揆《ひゃくしょういっき》こそ、名もなき農民のエネルギーが結集《けっしゅう》し、爆発《ばくはつ》した社会現象だとおっしゃっていた。

私《わたし》は勇気を出して、奥田《おくだ》先生の研究室を訪問《ほうもん》し、自分が思っている求吾《きゅうご》先生や大介《だいすけ》さんのことを話した。

すると、先生からこう言われた。

「蘭学者《らんがくしゃ》というと、教科書に載《の》っていて、どちらかというと華《はな》やかな存在《そんざい》の杉田玄白《すぎたげんぱく》、前野良沢《まえのりょうたく》とか、君の出身地、香川県の平賀源内《ひらがげんない》が頭に浮《う》かぶと思う。でも、地域医療《ちいきいりょう》に地道《じみち》に携《たずさ》わって日の目を見ない合田求《きゅう》

※民衆史とは、民衆の歴史について扱う歴史学の一分野。権力や知へのアクセスを持たない普通の民衆を対象にする歴史学。

吾《ご》という方のことを研究することが民衆史《みんしゅうし》なんだ。これは君、おもしろいぞ。どんどん研究して、歴史《れきし》を発掘《はっくつ》しようじゃないか」

「歴史《れきし》を発掘《はっくつ》する？」

「そうだ。今では埋《う》もれてしまった当時の人たちの生き様を探《さぐ》ることは、新しいことを発見することにもつながるんだ」

「先生、それって『温故知新《おんこちしん》（故《ふる》きを温《たず》ねて新しきを知る）ですね」

「まさにそのとおり」

私《わたし》はこの一言で、奥田《おくだ》先生のゼミに入り、求吾《きゅうご》先生のことをもっともっと研究し、できれば卒論《そつろん》（卒業論文《ろんぶん》）のテーマにしたいと思った。


ゼミには八名の学生が入ってきた。

その中の二人と私《わたし》は仲良くなった。

二人共、個性《こせい》溢《あふ》れる歴女《れきじょ》であった。

一人は※既婚者《きこんしゃ》の陽子《ようこ》さん。

年齢《ねんれい》は四十歳《さい》ぐらい。

ご主人がいくつもの会社を経営《けいえい》されている方と言っていた。
これまで毎日高級ジムに通っていたけど、ある日突然《とつぜん》、歴史《れきし》に目覚め、※一念発起《いちねんほっき》して大学を受験し合格。
そして、「おばちゃん女子大生」になったという次第。

※既に結婚している人

※心を入れ替えること

子どもはいないそうだ。

着ている物、身につけているバックなどすべてブランド商品という超《ちょう》セレブな学生。

自宅は京都市内にあり、いつも運転手付きの黒塗《くろぬ》りのベンツで通学している。

もう一人は私《わたし》と同じ一浪《ろう》して入学した貴恵《きえ》さん。

秋田県仙北市角館町《せんぼくしかくのだてまち》出身。

貴恵《きえ》さんは、学校が終わると、近所の銭湯《せんとう》へ行くのが日課《にっか》であり趣味《しゅみ》。

そのお目当ては、なんとサウナ。

毎日「整《ととの》うんだ」と言って学校が終わると銭湯《せんとう》へ直行している。

彼女《かのじょ》は、自称《じしょう》「温泉《おんせん》ソムリエサウナー」。

ここまで話すと、この二人の受験番号が分かると思う。

陽子《ようこ》さんは「一一二二（いい夫婦《ふうふ》）」、貴恵《きえ》さんは「一一二六（いい風呂《ふろ》）」、そして、私《わたし》は「一一二九（いい肉）」。

もっとも私《わたし》の場合は、時々、大樹《たいき》と焼き肉屋さんへ行く程度《ていど》だけど。

ある日、私《わたし》は貴恵《きえ》さんに誘《さそ》われて、近くの銭湯《せんとう》へ行った。

アパートの小さい浴槽《よくそう》に比《くら》べて、大浴場はいい。

伸《の》び伸《の》びできる。体の芯《しん》から温まる。

二人で入浴していると、貴恵《きえ》さんが私《わたし》に自分《じぶん》の研究《けんきゅう》テーマを話《はな》してきた。

「椋葉《むくは》さん、私《わたす》の研究テーマなんか分かるべ？」

「えっ、それはちょっと分からん」

「実は、ごれ」

彼女《かのじょ》は、浴場を指さした。

「えっ！」

私《わたし》は何が何だかさっぱり分からなかった。

「じゃあ、サウナさ、入って話してあげるべ」

「サッ、サウナ！」

私《わたし》はサウナなんかには入ったことがなかった。

これは生まれて初めての体験だ。

「あっ、熱い！」

温度計を見ると、九十五度を指していた。

「貴恵《きえ》さん、何分入るん？」

「この砂時計《すなどけい》が二回、回るまで入るべ」

「というと・・・」

「十分《ずっぷん》」

「じゅっ　十分！」

「んだ」

私《わたし》は三分も我慢《がまん》ができなかった。

それでも汗《あせ》が体全体に滲《にじ》み始めていた。

「私《わたす》ね、銭湯《せんとう》とかサウナ大好きでしょう。だから、江戸《えど》時代の銭湯文化《せんとうぶんか》を研究しだいの」

貴恵《きえ》さんの言《い》い方《かた》には、かなり東北の方言（ズーズー弁《べん》）が混《ま》ざっている。

それにイントネーションも違《ちが》う。

「なるほど、これはまさに趣味《しゅみ》と実益《じつえき》やね」

「これも一一二六（いい風呂《ふろ》）のおがげや」

風呂《ふろ》上《あ》がりに、貴恵《きえ》さんが缶《かん》ビールを買ってくれた。

私《わたし》たちは二十歳《はたち》を過《す》ぎているから、飲酒は特に法的には問題ないけど、ビールを飲むのは生まれて初めてだった。

「あー、美味《おい》しい。これぞ至福《しふく》の至《いた》り。ビール最高だべ！」

と貴恵《きえ》さんははしゃいでいた。

でも、その頃《ころ》の私《わたし》はよく分からなかった。

サウナはただ熱いだけ。

ビールはただ苦いだけ。

でも貴恵《きえ》さんに誘《さそ》われて、私《わたし》も次第にサウナーになっていった。そして、大樹《たいき》と焼き肉屋に行って飲むビールの味は最高と思えるようになった。

これははっきり言ってヤバイ。

新年を迎《むか》え、一月も中旬《ちゅうじゅん》を過ぎたある日、陽子《ようこ》さんと貴恵《きえ》さんと三人で、お食事会に出かけた。

正確《せいかく》に言えば、陽子さんが誘《さそ》ってくれた。

大学の正門前で三人が待っていると、黒塗《くろぬ》りのベンツがやって来た。そして、白い手袋《てぶくろ》をはめ、黒いスーツを着た運転手が下りてきて、後ろのドアを開け、私《わたし》と貴恵《きえ》さんに「お嬢《じょう》さん方、どうぞ」だって。

「陽子《ようこ》さん、こんな高級車にうちらが乗ってもええん？」

私《わたし》と貴恵《きえ》さんは怖《こわ》くなってもう体がガチガチ。

「大丈夫《だいじょうぶ》よ。私《わたし》は助手席に座《すわ》るさかい、あんたらは後ろに座《すわ》ってくれへんか」

こんなゆったりとした車に乗るのは生まれて初めてだった。

高級感溢《あふ》れる本革《ほんがわ》シートに座《すわ》っていると、お尻《しり》がむずむずしてきた。

それに、バス停《てい》でバスを待っている学生からの鋭《するど》い視線《しせん》を感じた。

「奥様《おくさま》、今日はどちらへ参《まい》りましょうか」

（陽子《ようこ》さんのことを、奥様《おくさま》やって・・・）

「いつもの、先斗町《ぽんとちょう》のお店へ行ってくれへんか」

「かしこまりました。奥様《おくさま》」

（ポッ、ポントチョウ・・・）

私《わたし》と貴恵《きえ》さんは顔を見合わせた。

先斗町《ぽんとちょう》は京都を代表する花街《はなまち》で歓楽街《かんらくがい》。

着物を着た舞妓《まいこ》さんがお座敷《ざしき》から出て来る姿《すがた》を、雑誌《ざっし》か何かで見たことはあるけど、貧乏《びんぼう》女子大生がフラッと行くような所じゃない。

「今日は久《ひさ》しぶりにうちの人も呼《よ》んでるさかい。かまへんやろう？」

「もちろんです」

お店は鴨川《かもがわ》沿《ぞ》いにあった。

学生食堂《しょくどう》（学食）とか、大樹《たいき》と行く焼肉食べ放題の店なんかじゃない。

いわゆる高級料亭《りょうてい》であった。

しばらく世間話をしていると、陽子《ようこ》さんのご主人さんがやって来た。

「よっ、遅《おく》れてごめん」

年齢《ねんれい》は四十歳代《さいだい》後半かな。

すごい、イケメン。

コートを脱《ぬ》いでいる時、チラッとバーバリーのロゴが見えた。

名刺《めいし》を見せてもらうと、そこには大手不動産会社の代表取締役《とりしまりやく》と書かれていた。

私《わたし》は驚《おどろ》いて陽子《ようこ》さんに尋《たず》ねた。

「陽子《ようこ》さん、ご主人さんって、社長さん・・・」

「まぁ、一応《いちおう》」

聞くところによると、先代の父親が会長役になり、自分が社長役を引き継《つ》いでいるそうだ。

陽子《ようこ》さんは彼《かれ》の近くまで擦《す》り寄《よ》った。

「あなた、江戸《えど》時代のような言い方をしますと、『旦那様《だんなさま》、今日は私《わたくし》のお友だちをご紹介《しょうかい》いたしますわ』」

（旦那《だんな》さま？・・どこかで聞いたことがある）

「椋葉《むくは》さんと貴恵《きえ》さん、二人とも私《わたし》と同じ奥田《おくだ》先生のゼミなんよ」

「そうですか。いつも家内がお世話になっております」

ダークグレイの清潔感《せいけつかん》あふれるイブサンローランのスーツを着こなした陽子《ようこ》さんの夫は、社長としての風格《ふうかく》（オーラ）が漂《ただよ》っていた。

それに言葉も標準語《ひょうじゅんご》に近い。

「私《わたし》のような者がこのような場でおりますと、返ってお邪魔虫《じゃまむし》では？」

「そっ、そんなことございませんわ」

貴恵《きえ》さんの丁寧《ていねい》な標準語的《ひょうじゅんごてき》な言い方に、私《わたし》と陽子《ようこ》さんは大声で笑ってしまった。

「何がおかしいのよ」

でも貴恵《きえ》さんの一言で、場が和《なご》んだような気がする。

貴恵《きえ》さんと陽子《ようこ》さんは自分の研究《けんきゅう》のことを話した。

貴恵さんの研究《けんきゅう》テーマである江戸《えど》時代の銭湯文化《せんとうぶんか》に、陽子《ようこ》さんのご主人さんもかなり興味《きょうみ》を示《しめ》していたようだ。

今はサウナブームで、家庭用のサウナを持つ人もいるから、不動産会社としても、そちらの開発もしているそうだ。

陽子《ようこ》さんの研究テーマは、祇園《ぎおん》の花街《はなまち》文化。

芸妓《げいこ》や舞妓《まいこ》の舞《ま》い・踊《おど》りをはじめとした数々の伝統技芸《でんとうぎげい》による、心のこもったおもてなし文化が、京都は歴史的《れきしてき》に脈々《みゃくみゃく》と受け継《つ》がられている。

そうした京都に古くから伝わる人々の文化を研究して、現在《げんざい》にもつなげたいそうだ。

私《わたし》は・・・と言い始めたところ、「お邪魔します・・・」という一声で、着物に襷掛《だすきが》け姿《すがた》の女性《じょせい》たちが、次々と料理を運んできた。

そうなればみんな「川のごもく」。

つまり「杭《くい》にかかる（食いにかかる）」

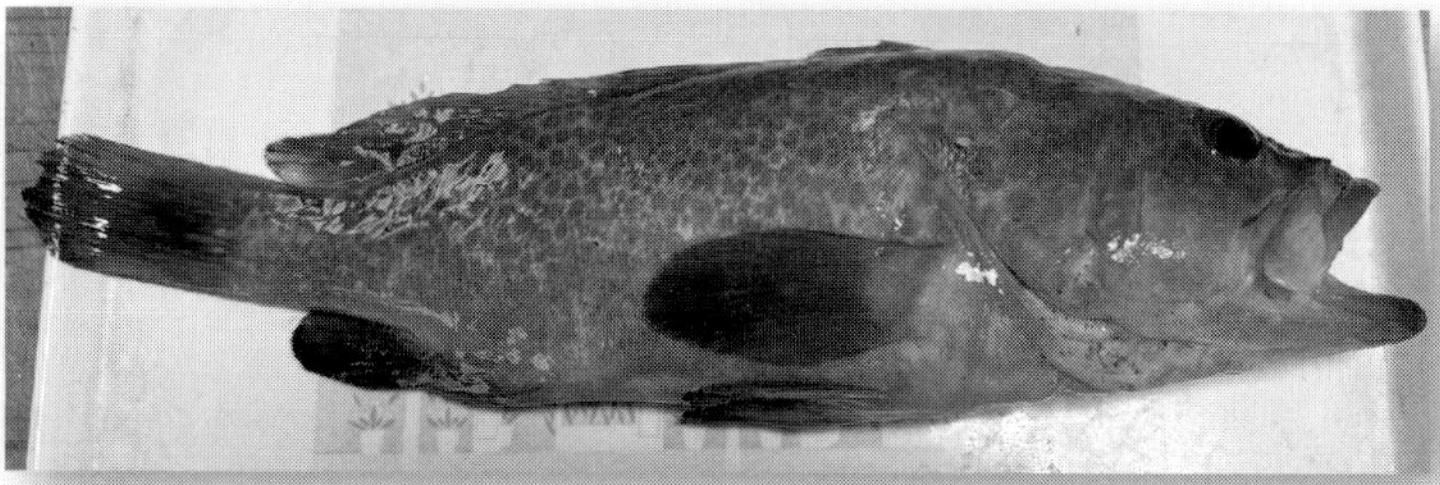

キジハタ（関西ではアコウ）

私《わたし》の話なんか、そっちのけとなった。

貴恵《きえ》さんはすべての料理をスマホに収《おさ》めていた。

さすが女子である。

言うまでもなく、後日、貴恵《きえ》さんのSNSに料理が紹介《しょうかい》されていた。

本日のメインは、魚の煮《に》付《つ》けとすき焼き。

簡単《かんたん》に言ってしまえば、それまでだけど、方向音痴《おんち》と料理音痴《おんち》の私《わたし》には、この程度《ていど》しか紹介《しょうかい》することができない。

でもそんな私《わたし》に対して、詳《くわ》しく説明される方が現《あらわ》れた。

宴《えん》もたけなわになった頃《ころ》、「失礼します」という声と共に、ふすまが静かに開いた。

そこには紺色のネクタイを締め、白い割烹着《かっぽうぎ》と白い帽子《ぼうし》を着こなした男性《だんせい》が正座《せいざ》されていた。

「総料理長《そうりょうりちょう》の草薙《くさなぎ》と申します。本日の料理はお気に召《め》されましたか？」

私《わたし》と貴恵《きえ》さんはただ目をパチパチとするだけ。

すると、陽子《ようこ》さんのご主人さんが声を発した。

「草薙《くさなぎ》さん、今日の料理はこれまでで最高です」

「そう言っていただけると光栄です。魚は瀬戸内海産《せとないかいさん》のアコウという魚です。キジハタとも言いまして、昔は幻《まぼろし》の高級魚でした」

「幻《まぼろし》の高級魚・・・」

私《わたし》は声高《こわだか》に叫《さけ》んでしまった。

「はい、今は、稚魚《ちぎょ》を放流していまして、個体数《こたいすう》が増《ふ》え、価格《かかく》もお手頃《てごろ》になりましたが・・・」

それでも、どこのスーパーにでも売っているような代物《しろもの》ではなかった。

「お肉の方は、三重《みえ》から取《と》り寄《よ》せた松阪牛《まつさかぎゅう》の霜降《しもふ》りでございます」

「何かとろけるようなお肉だべ」

貴恵《きえ》さんは満面の笑みを浮《う》かべた。

すると、総料理長《そうりょうりちょう》さんが、こう言われた。

「はい、霜降《しもふ》り肉は加熱すると、脂肪《しぼう》が溶《と》けて旨味《うまみ》とコクを出し、その部分が柔《やわ》らかくなります。その細かい霜降《しもふ》りのことを小サジといいます。すき焼きの中に、さっと入れて食べてください」

陽子《ようこ》さんが、箸《はし》で霜降《しもふ》り肉をつかみ、割《わ》り下が入っているすき焼き鍋《なべ》で焼く。

そして、生卵《なまたまご》が入っている取り皿に入れる。

そして、自分の口に・・・と思っていたら
「はい、あーんして・・・」

と言って、夫の口に入れてあげた。

「もう、焼けちゃう・・・」

私《わたし》はなんだか羨《うらや》ましくなった。

有田焼も波佐見焼も、文禄・慶長の役で朝鮮半島から強制的に日本へ連れて来られた陶工たちによって焼かれた陶器である。

波佐見焼は、江戸時代、大村藩の特産物となり、江戸時代の後期には日本一の磁器生産量を誇るようになった。そして、「コンプラ瓶」といわれる醤油や酒を入れるボトルは、長崎の出島からオランダやインドネシアなどに向けて盛んに輸出されていた。


二人はまさにお似合《にあ》いの「いい夫婦《ふうふ》(一一二二)」であった。

それと私《わたし》にとって興味《きょうみ》があったのはこのすき焼きの取り皿であった。

白磁《はくじ》の焼き物。

何か洗練《せんれん》されている。

料理も素晴《すば》らしいけど、この店で出される陶器《とうき》は格別《かくべつ》であった。

まさに、料理は器《うつわ》で決まる、と私《わたし》は確信《かくしん》した。

私《わたし》は勇気を出して尋《たず》ねた。

「総料理長《そうりょうりちょう》さん、この取り皿すごくかわいいのですが、もしかして有田焼《ありたやき》ですか」

すると、総料理長《そうりょうりちょう》さんの私《わたし》を見る目が変わった。

「うーん、なかなかいい線いっていますね。これは波佐見焼《はさみやき》です」

「波佐見焼《はさみやき》?」

みんな一斉《いっせい》に声を発した。初めて聞く名前だったからだ。

私《わたし》は一瞬《いっしゅん》、物を切るハサミを連想してしまったが、全くの無知であった。

「有田焼《ありたやき》は佐賀県有田町ですが、これは長崎県の波佐見町《はさみちょう》で作られた陶器《とうき》です。うちのは、波佐見焼《はさみやき》を多く使っています」

(長崎か・・・)

波佐見焼

歴女《れきじょ》の私《わたし》に、スイッチが入ってきた。

（長崎・・・オランダ・・・そうだ、つい食べ物ばかりに気を取られていた）

私《わたし》は、みなさんに自分が研究しようと思っていることを説明した。

テーマは江戸《えど》時代の医学史《いがくし》。

当時、日本には古医方《こいほう》という東洋医学と、蘭学《らんがく》と呼《よ》ばれる西洋医学の二つが存在《そんざい》していた。

対象《たいしょう》にしている人物は、自分の郷里《きょうり》出身の合田求吾《きゅうご》先生と弟の合田大介《だいすけ》さん。

そして、松原一閑斎《いっかんさい》先生の足跡《そくせき》を求めて歩いた「衣棚通押小路下《ころもだなどおりおしこうじくだ》る」のことも話した。

陽子《ようこ》さんご夫妻《ふさい》は、さすがに京都の人だけあって、そういう地名があることは知っていた。でも、松原一閑斎《いっかんさい》先生については何も知らなかった。

「求吾《きゅうご》先生は宝暦《ほうれき》二年（一七五二）に二年間、松原一閑斎《いっかんさい》先生に従事《じゅうじ》して古医方《こいほう》を学んでいます。そして、郷里《きょうり》に戻《もど》り、弟の大介《だいすけ》さんを宝暦《ほうれき》五年（一七五五）に長崎に二年間遊学《ゆうがく》させています」

「遊学《ゆうがく》？　どんな字を書くん？」

陽子《ようこ》さんが不思議そうに尋《たず》ねた。

「遊ぶと学問の学を書くんですが、遊びに行くという意味とは違《ちが》います。他の土地や国へ行って学問に励《はげ》むことを遊学《ゆうがく》と言います。今は留学《りゅうがく》の方が一般的《いっぱんてき》かなぁ」

「じゃあ、遊学《ゆうがく》を現代《げんだい》に置き換《か》えると、ワーキングホリディみたいなもので、江戸《えど》時代の遊学《ゆうがく》とは、完全な留学《りゅうがく》やったんやね」

陽子《ようこ》さんは私《わたし》の話に納得《なっとく》したみたいだ。

「松原一閑斎《いっかんさい》先生のように、長崎では誰《だれ》に就《つ》いて学んだん？」

「吉雄耕牛《よしおこうぎゅう》先生です」

「吉雄耕牛《よしおこうぎゅう》？」

聞き慣《な》れない人名に、陽子《ようこ》さんも貴恵《きえ》さんも瞬《まばた》きを繰《く》り返《かえ》した。

「吉雄耕牛《よしおこうぎゅう》先生は、求吾《きゅうご》先生より一歳《さい》年下ですが、オランダ語の大通詞《だいつうじ》と言って、幕府公認《ばくふこうにん》の通訳《つうやく》の中の通訳《つうやく》なんです。そして、通訳《つうやく》の仕事をしながら、オランダ商館に勤《つと》める医師《いし》から医学を学び、さらに自分が訳《やく》した外科の本を通して、医術《いじゅつ》も教えています」

すると陽子《ようこ》さんが尋《たず》ねてきた。

「求吾《きゅうご》先生は京都で松原一閑斎《いっかんさい》先生に就《つ》いて古医方《こいほう》を学び、弟は長崎で吉雄耕牛《よしおこうぎゅう》先生に就《つ》いて蘭学《らんがく》を学ばせたのですか」

貴恵《きえ》さんがついに悲鳴を上げた。

「**私**《わたす》、**頭**《あだま》の中がこんがらがって**来**《ぎ》た」

私《わたし》はいつも持ち歩いているバックから、資料《しりょう》を取り出した。

「いいえ、宝暦《ほうれき》十一年（一七六一）に大介《だいすけ》さんも二十四歳《さい》の時、京都の松原一閑斎《いっかんさい》先生から二年間古医方《こいほう》を学び、翌年《よくねん》の宝暦《ほうれき》十二年（一七六二）に求吾《きゅうご》先生は三十九歳《さい》の時、長崎に行き、吉雄耕牛《よしおこうぎゅう》先生から蘭学《らんがく》を学んでいます」

「なるほど、ということは、二人とも古医方《こいほう》と蘭学《らんがく》を学んだことになるのですね」

「そういうことになります」

二人の会話に圧倒《あっとう》されていた貴恵《きえ》さんが尋《たず》ねてきた。

「その中に私《わたす》が知っている蘭学者《らんがくしゃ》っていますか」

「もちろんいますよ。例えば、前野良沢《まえのりょうたく》、平賀源内《ひらがげんない》、青木昆陽《あおきこんよう》とか・・・」

「えっ、そんな有名人がいたの。中学校の社会科で習ったじゃない」

貴恵《きえ》さんは息を呑《の》んだ。

「それから高校で学んだ、大槻玄沢《おおつきげんたく》、林子平《はやししへい》、司馬江漢《しばこうかん》などもね」

「すごい！　椋葉《むくは》さん、よくぞここまで調べましたね」

「いえいえ、まだまだ不十分です。長崎に行けば博物館もあり、もっと求吾《きゅうご》先生や大介《だいすけ》さんのことも調べられると思うのですが、なかなか貧乏《びんぼう》学生の身分では、おいそれと長崎の方までは行けません」

※深い意味があるようなこと

一瞬《いっしゅん》、沈黙《ちんもく》の時間が流れた。

すると陽子《ようこ》さんが口火を切った。

「じゃあ、三人で長崎へ行かへんか」

「えっ！」

突拍子《とっぴょうし》もない発言に、私《わたし》と貴恵《きえ》さんは口をあんぐりと開けた。

陽子《ようこ》さんは、何か※意味深《いみしん》な笑みを浮《う》かべた。

「そうしなさい。何か別の発見があるかも」

ご主人さんも陽子《ようこ》さんを応援《おうえん》した。

「椋葉《むくは》さんに貴恵《きえ》さん、善《ぜん》は急げと言うやん。これは早い方がええと思いますえ。次の土曜日、日曜日、どうどす？」

私《わたし》と貴恵《きえ》さんは、再《ふたた》び目を見合わせた。

「私《わたし》はええけど、貴恵《きえ》さんは？」

「バイト入ってるけど、誰《だれ》かに代わってもらえると思う。それに私《わだす》、九州へは行ったことがないから行ってみたい」

「じゃあ、話は決まった。あなた行ってもええですやろ」

「もちろんだよ、ＪＲのチケットは秘書《ひしょ》に用意させよう。あっそうだ、ホテルの手配も」

「あのー」

すると貴恵《きえ》さんが何か言いにくそうに切り出した。

「貴恵《きえ》さん、どないしたん？」

陽子《ようこ》さんが不審《ふしん》そうな顔をした。

「ホテルは私《わだす》が予約してもいいでしょうか」

「えっ、なんで？」

「私《わだす》、どうしてもサウナが付いているホテルに泊《と》まりたいから・・・」

この意見にはみんなで大笑いした。

するとご主人からは、「分かりました。でも　人最低二万円以上のホテルにしてくださいね」

「にっ、二万円！」

私《わたし》と貴恵《きえ》さんは同時に声を上げてしまった。

「あなた、どこでもええやん、ホテルは貴恵《きえ》さんに任《まか》せて、電車のチケットだけお願いね」

彼《かれ》はゆっくりと頷《うなず》き、細い目をさらに細めた。


待ちに待った土曜日がやって来た。

私《わたし》と貴恵《きえ》さんは、バスで京都駅に向かった。

今回は長崎への一泊《いっぱく》二日の研修《けんしゅう》旅行。

行く前日、私《わたし》と貴恵《きえ》さんは、大学の図書館で、江戸《えど》時代に長崎へ遊学していた人たちのことを調べた。

「長崎遊学者事典」によると、江戸時代に長崎へ遊学した人たちは千五十二人。県別出身地では山口、佐賀、福岡と九州や中国地方が上位を占めている。香川県はベスト五位。四十一名の人が、長崎で勉学につき、帰国後は幕府の医官とか藩医になっている。


当時、長崎へ行くだけでも、多くの労力がかかるから、経済的《けいざいてき》に恵《めぐ》まれた家庭の師弟《してい》が遊学したに違《ちが》いない。

将来《しょうらい》、藩医《はんい》になるのなら、藩主直々《はんしゅじきじき》の援助《えんじょ》があったかと思われる。

でも、求吾《きゅうご》先生が大介《だいすけ》さんを京都や長崎に遊学させる費用《ひよう》はどこから出たのだろうか。

私《わたし》は悩《なや》んだ。

これは私《わたし》の想像《そうぞう》だが、求吾《きゅうご》先生とは無二《むに》の親友（かけがえのない友）であった大金持ちの藤村喜八郎《ふじむらきはちろう》さんからの援助《えんじょ》があったに違《ちが》いない。

そんなことを考えていたら、京都駅にはすぐに着いた。


京都駅は近未来的な建物。

駅の構内《こうない》に入って見上げると、限《かぎ》りなく広い空間が広がっている。

京都駅の広いコンコースで待っていると、陽子《ようこ》さんが向こうからやってきた。

相変《あいか》わらずのセレブスタイル。

「陽子《ようこ》さん、今日はエルメスで決めているわ」

私《わたし》と貴恵《きえ》さんは、陽子《ようこ》さんの姿《すがた》を頭の上から靴《くつ》の先までじっくり眺《なが》めた。

エルメスのストールとケリーバッグは一段《いちだん》とセレブぶりを醸《かも》し出《だ》し

京都駅、九時二分発の「のぞみ七号」に乗り、博多駅には十一時四十五分に着いた。そして、博多駅、十一時五十五分発の「かもめ十九号」に乗り、長崎駅には十三時五十一分に到着。所要時間はわずか四時間四十九分という速さであった。

令和四年（二〇二二）九月二十三日、武雄温泉駅から長崎駅まで西九州新幹線が部分開通した。

最速で大阪と長崎は三時間五十九分。博多と長崎は一時間二十分となり、約三十分の短縮になる。

江戸時代と現在の交通には雲泥の差がある。

ていた（気分を作り出していた）。

（そうか、陽子《ようこ》さん夫妻《ふさい》は、私《わたし》にとっては喜八郎《きはちろう》さんみたいな存在《そんざい》や・・・先日の先斗町《ぽんとちょう》でのお食事では一円も出していないし、長崎へのチケット代も・・・）と思っていたら、「はい、長崎までのチケットやで」と手渡《てわた》された。

よく見ると指定席券《けん》であった。

大樹《たいき》の節約生活が私《わたし》にも染《し》み付いてしまい、香川に帰る時はいつも自由席。

それも京都から新大阪までは新快速《かいそく》に乗り、新大阪から新幹線《しんかんせん》で帰るというケチケチぶりになっていた。

今回乗車する「のぞみ」は八号車であった。

エスカレーターで京都駅のホームに上がる。

その上がった付近が八号車の乗車口になっていた。

いつもは自由席なので一号車から三号車。

だからホームの端《はし》まで行かないといけない。

でも、今日の指定席はたまたまなのか、エスカレーターに一番近かった。

東京方面から新幹線《しんかんせん》「のぞみ」がゆっくりとやって来た。

私《わたし》たちの目の前に止まった車両は、なんとグリーン車であった。

私《わたし》と貴恵《きえ》さんは、再《ふたた》び大声を上げてしまった。

すると陽子《ようこ》さんがこう言った。

「東海道・山陽新幹線《しんかんせん》には※グランクラスがなくてごめんなさいね」

私《わたし》と貴恵《きえ》さんは、驚《おどろ》きのあまり言葉を失った。

ゆったりとした車内。

もちろんグリーン車に乗ること事態《じたい》、生まれて初めての経験《けいけん》である。

貴《き》恵《え》さんは、「有名人が乗っているべ」とキョロキョロしていたけど、私《わたし》は、江戸《えど》時代のことを考えていた。

（当時、どうやって京都と長崎を行き来していたのだろう）

私《わたし》なら、陸を歩くか、船に乗るか。さてどちらだろう。

毎日一か月以上も歩き続けるのは嫌《いや》だし、船は酔《よ》いやすいし、まして危険《きけん》が伴《ともな》う。

「どちらも嫌《いや》だ」

長崎駅前は再開発《さいかいはつ》が進んでいる。

京都駅のような近未来的な駅に変貌《へんぼう》していた。

駅前がフルオープンするのは令和七年（二〇二五）のこと。

貴《き》恵《え》さんが予約したホテルは長崎駅前にあった。

全国津々《つつ》浦々《うらうら》にあるホテル。

でもここのホテルの売りは、大浴場にサウナが付いていること。

※普通車より上のグレードであるグリーン車よりさらに上位の車両。旅客機のファーストクラスに相当する。東北・北海道新幹線や上越・北陸新幹線に連結されている。

ある史料によると、求吾が長崎から帰郷する時、筑前（福岡）の儒学者、亀井南冥《なんめい》、馬関（下関）では医師の永富独嘯庵《ながとみどくしょうあん》、安芸（広島）では医師の恵美三伯《えみさんぱく》に会っている。ということは、陸路で長崎から広島まで歩いたことになる。

そして、夜の九時半になると、サービスで夜鳴《よな》きそばが食べられる。貴恵《きえ》さんの勧《すす》めで私《わたし》もサウナーになってしまったけど、陽子《ようこ》さんはまだその域《いき》に達していないみたい。

いつの日か、セレブな奥様《おくさま》もサウナの魅力《みりょく》に取り憑《つ》かれますように。

陽子《ようこ》さんは私《わたし》や貴恵《きえ》さんと一緒《いっしょ》に生活することで、私《わたし》たちの倹約病《けんやくびょう》が染《し》みついていったようだ。

だって本当のセレブって、実は倹約家《けんやくか》。

お金があっても徹底的《てっていてき》に節約し、お金を倹約《けんやく》するのがセレブ。

でも、これぞと思う物にはお金を出す。

百万円以上もするエルメスのケーリーバッグを購入《こうにゅう》したのは、単なる見栄《みえ》っ張《ば》りではない。

商談でご主人さんと一緒《いっしょ》に行った時、このバッグのお陰《かげ》で、何億円もの契約《けいやく》を取り付けたこともあったらしい。


ご主人さんはコロナ禍《か》に対応《たいおう》したマンションを販売《はんばい》したところ大成功したそうだ。

それはウィルスを持ち込《こ》ませない設計《せっけい》。

例えば、玄関《げんかん》に手洗《あら》いを設置《せっち》し、ウィルス・バキューム・クリーナーで衣類に付着した花粉《かふん》を吹《ふ》き飛ばす装置を付けた。

また、リモートで仕事ができるように、リモートワークスペースを作ったことなど。

すると、まるで宝《たから》くじが当たったみたいに、飛《と》ぶようにマンションが売れ、成金と勘違《かんちが》いしてしまったそうだ。

陽子《ようこ》さんはこのことにやっと気がつき始めたらしい。

翌日《よくじつ》、長崎駅のみどりの窓口《まどぐち》へ行き、特急「みどり」と新幹線《しんかんせん》「のぞみ」のグリーン車はすべてキャンセルし、自由席に変更《へんこう》した。

戻《もど》って来たお金は、三人の食事代になった。


私《わたし》たちが長崎で最初に目指したのは、坂の上にある「長崎歴史《れきし》文化博物館」。

荷物をホテルに預《あず》け、運動も兼《か》ねて歩いていった。

距離《きょり》はわずか一キロ弱なのに、私《わたし》たちは日頃《ひごろ》の運動不足を実感じた。

私《わたし》は蘭学《らんがく》に興味《きょうみ》があったから、そのコーナーをめざした。

上野彦馬《うえのひこま》の写真機やシーボルトの医療《いりょう》器具セットなど、教科書に出てくる史料《しりょう》をたくさん見つけることができた。

蘭学《らんがく》のコーナーを見学していた時、パソコンのタッチパネルがあった。

それは偶然《ぐうぜん》にも貴恵《きえ》さんが発見した
「ねぇ、椋葉《むくは》さん、陽子《ようこ》さん、ちょっと来て！」

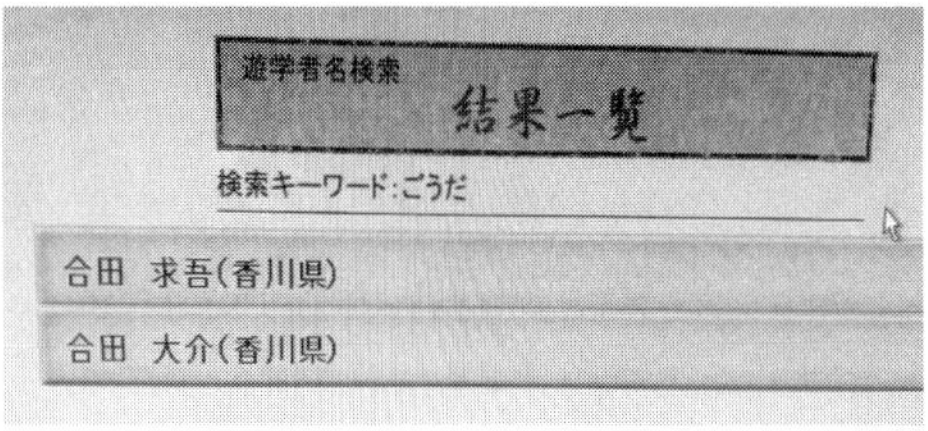

二人の名が・・・

全国遊学者総覧

私《わたし》と陽子《ようこ》さんが駆《か》け寄《よ》ると、画面には「全国遊学者総覧《そうらん》」と書かれていた。

そして、「遊学者数県別番付」「人気分野番付」「人気塾《じゅく》番付」「売れっ子学者番付」などいろいろなカテゴリーに分かれていて、その中に「遊学者名検索《けんさく》」というのがあった。

求吾《きゅうご》先生と大介《だいすけ》さんが本当に長崎へ遊学していたのなら、そのデータが存在《そんざい》しているはずだ。

と少しパソコンを疑《うたが》ってしまった。

私《わたし》は「遊学者名検索《けんさく》」と書かれている画面をタッチした。

すると、ひらがなの五十音表が出てきた。

私《わたし》は恐《おそ》る恐《おそ》るひらがなで「ごうだ」と打ち込《こ》んだ。

貴恵《きえ》さんと陽子《ようこ》さんは固唾《かたず》を呑《の》んで（緊張《きんちょう》して）画面に釘付《くぎづ》け状態《じょうたい》になった。

そして、検索《けんさく》をクリックした。

（パソコンさん、疑《うたが》ってごめんなさい・・・）

私《わたし》たち三人は万歳《ばんざい》をしたいぐらいだ。

「ヤッター！」

黄色い声を上げてしまった。

「しまった！」

回りには私《わたし》たち以外に多くの小学生・中学生が、遠足や修学《しゅうがく》旅行で来ていた。

その子たちが、私《わたし》たちの歓声《かんせい》に誘《さそ》われて私《わたし》たちの回りにやって来る。

「大きな声出して、ごめんなさい」

私《わたし》たちはただ頭を下げるしかなかった。

それぞれ二人の名前をクリックする。

すると、氏名、出身県、出身地の地名、生年、没年《ぼつねん》（亡《な》くなった年）、どこで誰《だれ》に就《つ》いたか。

遊学以前の情報《じょうほう》、遊学後の活躍《かつやく》が書かれていた。

私《わたし》は遠き長崎の地で、故郷《ふるさと》の地名に触《ふ》れることができた。

とても懐《なつ》かしかった。


二人の細かい功績《こうせき》は後述《こうじゅつ》したいと思う。

長崎歴史《れきし》文化博物館は歴史《れきし》文化展示《てんじ》ゾーンと長崎奉行《ぶぎょう》ゾーンの二つに分かれている。

長崎奉行《ぶぎょう》ゾーンは土足厳禁《げんきん》。レジ袋《ぶくろ》が渡《わた》された。

その袋《ふくろ》にはテレビドラマの「水戸《みと》黄門《こうもん》」で最後に発せられるあの有名なセリフが浮《う》かんだ。

「控《ひか》えろ！　控《ひか》えろ！　この紋所《もんどころ》が目に入らぬか」

大きな葵《あおい》の御紋《ごもん》が描《えが》かれていた。

私《わたし》たちがはしゃいでいると、係員の方が「ここは天領《てんりょう》ですので」と言われた。

長崎は幕府《ばくふ》の直轄地《ちょっかつち》である。

なぜ、土足厳禁《げんきん》かというと、いきなり江戸《えど》時代にタイムスリップしたみたいに、長崎奉行所《ぶぎょうしょ》の室内が見事に再現《さいげん》され、即時《そくじ》に座敷《ざしき》の中に入ることができるから。

三十畳敷《じょうじき》ぐらいの書院や、長崎奉行《ぶぎょう》（役人）が藩主《はんしゅ》などの応接《おうせつ》に使った部屋、次之間《つぎのま》、使者之間《ししゃのま》、御白州《おしらす》もある。

長崎文化歴史《れきし》博物館は、発掘調査《はっくつちょうさ》によって見えてきた全景を元に忠実《ちゅうじつ》に再現《さいげん》されたそうだ。

例えば、発掘《はっくつ》することで現《あらわ》れた長崎奉行所《ぶぎょうしょ》へ上がる階段《かいだん》の大きさと、これまで伝わっていた長崎奉行所《ぶぎょうしょ》の絵図とが、見事に一致《いっち》したそうだ。

長崎を訪《おとず》れた際《さい》には、ぜひとも長崎文化歴史《れきし》博物館を見学して欲《ほ》しい。

これは私《わたし》たち三人が一致《いっち》した感想である。

次に、私《わたし》たちは吉雄耕牛《よしおこうぎゅう》先生の邸宅跡《ていたくあと》を探《さぐ》ることにした。

日頃《ひごろ》あまり歩かない私《わたし》たちは、長崎駅から長崎歴史《れきし》文化博物館まで歩いただけで、もうヘトヘトになっていた。

そこで、吉雄耕牛《よしおこうぎゅう》先生の邸宅跡《ていたくあと》まではタクシーを利用することにした。

事前にネットで調べると、吉雄耕牛《よしおこうぎゅう》先生の邸宅跡《ていたくあと》は、長崎県警察《けいさつ》本部となっていた。

タクシーはすぐに捕《つか》まった。

「すみません、長崎県警察《けいさつ》本部までお願いします」

「あいよ」

愛想の良さそうな運転手さんがタクシーを走らせた。

長崎市内には路面電車が走っている。

坂の街と路面電車とがなんとなくマッチするノスタルジー溢《あふ》れる街だ。

信号待ちで停車中《ていしゃちゅう》、運転手さんが助手席の私《わたし》に話しかけてきた。

「お客さんたち、今日はどちらから来たの？」

「はい、京都からです」

「まぁ、それは遠くから来たとね。長崎もよかけど、京都もよかところね」

「ええ、でも今日は観光というより、勉強で来ているの」

「勉強？　それはご苦労様。ところで何ば勉強しとっと？」

「私《わたし》たち、蘭学《らんがく》のことが調べたくで来たのです」

「ほー、それはすばらしかね」

「吉雄《よしお》耕牛《こうぎゅう》っていう方をご存《ぞん》じですか」

「よしお・・・いやー知らないね」

地元の人でも、吉雄《よしお》耕牛《こうぎゅう》先生のことを知っている人は数少ないだろう。

「その方の邸宅《ていたく》の跡地《あとち》が、長崎県警《けんけい》本部になっていると聞いたもので・・・」

「えっ・・・」

その時、運転手さんの様子が少しおかしくなった。

ホテルニュー長崎を過《す》ぎ、アミュプラザ長崎の近くに長崎県警《けんけい》本部はあった。

その隣《となり》には長崎県庁《けんちょう》も建っている。

県警《けんけい》本部も県庁《けんちょう》もピカピカの新装《しんそう》された建築物《けんちくぶつ》。

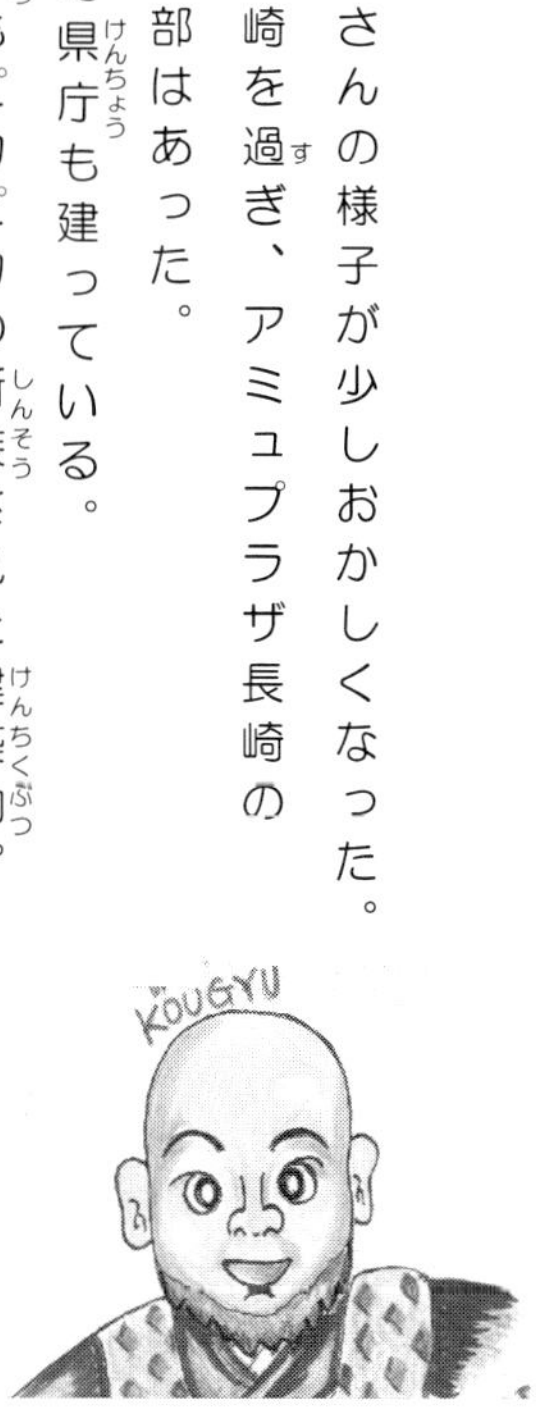

「お客さん、県警《けんけい》本部に着きましたが、ここは元々、埋《う》め立て地ばい・・・」

「埋《う》め立て地・・・」

三人が同時に声をあげてしまった。

いくらなんでも吉雄《よしお》耕牛《こうぎゅう》先生の邸宅《ていたく》が海の中にあったはずがない。

気の毒《どく》に思ったのか、運転手さんが説明してくれた。

「県警《けんけい》本部は、確《たし》か平成三十年に万才町《まんざいまち》から移転《いてん》したとさ。ここは尾上町《おのうえまち》。長崎駅も埋《う》め立て地だし、出島のまわりなんかも埋《う》め立てられ、今では、街のど真ん中ばってん、万才町《まんざいまち》へ行くね」

「えっ、じゃあ、その万才町《まんざいまち》の県警《けんけい》本部があった所へお願いします」

まったくの勉強不足であった。

長崎駅前からタクシーで五分ほどの距離《きょり》であった。

そこには「吉雄耕牛宅跡《よしおこうぎゅうたくあと》」という案内板が立っているはずだ。

ここは優秀《ゆうしゅう》な門下生《もんかせい》を輩出《はいしゅつ》させた蘭学塾《らんがくじゅく》と住宅《じゅうたく》の跡地《あとち》。

「ヤッター。ついに吉雄耕牛《よしおこうぎゅう》先生の足跡《そくせき》を探《さぐ》ることができるんだ」と私《わたし》は、タクシーの中で勇んでいた。

陽子《ようこ》さんと貴恵《きえ》さんは、変人を見るような冷たい目で私《わたし》を見つめていた。

一般的《いっぱんてき》な女性《じょせい》なら、せっかく長崎まで来たのなら、石畳《いしだたみ》と洋風建築《けんちく》が似合《にあ》うオシャレなオランダ坂あたりで、食べ歩きとショッピングなどをするのかもしれない。

でも、私《わたし》はそんなことには一切興味《きょうみ》がなかった。

私《わたし》に合《あ》わせてくれている、陽子《ようこ》さんと貴恵《きえ》さんには申し訳《わけ》ないと思った。

しかし、私《わたし》の喜《よろこ》びは一瞬《いっしゅん》の喜《よろこ》びであった。

目の前が真《ま》っ暗《くら》になった。

旧《きゅう》長崎県警《けんけい》の跡地《あとち》は更地《さらち》になっていた。

そして、工事中の高い塀《へい》に囲《かこ》まれていた。

それと、今後、跡地《あとち》が何に使用されるかはまだ決まっていないそうだ。

求吾先生《きゅうごせんせい》や大介《だいすけ》さんが学んだ足跡《そくせき》は完全に消えていた。

ネットで見た※「吉雄耕牛宅跡《よしおこうぎゅうたくあと》」という碑《ひ》はどこに行ったのだろうか。

長崎県教育委員会によって、どこかに保存《ほぞん》されていて、また新たに設置《せっち》されるのならいいけど、こんなもの邪魔《じゃま》だと、捨《す》てられていないだろうか。

一抹《いちまつ》の不安が私《わたし》の脳裏《のうり》をかすめた。


夕方になった。ホテルに帰った瞬間《しゅんかん》、貴恵《きえ》さんは「整《ととの》うんだ」と、サウナがある大浴場へ突進《とっしん》して行った。

私《わたし》も遅《おく》れないように、貴恵《きえ》さんの後をついて行った。


久《ひさ》しぶりに兄に会う。

五歳違《さいちが》いの兄は、今年二十六歳《さい》。

長崎大学の医学部を無事卒業し、医師《いし》国家試験に合格《ごうかく》。

今は前期研修医《けんしゅうい》として長崎市内の大学病院に勤務《きんむ》している。

将来《しょうらい》は求吾《きゅうご》先生のように地域医療《ちいきいりょう》に貢献《こうけん》したいと言っていた。

※以前、建てられていた碑には次のように書かれていた。
「吉雄家は阿蘭陀通詞（オランダ語の通訳等を主な職務とした役職）を務めた家柄で、耕牛（１７２４～１８００）も実に５３年間も務めました。そのかたわらオランダ商館医、特にツュンベリーに師事して医学を学び、吉雄流外科を開きました。診断法に、尿の検査などを取り入れ、コーヒーを薬剤としても使用しました。杉田玄白らに懇望され、安永３年（１７７４）『解体新書』の序文を書くなど、高名で、生涯の門人は１０００人にも及んだといいます。この住宅の２階には阿蘭陀部屋と呼ばれるオランダ風の部屋があり、長崎を訪れる人達の憧れの的でした」

そして、これらの文章は英語、ハングル、中国語に訳され、管理者は長崎市となっている。

私《わたし》としては香川に帰って欲《ほ》しい。

今晩《こんばん》は、兄を含《ふく》めた四人で食事を取ることにしている。

場所は兄が予約してくれている。

新地《しんち》の中華街《ちゅうかがい》だ。

日本にある横浜中華街《よこはまちゅうかがい》、神戸の南京町中華街《なんきんまちちゅうかがい》、そして、長崎の新地《しんち》中華街《ちゅうかがい》が日本の三大中華街《ちゅうかがい》といわれている。

規模的《きぼてき》には長崎が一番小さいけど、歴史的《れきしてき》には全然違《ちが》う。

歴史《れきし》の話になれば私《わたし》の出番。

路面電車の中で、陽子《ようこ》さんと貴恵《きえ》さんに質問《しつもん》した。

「横浜《よこはま》と神戸と長崎が日本の三大中華街《ちゅうかがい》なんだけど、どこが一番古いと思う？」

「どこやろう・・・」

二人とも頭を掻《か》いていた。

そこで私《わたし》はヒントを出した。

「ヒントは一八五八年の日米修好通商条約《しゅうこうつうしょうじょうやく》にあるよ」

陽子《ようこ》さんが何かを思い出したようだ。

「日米和親条約《じょうやく》で開港したのは、下田《しもだ》と函館《はこだて》」

陽子《ようこ》さんがいい線をついてきた。

そして、貴恵《きえ》さんが合点した。

「日米修好通商条約《しゅうこうつうしょうじょうやく》では、下田《しもだ》の代わりに神奈川（横浜《よこはま》）。そして、兵庫（神戸）、長崎、新潟と日米和親条約《じょうやく》の時と同じ函館《はこだて》を開港《かいこう》した」

貴恵《きえ》さんも私《わたし》の話に乗ってきた。

そして、陽子《ようこ》さんがこう答えた。

「長崎は安政《あんせい》の開国以前から中国やオランダと交易《こうえき》をしていた・・・そやさかい、歴史的《れきしてき》に一番古いのは長崎や」

さすがに年の功である。

陽子《ようこ》さんに軍配があがった。

「そう、中華街《ちゅうかがい》で古いのは長崎。横浜《よこはま》や神戸に中華街《ちゅうかがい》ができたのは、日米修好通商条約《しゅうこうつうしょうじょうやく》が結ばれた以降《いこう》」

中華街《ちゅうかがい》へ行くことで、長崎に遊学《ゆうがく》した蘭学者《らんがくしゃ》たちの空気に、少しでも触《ふ》れることできるのでは、と少しは期待した。

今日は二月。

偶然《ぐうぜん》にも中国では春節（旧《きゅう》正月）。

ということで、市内には「長崎ランタンフェスティバル」が行われていた。

長崎の街を彩《いろど》る約一万五千個《こ》の極彩色《ごくさいしき》のランタン（中国提灯《ちょうちん》）と個性《こせい》

豊《ゆた》かなオブジェの数々が人々の心を魅了《みりょう》していた。

「私《わたし》、実はこれを見たかったんや・・・」

陽子《ようこ》さんの一言で、なぜ私《わたし》たちに長崎行きを強く押《お》したのか、その理由が分かった。


兄は集合時間ちょうどに息を切らせてやって来た。

「椋葉《むくは》の兄の伊吹《いぶき》です。いつも妹がお世話になっております。また、今日はわざわざ長崎の方までお越《こ》しいただき、ありがとうございます」

「兄は研修医《けんしゅうい》として長崎の大学病院に勤務《きんむ》しているんよ」

「えっ、お医者様ですか・・・」

なんだか、貴恵《きえ》さんの様子がおかしい。

いつもと違《ちが》って標準語《ひょうじゅんご》を使っている。

「いえいえ、まだまだ医者の卵《たまご》ですけど・・・」

「お医者様とか、お金持ちの奥様《おくさま》とか・・・私《わたす》、なんだか場違《ばちが》いな所に来てしまったみたい」

（貴恵《きえ》さん、本当にそう思っているのかな・・・）

「いえいえ、そんなことありませんよ。ところで一言で中華《ちゅうか》料理って言いますけど、中国には中華《ちゅうか》料理という料理はないのです」

兄が突然《とつぜん》、不思議なことを言い始めた。

「えっ、それはどういうことでしょうか」と貴恵《きえ》さんが尋《たず》ねた。

あまりにも標準語《ひょうじゅんご》に近い言い方に、私《わたし》と陽子《ようこ》さんは吹《ふ》きだして笑った。

「何がおかしいのよ！」

貴恵《きえ》さんには悪いことをしてしまった。

「ごめん、ごめん。いつもと言い方が違《ちが》うから」

「貴恵《きえ》さんって言われましたか。貴恵《きえ》さんはどちらのご出身でしょうか」

「はい、秋田の角館《かくのだて》です」

「いいですね。私《わたし》は行ったことがありませんけど、みちのくの小京都、それに武家屋敷《ぶけやしき》に乳頭温泉《にゅうとうおんせん》・・・行ってみたいなぁ・・・」

「まんず角館《かくのだて》さ、来てたんせ」

「えっ・・・」

この秋田弁《べん》にはついていけない。

「どうぞ、京都にもきとーくりゃす（おいでやす）」

艶《つや》やかな芸者のような声で、陽子《ようこ》さんが笑いながら言った。

こうなると私《わたし》も西の讃岐弁《さぬきべん》で言《い》った。

「いっぺん、香川にも来てつか（高松では、来ていた）」

話が他の方へずれてしまった。

「お兄様、どうして中国に中華《ちゅうか》料理ってないのですか」

標準語《ひょうじゅんご》の貴恵《きえ》さんに、私《わたし》と陽子《ようこ》さんは、じっと笑いを押《お》し殺《ころ》した。

「はい、中国って広いでしょう。だから地方によって料理名が変わります」

「わかったわ、上海《シャンハイ》料理、四川《シセン》料理、広東《カントン》料理などですね」

貴恵《きえ》さんがすごく燃《も》えてきたようだ。

「そうです。ここは少し辛《から》い四川《シセン》料理です」

「私《わたす》、四川《シセン》料理大好きです。サウナさ入って整《ととの》って来ましたから、辛《から》い麻婆豆腐《マーボーとうふ》を食べて、ビールを飲めば最高！」

ついに貴恵《きえ》さんは、自分の本性《ほんしょう》を現《あらわ》したみたい。

料理が運ばれてきた。円卓一杯《えんたくいっぱい》に料理が並《なら》ぶ。

麻婆豆腐《マーボーとうふ》は、山椒《さんしょう》の実の一種である「花椒《ホアージャオ》」を使った、口の中が痺《しび》れて辛《から》い麻辣味《マーラーあじ》。

そして、定番の回鍋肉《ホイコーロー》、青椒肉絲《チンジャオロース》、棒棒鶏《バンバンジー》、担々麺《タンタンミェン》、干焼蝦仁《カンシャオシャーレン》、紅油《ホンコウ》餃子《ジャオズ》などであった。

（求吾《きゅうご》先生や大介《だいすけ》さんは、このような料理を食べていたのだろうか）

長崎にやって来た中国人は、九州に近い福建《フッケン》省からが主だった。

だから、長崎の中華街《ちゅうかがい》で江戸《えど》時代に食べられたのは福建《フッケン》料理であったのかもしれない。

福建《フッケン》料理は、広義《こうぎ》（広い意味で）には台湾《タイワン》とか香港《ホンコン》の料理も含《ふく》まれる。

せっかく予約までしてもらった兄には申し訳《わけ》ないけど、四川《シセン》料理は求吾《きゅうご》先生や大介《だいすけ》さんとは縁《えん》もゆかりもない、かけ離《はな》れたものであった。

しかし、今日の四川《シセン》料理を通して、後日、兄と貴恵《きえ》さんとの関係はひょんな方向へ行ってしまった。

どうなったかは、後のお楽しみに。

兄は、研修医《けんしゅうい》として現在《げんざい》、内科、外科などすべての科の研修《けんしゅう》を受けている。

そして、将来《しょうらい》は求吾《きゅうご》先生のような内科医をめざし、しかも地域医療《ちいきいりょう》に尽《つ》くしたいと言っていた。

翌朝《よくあさ》、私《わたし》たちは出島を見学した。

江戸《えど》時代、出島は一般《いっぱん》の人たちが自由に出入りすることはできなかった。

しかし、出島に行かなくても、オランダ気分を味わえる所があった。

それは、吉雄耕牛《よしおこうぎゅう》先生のお屋敷《やしき》。

邸宅《ていたく》にはオランダ座敷《ざしき》と言って、西洋家具が置かれ、珍《めずら》しい異国《いこく》の植物や動物が育てられていたそうだ。

愛玩用《あいがんよう》のネコや洋犬はもちろん、サルやオウムやクジャクまで飼《か》われ

出島・オランダ商館の台所復元

ていたそうだ。

吉雄《よしお》耕牛《こうぎゅう》先生は現代的《げんだいてき》に言えば、パーティ大好き人間。

「オランダ正月」（太陽暦《たいようれき》の元旦《がんたん》）には、カピタンと言われるオランダ商館長《しょうかんちょう》や奉行所《ぶぎょうしょ》の役人、長崎会所《かいしょ》の人たち、セレブな町年寄《まちどしよ》りの奥様方《おくさまがた》も招《まね》かれている。

もちろん、求吾《きゅうご》先生や大介《だいすけ》さんも招《まね》かれ、多くの方々と話し合ったことだろう。

× × ×

オランダ座敷《ざしき》でのパーティの様子が目に浮《う》かんできた。

「耕牛《こうぎゅう》先生、私《わたし》たちは箸《はし》を使いますが、この銀色の道具は何でございましょう。私《わたし》は使い方すらわかりませぬ」

「求吾《きゅうご》さん、この三《み》つ叉《また》ホコ（フォーク）で肉を刺《さ》し、刀（ナイフ）で肉を切り、サジ（スプーン）ですくって汁《しる》（スープ）を飲むのですよ」

メニューはオランダ料理のフルコース。

スープから始まり、魚、鶏《にわとり》、鴨《かも》までは許《ゆる》せるとして、四つ足の豚《ぶた》、山羊《やぎ》、鹿なども食卓《しょくたく》に上っていたそうだ。

そして、デザートはカステラ、タルト、スィートアップルなど。

「耕牛《こうぎゅう》先生、こんなには食べられませぬ」

「さようか、ならば余《あま》った物は、持ち帰りなさい」

日本料理に比《くら》べて高タンパクな料理は薬としても服用できる。

まさに医食同源《どうげん》である。

四つ足の動物を日本人が好んで食べていたかどうかは、若干《じゃっかん》疑問《ぎもん》が残るが、カステラなどの南蛮菓子《なんばんがし》にはきっと興味《きょうみ》を示《しめ》したはずだと思う。

「このフワフワした南蛮菓子《なんばんがし》は何と申します？」

「求吾《きゅうご》さん、これはポルトガルから伝わった『カスティーリャ』とか『カステイラ』というお菓子《かし》ばい」

「ふんわりとして、口の中でじんわりと広がる卵《たまご》の甘《あま》さは絶妙《ぜつみょう》ですね」

「ありがとうござす（ございます）」

そしてもちろん、医学に関するお話もされたのに違《ちが》いない。

「耕牛《こうぎゅう》先生、西洋医学は外科のみと思い違《ちが》いをしておりました」

「求吾《きゅうご》さん、そんなら、オランダの医学書を日本語に訳《やく》してみたらよか」

「はい、ぜひとも。腑分《ふわ》け図（人の解剖《かいぼう》図）も書き移《うつ》したいと存《ぞん》じます」

「少しずつでよか、一緒《いっしょ》にやろう。ラートゥン　ウイ　ヘナ　サムンダンじゃ、（Laten we het samen doen）」

「ありがとうございます。心から感謝《かんしゃ》いたしております。ハルテレクベダンクト　ヴォール　ユー　ヒュルプ（hartəlijk bedankt voor uw hulp）」

「はっははは・・・求吾《きゅうご》さん、あーたなら、どやん強い風にも負けんと進んでいける。おもしろき人生をな」

求吾《きゅうご》先生は、怒涛《どとう》の日々をこの長崎で送った。そして、耕牛《こうぎゅう》先生からオランダ語を学び、医学本を読みあさり、同じ夢を語る多くの友と出会った。

恩師《おんし》の耕牛《こうぎゅう》先生は、自ら得《え》た多くの富を、長崎に学びに来たすべての人たちのための、書籍《しょせき》や器具、芸術《げいじゅつ》、動植物の購入《こうにゅう》に充《あ》てたそうである。オランダ屋敷《やしき》では、当時の西洋料理を惜《お》しみなく振《ふ》る舞《ま》い、新しい物、新しいこと、すべてを日本全国に届《とど》けようと考えた。

耕牛《こうぎゅう》先生は、自らの富や名声にはまったく無頓着《むとんちゃく》（気にかけない）であったそうだ。

また、パーティには色々な財界《ざいかい》の人たちもやって来ているはず。オランダ正月は今風に言えば、名刺交換会《めいしこうかんかい》のようなものかも。

例えば、出島を作るために多額《たがく》のお金を出資《しゅっし》した（お金を出す）二十五名の出島町人の子孫の方に対して、九州人同士、次のような会話がされていたのかもしれない。

「あーたらのご先祖様《せんぞさま》は、出島を造《つく》るために多くの銭《ぜに》を出されたと聞いとる**ばってん**、採算《さいさん》**ば取れてるとね**」

「はい、商売は目先のことだけを考えてはいけんとね。十年、百年先を

昭和五十五年（一九八〇）七月二十日（日）の四国新聞に「讃岐人物風景」という記事があり、合田求吾を特集していた。

読者の目に留まるように大きく「蘭医の専門書を執筆」「内科の諸療法紹介」「解体新書より古い」とある。

以下は当時の新聞の記事より抜粋したもの。

「宝暦十二年（一七六二）一月、三十九歳で長崎に遊学し、大通詞の吉雄耕牛とその弟の蘆風《ろふう》の門弟となり、蘭書の訳読を教わってこれを一つひとつ記録して『紅毛医言』と題した五巻を著した。この巻三には人体の解剖図が記されている。術語などは訳せずオランダ語のままで日本語との併用、しかし内臓や脈管などの記述は精密で、この偉業は杉田玄白らが世に問うた『解体新書』の刊行（安永三年《ねん》＝一七七四年）より十二年も前にさかのぼる。この時、田舎医師に過ぎない求吾が、古方家としての実証精神から近代医学の必要性を認識していたことは特筆されよう」

考えることが肝要《かんよう》ばい。一隻《いっせき》のオランダ船が入港するたびに、財《ざい》が財《ざい》を呼《よ》んでおるとね」

このような会話を聞いた求吾《きゅうご》先生や大介《だいすけ》さんは、和田浜《わだはま》村に帰郷《ききょう》すると、その足で藤村家《ふじむらけ》に行き、長崎で学んだこと、見たこと、それは医学だけに留《とど》まらず、経済《けいざい》、経営《けいえい》など藤村家《ふじむらけ》に役に立つことも伝えたに違《ちが》いない。

（そうだ、これは高校生の頃《ころ》、図書館でうつらうつらしていた時、夢《ゆめ》に出てきた喜八郎《きはちろう》様との会話につながっている・・・）

×　×　×

こうして長崎の旅も無事に終わった。

私《わたし》たち三人は、四月からいよいよ四回生。

もちろん私《わたし》と貴恵《きえ》さんは就職《しゅうしょく》活動をしないといけないし、なんといっても卒業論文《ろんぶん》を仕上げなければいけない。

私《わたし》の研究テーマは「地域医療《ちいきいりょう》に活躍《かつやく》した合田求吾《きゅうご》・大介《だいすけ》兄弟」となった。

二人の偉業《いぎょう》は計り知れない。

四回生となった四月の初め、私《わたし》は大学の図書館で、ある新聞記事を発見した。

求吾は、吉雄耕牛と弟の蘆風の元に通い、二人からの講義を日記風に書き留めている。

一巻は「紅毛醫（医）述」、二巻は「紅毛醫言」、三、四、五巻は「西洋醫述」というタイトルを付けた※草稿本五冊。その内容は、外科、内科、漢方など多方面にわたる。

※草稿本とは、原稿の下書き、まだ内容が正式なものとして決まっていない文章。

当時「紅毛ノ醫タダ外科アルノミニシテ内科アルナシト（西洋の医学は外科だけであり、内科はない）」と考えられていた。だから、求吾は数々の内科治療を我が国に紹介した人といえる。

しかも「西洋醫述」の第三巻にある人体解剖図は、山脇東洋が執筆した我が国で初めての人体解剖図「臓志」よりも正確に描かれている。

西洋解剖図を我が国に紹介したのは求吾が初めて、といわれている。

その他、「医道聞書」「壬申花の記」「野学草稿」「広陵紀行」「西遊紀行」「西海紀行」などの著書もある。

この新聞記事が、私《わたし》を再《ふたた》び江戸《えど》時代に舞《ま》い戻《もど》した。

新聞記事を読んで、私《わたし》は体の震《ふる》えが止まらなかった。

ダイヤモンドの原石を発見したような気がした。

一方、大介《だいすけ》さんの功績《こうせき》も計り知れないものがあった。

こうして卒業論文《ろんぶん》としてまとめていきながら、私《わたし》は一つの疑問《ぎもん》にぶち当たった。

それは、求吾《きゅうご》先生と大介《だいすけ》さんは、大平正芳《まさよし》氏と共に豊浜町《とよはまちょう》の傑出《けっしゅつ》した人物（飛び抜《ぬ》けて優《すぐ》れた人）であると思う。

しかし、今や大平正芳《まさよし》氏でさえ忘《わす》れ去られようとしている。

求吾《きゅうご》先生や大介《だいすけ》さんの存在感《そんざいかん》はあまりにも薄《うす》い。

たぶん私《わたし》が帰省《きせい》して二人の名を尋《たず》ねても、老若男女《ろうにゃくなんにょ》を問わず、首を傾《かし》げる人がほとんどであろう。

長い歴史《れきし》の中で、二人の存在《そんざい》はそれほどまで風化しているのだろうか。

「解体新書《かいたいしんしょ》」を書いた杉田玄白《すぎたげんぱく》や前野良沢《まえのりょうたく》、「エレキテル」を紹介《しょうかい》した平賀源内《ひらがげんない》の名は教科書にも登場しており、小学生や中学生でも知っている。

でも、求吾《きゅうご》先生や大介《だいすけ》さんのことはどこにも載《の》っていない。

宝暦十二年（一七六二）一月、長崎に遊学した求吾は、五月に郷里に帰って、医者をしながら多くの門人にも医術を教えていた。そして、安永二年（一七七三）四月十二日に、わずか五十一歳の生涯を終えている。亡くなる時の様子を、弟子が「合田求吾先生容躰書《ようだいしょ》」という文章でまとめ、「顔の様子は、まだ生きているかのように見えた時、まるで眠るように息が絶えたばかりだった」と穏やかに死を見つめている。このように門人たちは、求吾の学識と人柄を慕い、「温恭先生」と呼んでおり、長男の徳基《のりもと》が建てた「温恭合田先生之墓」が墓地公園に残っている。

大介は十八歳の時、兄の勧めで宝暦五年（一七五五）、長崎へ行き、兄と同じ吉雄耕牛と弟、蘆風の指導を受けている。これは求吾が長崎へ行く七年も前のこと。

求吾は内科の名医に対して、弟の大介は外科の名医として名高い。外科に進んだ背景には、足を大けがした尾藤良佐（二洲）を治療したことが影響していたのかもしれない。

なぜだろう。

このような自分への問いかけや疑問《ぎもん》が私《わたし》の脳裏《のうり》に焼き付いて離《はな》れない。

そんなある日、京都市内で久《ひさ》しぶりに大樹《たいき》に会うことがあった。

「よっ、大樹《たいき》、久《ひさ》しぶりやん！」

私《わたし》は思い切ってこれまでの自分の思いを大樹《たいき》にぶつけてみた。

大樹《たいき》も自分なりに一生懸命《けんめい》に考えてくれた。

結局、時がすべてを流してしまったという結論《けつろん》に至《いた》ったけど、そうした考え方には少々疑問《ぎもん》が残る。

讃岐《さぬき》を代表する僧侶《そうりょ》の空海《くうかい》（弘法大師《こうぼうだいし》）は、江戸《えど》時代よりもっと古い平安時代のお方。

でも、香川県人で空海《くうかい》を知らない人はいないだろう。

空海《くうかい》は全国的にも有名で、求吾《きゅうご》先生や大介《だいすけ》さんはあまりにもマイナーなのだろうか。

梅雨《つゆ》の季節がやって来た。

四回生になった大樹《たいき》は、現在《げんざい》、京都教育大学の付属《ふぞく》中学校で教育実習を受けている。

大介は、長崎で二人の師匠についてオランダ医学を学び、「紅毛口和解《こうわげ》」「阿蘭陀薬種効能之伝書《オランダやくしゅこうのうのでんしょ》」などにまとめ、オランダで使われていた薬の名称、内容、効能を書き留めている。

また蘆風と一緒に「紅毛医術聞書」「紅毛外科聞書」という本を書いている。特に「紅毛医術聞書」には当時あまり知られていなかったカンケル（癌）に関しての記述がある。乳ガンの切除に関しても書かれており、これは我が国では初めての報告とされ、その後の癌の治療に大きな功績を残している。「紅毛外科聞書」は、冒頭部分に「痔」とあり、腫れ物の症状と治療について記された本。これらは二人の共著であるから、親交の深さを物語っている。

長崎から帰郷後、宝暦十一年（一七六一）京都へ行き、求吾の学んだ松原一閑斎の指導を二年間受けて、古医方を学んでいる。

そして、帰郷後は濱合田家から分家し、増屋合田家として医業を行っている。場所は、現在の豊浜町和田浜の本町（薬師堂の向かい付近）となる。

実習の期間は三週間。

先月に会った時は、「いよいよ来週から教育実習だ」と張《は》り切っていた。

あれから計算すると、実習は残り一週間となっているはずだ。

そんなある日、大樹《たいき》から一通のラインが入った。

「椋葉《むくは》、今度会える？　ちょっとした発見があったんや」

「ちょっとした発見って？」

「会ってから話すけん」

なんだか歯切れの悪そうな会話であった。

（大樹《たいき》の発見って何だろう・・・どうせしょうも無いことだろう）

あまり期待はしていなかった。

約束の場所は、入学した頃《ころ》に会った、四条河原町《しじょうかわらまち》の高島屋の前。

あれから三年以上の月日が流れた。

あの頃《ころ》は、右も左も分からず、ただ雑踏《ざっとう》の中に振り回されていたが、今では、京都の街にもすっかり慣《な》れた。

でも慣《な》れてきた頃《ころ》になると、卒業という運命が待ち受けている。

約束の時間に大樹《たいき》はやって来た。

しかも濃紺《のうこん》のスーツ姿《すがた》である。

「ありゃー、大樹《たいき》、どうしたん？　リクルートスーツやん」

求吾も大介も、漢方の中でも特に経験や実証に基づく治療を重んじる古医方と、長崎で当時の最先端、紅毛医術を学んだことになる。

互いに年齢が接近していた、合田求吾・大介兄弟と、吉雄耕牛・蘆風兄弟とは、長崎を去った後も交流が続いていたという記録がある。

宝暦十二年（一七六二）六月二十一日付けの吉雄耕牛から求吾に宛てた手紙が残っている。「合田求吾宛吉雄耕牛書状」といわれ、「（求吾先生が）無事に帰国されたことを喜ぶ」とある。また、薬剤のことやオランダ船が入港したことも書かれ、「帰国し、施療していることは喜ばしい」とある。

吉雄耕牛は求吾より一歳年下で、師弟関係というより、友達のような親密な関係であることが分かる。

大介も蘆風から絶大な信頼があった。安永六年（一七七七）、大介の元に蘆風から一通の手紙が届いた。内容は、「新しいオランダの医書が手に入った。ぜひ長崎に来てこの本を訳して欲しい。私は病に倒れ訳すことができない」とあった。しかし、その時、大介は医業が多忙で行くことができなかった。しばらくして蘆風が亡くなったという連絡を受けた。大介はその訃報に接し、慟哭したに違いない。翌年、墓参も兼ねて大介は長崎まで行き、蘆風が伝えたかったオランダの医書を翻訳して「外療和解雑記《がいりょうわかいざっき》」としてまとめている。

「俺《おれ》、教育実習中だろう」

「そりゃ、そうなんやけど・・・なぁ、新しい発見って何なん？」

私《わたし》は気持ちが焦《あせ》っていた。

「その前に、コーヒー飲もうよ」

「ええよ、どうせそこらのコンビニやろう？」

「ピンポーン、さすが椋葉《むくは》、俺《おれ》のことよく分かっているな」

「そりゃ、付き合って三年以上もなったやん」

信号待ちをしている時、大樹《たいき》がいきなり私《わたし》の手を握《にぎ》ってきた。

（大樹《たいき》が私《わたし》の手を・・・）

私《わたし》は、なんだかドキドキしてきた。

「これだけ人がいると、手を握《にぎ》っていないと、はぐれてしまうだろう」

言い訳《わけ》をする大樹《たいき》をかわいいと思った。

「椋葉《むくは》、今日は俺《おれ》がおごってやるから・・・」

「サンキュー。ごちになります」

「普通《ふつう》のサイズでええやろう？」

「うん、ミルクも砂糖《さとう》もいらんけん」

コンビニの前で待っていると、大樹《たいき》は二つのカップを持ってコンビニから出てきた。

そして、いきなり「くそ〜、前は百円だったのに、昨日から百十円や

大介は、寛政七年（一七九五）、五十八歳で生涯を閉じている。

　ここまで求吾と大介の足跡を訪ね、二人の活躍を垣間見た。

　二人が生きた江戸時代中期は、まさに「我が国医学の黎明期」と言われている。長崎の出島でオランダの医書を手に入れ、それを読み、翻訳し、刊行する。そして、近代的な医学・医療の道が拓け、二人によって紹介された医学は、やがて薬学、生理学、化学へと裾野を広げて現代の医学に通じている。

四条大橋付近の伝統的建物

って。十円も値上《ねあ》がりしとる。腹立《はらた》つわ」と悔《くや》しがっていた。

「コロナ禍《か》や戦争で、何でも値上《ねあ》がり・・・嫌《いや》やな」

　私《わたし》も大樹《たいき》に同調してあげた。

　私《わたし》と大樹《たいき》はコーヒーを持って、鴨川《かもがわ》を見下ろすことができるベンチに腰掛《こしか》けた。

　しかも、入学した頃《ころ》、大樹《たいき》と初めて出会った時と同じベンチだった。

「俺《おれ》、この場所が一番好きや！　なんかよう分からんけど落ち着くわ」

　大樹《たいき》は遠い目をして、四条河原町《しじょうかわらまち》の方を見続けていた。

「何を見とん？」

「あそこに、『北京《ペキン》料理　東華菜館《トンファツァイグワン》』と書かれた古い建物が見えるやろう。あれは大正時代にビアホールとして建てられたんや。京都の旧市内《きゅうしない》は、太平洋戦争中、米軍《べいぐん》による空襲《くうしゅう》にも遭《あ》わず、歴史的建造物《れきしてきけんぞうぶつ》が数多く残っとるよ」

「ふーん、大樹《たいき》、京都のこと詳《くわ》しくなったんや」

　コンビニコーヒーを一口飲んだ私《わたし》は、大樹《たいき》に向かって、

「おいしーい！　コンビニのコーヒーもなかなか侮《あなど》れんわ」

「やろう・・・」

　おごってくれた大樹《たいき》へのお礼も含《ふく》めて言った。

　話題を変えて本音に迫《せま》った。

「ねぇ、教育実習、うまく行っとる？」

「俺《おれ》、十時間も授業《じゅぎょう》をしたんや」

「すごいね。大樹《たいき》は中学校の社会科教員やろう。どの辺の授業《じゅぎょう》をしたん？」

「歴史《れきし》ばかり。それも江戸《えど》時代」

「ふーん、楽しそうやん・・・」

「でも変な奴《やつ》も多くてな。それも男の子・・・俺《おれ》の知らんことばかり質問《しつもん》してきやがる」

「へー、どんな質問《しつもん》？」

「うーん、例えば、『先生、解体《かいたい》新書を翻訳《ほんやく》したのは誰《だれ》ですか』やって。知っとって知らんふりをしていやがる」

「なかなか、素晴《すば》らしい子じゃない？」

「だから、俺《おれ》、『そんなのは杉田玄白《すぎたげんぱく》と前野良沢《まえのりょうたく》に決まっとるやん』と言ってやったんや。するとその子は『先生、杉田玄白《すぎたげんぱく》は訳《やく》していません！杉田玄白《すぎたげんぱく》はオランダ語なんてさっぱりでした』って言うんや」

「えっ・・・」

　コーヒーを持つ私《わたし》の手が緩《ゆる》んだ。

　その瞬間《しゅんかん》、万有引力《ばんゆういんりょく》の法則《ほうそく》に則《のっと》って、コーヒーが地面へと落下した。

「あっ、椋葉《むくは》！」

大樹《たいき》が叫《さけ》んだが、コーヒーカップは確実《かくじつ》に地面に落ちてしまった。

幸い、蓋《ふた》をしていたから、全部はこぼれなかった。

大樹《たいき》の説明によると、杉田玄白《すぎたげんぱく》は吉雄耕牛《よしおこうぎゅう》先生には就《つ》いていなかった。だから杉田玄白《すぎたげんぱく》はオランダ語どころか、アルファベットも読めなかったそうだ。

なのに、なぜ解体新書《かいたいしんしょ》を書いたのは、杉田玄白《すぎたげんぱく》と前野良沢《まえのりょうたく》となっているのだろう。

その時、大樹《たいき》は二冊《さつ》の社会科の教科書を持ってきていた。

「俺《おれ》、教育実習の最後に、指導担当《しどうたんとう》教官から評価《ひょうか》される研究授業《じゅぎょう》をするんや」

「どこをするん？」

「『蘭学《らんがく》』、ほんで学習指導要領《しどうようりょう》が改訂《かいてい》されたんで教科書も変わったんや。そこで新しい教科書と以前使用していた古い教科書を借りてきたんや」

「大樹《たいき》、それで何を発見したん？」

「えーか、新しい教科書と古い教科書のこのページをよーく見てみ。どこが違《ちが》っとるかよーに見てみ？」

同じころ，**杉田玄白**《すぎたげんぱく》などがヨーロッパの解剖書《かいぼうしょ》を翻訳《ほんやく》した「解体新書[1]」を出版し，オランダ語でヨーロッパの学問や文化を学ぶ**蘭学**《らんがく》の基礎《きそ》を築きました。オランダ語の辞書や文法の書物を作ったり，オランダの医学書を翻訳したりする者も現れました。蘭学を学ぶ者は次第《しだい》に増えていき，近代化の基礎が築かれました。18世紀末，幕府《ばくふ》ではヨーロッパの天文学を取り入れた日本独自の暦《こよみ》を作り，19世紀初めには，民間出身の**伊能忠敬**《いのうただたか》がヨーロッパの技術で全国の海岸線を測量し，正確な日本地図を作りました。[2]

旧教科書より

※新旧の教科書は、東京書籍株式会社発行の書籍に基づく。
※新は令和二年検定済み。旧は平成二十七年検定済み。

手に取った私《わたし》は二冊《さつ》の教科書をじっと見比《みくら》べた。しばらく時が流れた。

「あっ、ここが違《ちが》う・・・」

「やろう。何か変だと思わん？」

※古い教科書にはこう書かれていた。

「**杉田玄白**《すぎたげんぱく》などがヨーロッパの解剖書《かいぼうしょ》を翻訳《ほんやく》した『解体新書《かいたいしんしょ》』を出版《しゅっぱん》し、オランダ語でヨーロッパの学問や文化を学ぶ**蘭学**《らんがく》の基礎《きそ》を築《きず》きました」

一方、※新しい教科書は以下のとおりであった。

「前野良沢《まえのりょうたく》・**杉田玄白**《すぎたげんぱく》などがヨーロッパの解剖書《かいぼうしょ》を翻訳《ほんやく》した『解体新書《かいたいしんしょ》』を出版《しゅっぱん》し、オランダ語でヨーロッパの学問や文化を学ぶ**蘭学**《らんがく》の基礎《きそ》を築《きず》きました」

両方の教科書共に、「杉田玄白《すぎたげんぱく》」と「蘭学《らんがく》」は太文字になっている。

それはいい。

問題は、旧《きゅう》の教科書には前野良沢《まえのりょうたく》という名前が一字もないこと。

でも、新しい教科書には前野良沢《まえのりょうたく》の名前が載《の》っている。

「大樹《たいき》、これはどういうことなん？」

「俺《おれ》、そこまではわからん。ここからは歴女《れきじょ》の椋葉《むくは》の出番やん？」

そこまで言われると、私《わたし》は意地になってきた。

同じころ，前野良沢《まえのりょうたく》・**杉田玄白**《すぎたげんぱく》などがヨーロッパの解剖書《かいぼう》を翻訳《ほんやく》した「解体新書」[1]を出版し，オランダ語でヨーロッパの学問や文化を学ぶ**蘭学**《らんがく》の基礎《きそ》を築きました。[1]オランダ語の辞書や文法の書物を作ったり，医学書を翻訳したりする者も現れました。また，19世紀初めには，幕府の支援《しえん》を受けた**伊能忠敬**《いのうただたか》がヨーロッパの技術で全国の海岸線を測量し，正確な日本地図を作りました。[3]

新教科書より

「大樹《たいき》、ありがとうね。これはすごい発見かもしれん。あっ、それから夏休みには観音寺に帰るん？」

「七月に帰るよ。だって教員採用《さいよう》試験があるやん」

「そっかー。じゃあがんばってな。私《わたし》も就職《しゅうしょく》試験があるから、一度帰るよ」

私《わたし》は、大樹《たいき》と別れて、その足で大学の図書館へ直行した。

もちろん目的は、解体新書《かいたいしんしょ》を調べるため。

歴女《れきじょ》の私《わたし》に、完全にスイッチが入ってしまった。

一体、解体新書《かいたいしんしょ》を書いた中心人物は誰《だれ》だろうか。

一般《いっぱん》的には杉田玄白《すぎたげんぱく》となっているけど、吉雄耕牛《よしおこうぎゅう》先生に就《つ》いていなかったから、オランダ語のアルファベットも読めなかったと大樹《たいき》が言っていた。

図書館でいろいろな文献《ぶんけん》を当たった。

すると意外なことが見えてきた。

「ターヘル・アナトミア」は日本へは二冊《さつ》輸入《ゆにゅう》されている。

一冊《いっさつ》は前野良沢《まえのりょうたく》が明和《めいわ》七年（一七七〇）に長崎へ遊学している時、吉雄《よしお》耕牛《こうぎゅう》先生からいただいている。

もう一冊《さつ》は、中川淳庵《じゅんあん》という人に関係がある。

中川淳庵《じゅんあん》は明和《めいわ》八年（一七七一）江戸《えど》に来ている出島の商館長（カピタン）に会うため、江戸《えど》の長崎屋を訪《おとず》れた。

長崎屋は、カピタン（オランダ商館長《しょうかんちょう》）が江戸《えど》に来られた時に逗留《とうりゅう》する定宿《じょうやど》で、現在《げんざい》の東京都中央区日本橋室町四丁目の二付近（東京の神田《かんだ》付近）にあった。

カピタンに会いたいために、いつも多くの人が長崎屋を訪問《ほうもん》していたそうだ。

その時、カピタンは「ターヘル・アナトミア」と「カスパリュス・アナトミア（カスパル解体書《かいたいしょ》）」を中川淳庵《じゅんあん》に見せ、こう言われたそうだ。

「ナカガワドノ、コノホン、ヨミタイヒトニ、オウリイタシマス」

中川淳庵《じゅんあん》はこの二冊《さつ》を預《あず》かって、若狭國《わかさのこく》（今の福井県）小浜藩《おばまはん》の藩医《はんい》をしている先輩《せんぱい》の杉田玄白《すぎたげんぱく》のところへ持っていった。

すると玄白《げんぱく》は、「西洋の医学書か・・・中川殿《との》、読みたいものじゃの」

しかし、個人《こじん》で買えるような本ではなかった。

そこで小浜藩《おばまはん》の家老にお願いして、藩《はん》からお金を出してもらったという次第《しだい》。

同年三月四日、小塚原刑場《こづかはらけいじょう》（現在《げんざい》の東京都荒川区南千住《あらかわくみなみせんじゅ》二丁目）で、刑死者《けいししゃ》（処刑《しょけい》で亡《な》くなった人）の腑分《ふわ》け（解剖《かいぼう》）が行われると聞き、

解体新書。刊行の中心人物であった三人を紹介する。

まずは前野良沢。生まれは享保八年（一七二三）、求吾と同じ年に生まれている。そして、前野は明和六年（一七六九）、長崎に遊学して、大通詞、吉雄耕牛に就いて、オランダ語を学んでいる。オランダ語で書かれた医学書「ターヘル・アナトミア」を訳した中心人物とされる。享和三年（一八〇三）に八十歳で亡くなっている。

次に杉田玄白。生まれは享保十八年（一七三三）。前野良沢より十歳も若い。杉田玄白は長崎に遊学していないから、オランダ語は理解できない。だから、杉田玄白は前野良沢が訳した日本語を漢文調に清書するのが主な仕事であった。

杉田玄白には次のような逸話が残っている。

「私は多病で年を取っている。いつ死ぬかわからない」

訳文に不完全な部分があることを知りながらも、刊行（出版）を急いだと言われている。

しかし、当の本人は、文化十四年（一八一七）に八十五歳で亡くなっている。

解体新書に携わった人たちの中では一番長生きしたことになる。


前野良沢《まえのりょうたく》と杉田玄白《すぎたげんぱく》、中川淳庵《じゅんあん》の三人が見学にやって来た。

緊張《きんちょう》した雰囲気《ふんいき》の中で腑分《ふわ》けが行《おこな》われる。

「これは心《しん》の臓《ぞう》（心臓《しんぞう》）、肝《かん》の臓《ぞう》（肝臓《かんぞう》）。肺《はい》の臓《ぞう》（肺《はい》）・・・」

前野良沢《まえのりょうたく》が持っていた「ターヘル・アナトミア」と杉田玄白《すぎたげんぱく》・中川淳《じゅん》庵《あん》が手に入れた本はもちろん同じ本。

本に書かれている内容《ないよう》と、実際《じっさい》に腑分《ふわ》けで見た人体とはまったく同じであった。

このことに感動した三人は、解剖書《かいぼうしょ》の翻訳《ほんやく》をする強い決心をしたそうである。

解体新書《かいたいしんしょ》の執筆《しっぴつ》には多くの人たちが参加している。

まずはオランダ語の翻訳《ほんやく》。

それを日本語（特に漢文）に清書。

そして、解剖図《かいぼうず》の模写《もしゃ》など、それぞれ役割分担《やくわりぶんたん》がされていた。

実は問題はここから。
私《わたし》はゼミの奥田《おくだ》先生を尋《たず》ねた。
「就職《しゅうしょく》の方はうまく行っていますか？」
「先生、解体新書《かいたいしんしょ》が・・・」

そして、中川淳庵。生まれは元文《げんぶん》四年（一七三九）。杉田玄白と同じ若狭の小浜藩に勤めた江戸の蘭方医。杉田玄白より六歳若い後輩。山形藩医の安富寄碩《やすとみきせき》に就いてオランダ語を習ったという経緯から、前野良沢と一緒に翻訳に当たっている。カピタンから二冊の本を借り受け、小浜藩の家老を通じて杉田玄白にその本を購入させているという点では、解体新書刊行の影の立役者とも言える。天明六年（一七八六）に四十七歳という若さで亡くなっている。

その他、桂川甫三《ほさん》・桂川甫周《ほしゅう》の親子、石川玄常《げんじょう》、烏山松圓《からすやましょうえん》、桐山正哲《しょうてつ》、嶺春泰《みねしゅんたい》がいる。

平賀源内が安永三年（１７７４）杉田玄白の家を訪問した時、杉田玄白から解体新書の翻訳がほぼ完成して、解剖図の表紙を描ける画家を探していると聞かされた。そこで平賀源内は秋田藩士、小田野直武を紹介している。

「えっ」

奥田《おくだ》先生からの質問《しつもん》には上《うわ》の空（他の事に心が奪われて注意が向かない）であった。

四回生なのに、就職《しゅうしょく》のことなんかそっちのけで、解体新書《かいたいしんしょ》の疑問《ぎもん》をぶつけた。

私《わたし》は大樹《たいき》が持ってきた、新旧《しんきゅう》それぞれの教科書のコピーをお見せした。

「なるほど、旧《きゅう》の教科書には前野良沢《まえのりょうたく》の名前がない。しかし新しい教科書には名前がある。これはなかなかおもしろい発見をしましたね」

近視《きんし》の奥田《おくだ》先生は付けていた老眼鏡《ろうがんきょう》を外してコピーを見入った。

「先生、私《わたし》じゃないんです。京都教育大学へ通っている友人が見つけまして・・・」

「そうですか。でも、なぜでしょうね。教科書会社がそんな間違《まちが》いをするはずはないし・・・実はね、歴史観《れきしかん》というのは、時代の流れによって変わるんです。そのいい例が皇国史観《こうこくしかん》だ。皇国史観《こうこくしかん》っていう言葉は知ってるよね」

「はい、戦前までの天皇《てんのう》を中心にした歴史《れきし》の考え方です」

「そのとおり、君も知っていると思うけど、戦後、そのような歴史観《れきしかん》は※ＧＨＱによって完全に壊《こわ》されたね」

※　連合国軍総司令部の略称。第二次世界大戦後、連合国が日本を占領中に設置した総司令部。マッカーサーを最高司令官として、占領政策を日本政府に施行させた。

「はい、これまでの歴史観《れきしかん》では杉田玄白《すぎたげんぱく》が解体新書刊行《かいたいしんしょかんこう》の中心人物と思われていました。しかし、歴史《れきし》を研究していくと新たな発見があったのに違《ちが》いありません。そして、今まで、隠《かく》れた存在《そんざい》であった前野良沢《まえのりょうたく》が浮上《ふじょう》してきたのでしょうか」

「その通りです。私《わたし》もそう思います」

「奥田《おくだ》先生、前野良沢《まえのりょうたく》は影《かげ》の立役者《たてやくしゃ》どころか解体新書刊行《かいたいしんしょかんこう》の中心人物なのです」

「えっ、そうなんですか？」

今度は奥田《おくだ》先生が驚《おどろ》く番だった。

先生が熱く燃《も》えてきた。

「今までの古い教科書を見ていると、まるで杉田玄白《すぎたげんぱく》が解体新書《かいたいしんしょ》の中心人物であったかのように思えます。でも杉田玄白《すぎたげんぱく》は、オランダ語をまったく理解《りかい》していなかったそうです」

「なるほど、これは前野良沢《まえのりょうたく》という人物を更《さら》に深く研究する必要があるね。君が研究している郷里《きょうり》の蘭学医《らんがくい》の・・・」

「合田求吾《きゅうご》先生です」

「そっ、その方だ、前野良沢《まえのりょうたく》と合田求吾《きゅうご》とは重なる部分があるのかもしれないね」

「先生、どうもありがとうございました」

私《わたし》は、奥田《おくだ》先生から何か一つのヒントをいただいたような気がした。

再度《さいど》、私《わたし》は前野良沢《まえのりょうたく》を調べた。すると、歴史的《れきしてき》に何をしたかという功績《こうせき》よりも、それぞれの人間性《にんげんせい》に辿《たど》り着くことができたような気がした。

「解体新書《かいたいしんしょ》」が完成したのが安永《あんえい》三年（一七七四）。

その時、前野良沢《まえのりょうたく》と杉田玄白《すぎたげんぱく》は、「解体新書《かいたいしんしょ》」の序文《じょぶん》を書いてもらおうと、二人で長崎の吉雄耕牛《よしおこうぎゅう》先生の元を訪《たず》ねている。

序文《じょぶん》とは、直木賞《なおきしょう》や芥川賞《あくたがわしょう》のような輝《かがや》かしい賞《しょう》をいただいた有名作家に書いてもらう書評《しょひょう》のような文章。

つまり一種の権威《けんい》からのお墨《すみ》つき。

「解体新書《かいたいしんしょ》」には翻訳者《ほんやくしゃ》の中心人物であった前野良沢《まえのりょうたく》の名前は一字も出てこない。

これまでの古い社会科の教科書だけを見れば、「解体新書《かいたいしんしょ》」は杉田玄白《すぎたげんぱく》が中心となって執筆したように思われる。実は前野良沢《まえのりょうたく》は「まだ誤訳《ごやく》が多いから、出版《しゅっぱん》するのは時期尚早《じきしょうそう》である」といった趣旨《しゅし》のことを話し、自分の名を載《の》せることを拒《こば》み続けたそうだ。

一方、杉田玄白《すぎたげんぱく》は出版《しゅっぱん》を急いでいた。

前野良沢《まえのりょうたく》と二人で長崎まで行って吉雄耕牛《よしおこうぎゅう》先生に会った時、杉田玄白《すぎたげんぱく》は次のようにお願いしたそうだ。

「吉雄《よしお》耕牛《こうぎゅう》先生のおかげでこの本は完成しました。だから、一度先生にお会いして疑問《ぎもん》の箇所《かしょ》を質《ただ》すことをお願いできますならば、我々《われわれ》が死んでもこの本は朽《く》ちることはない・・・」

「解体新書《かいたいしんしょ》」の序文《じょぶん》では、吉雄《よしお》耕牛《こうぎゅう》先生は自分の愛弟子《まなでし》である前野良沢《まえのりょうたく》が、本当の執筆者《しっぴつしゃ》であると四回も褒《ほ》め讃《たた》えている。

この辺りは、前野良沢《まえのりょうたく》の生き方と求吾《きゅうご》先生や大介《だいすけ》さんの生き方に、相通じる面があるのではないかと思えてならない。

常に完璧《かんぺき》さを追求し、妥協《だきょう》は決して許《ゆる》さない。

そのためには、一歩でも前に進み、少しでも深く掘《ほ》り下げて研究心を貫《つらぬ》く。

大切なのは医学の道を究《きわ》め、人々のために尽《つ》くすこと。

松原一閑斎《いっかんさい》先生は「一知半解《いっちはんかい》」という言葉を使っておられた。

求吾《きゅうご》先生と大介《だいすけ》さんの共通の師匠《ししょう》、松原一閑斎《いっかんさい》先生と吉雄《よしお》耕牛《こうぎゅう》先生。

この二人にも私《わたし》は頭が下がる思いであった。

(そうだ。このようなことを教えてくれたのは、男の子のさりげない一言だ)

私《わたし》は大樹《たいき》にラインをした。

大樹《たいき》からは無事に教育実習が終わったこと。

今は、教員採用《さいよう》試験に向けて徹夜《てつや》で勉強しているという返事が戻《もど》ってきた。

それと、大樹《たいき》に質問《しつもん》してきた男の子に再び会うことがあれば、お礼を言って欲しいというお願いもした。

その男の子がいないと、歴史《れきし》の真実を見逃《みのが》してしまっていたかもしれない。

大樹《たいき》は教員採用《さいよう》試験、私《わたし》はある公的関係機関の採用《さいよう》試験を受験するために、一度観音寺へ帰省したが、互《たが》いに試験の時期がずれていたため、会うことは叶《かな》わなかった。

こうして、大学四回生の短い夏が終わった。

年末になった。私《わたし》は久《ひさ》しぶりに帰省《きせい》した。

私《わたし》と両親の三人で豊浜町《とよはまちょう》墓地《ぼち》公園へ墓参《ぼさん》に行く。

あの不思議なお墓《はか》を発見して、十四年近くが過《す》ぎていた。

墓《ぼ》地《ち》公園へと続く海岸線は、当時の面影《おもかげ》を残していた。

「ねぇ、お父さん。『温恭《おんきょう》合田先生』の墓《はか》ってまだあるん？」

「そりゃあるさ。お兄ちゃんと興味《きょうみ》深く見ていたのは遠い昔なんだけど、三百年という長い時代から考えると、ほんの一瞬《いっしゅん》だよ」

ご先祖様《せんぞさま》のお墓《はか》を詣《まい》った後、懐《なつ》かしい「温恭《おんきょう》合田先生」の墓《はか》の所に行

智性女之墓

った。

「お父さん、これ見てん！」

墓《はか》の裏面《うらめん》が風化と共に剥《は》げ落ちている。

兄と父が熱心に見ていた「紅毛《こうもう》」という字も、解読《かいどく》がかなり難《むずか》しくなっている。

「こりゃ、今のうちになんとかしとかんと、いかんやろうなぁ」

それからの私《わたし》と父は、再《ふたた》び、回りのお墓《はか》を見た。

それはまるで、何かに惹《ひ》かれるように。

すると、求吾《きゅうご》先生の墓《はか》から五つほど海側に古びた小さいお墓《はか》を発見した。

苔《こけ》が生えている状態《じょうたい》から、求吾《きゅうご》先生とほぼ同じ時代であろう。

正面には「智性女之墓《ちしょうおんなのはか》」という文字が刻《きざ》まれている。

でも、誰《だれ》のお墓《はか》かわからない。

お墓《はか》の後ろを見ていた時、私《わたし》はある文字を発見した。

それはまぎれもない「合田求吾《きゅうご》」という字だ。

「お父さん、お母さん、ちょっと来てん！」

「椋葉《むくは》、どうしたん。また、何かを発見したんかい」

両親が慌《あわ》ててやって来た。

合田求吾の「奥」とも「室」とも読み取れる。二十九歳で亡くなっている。

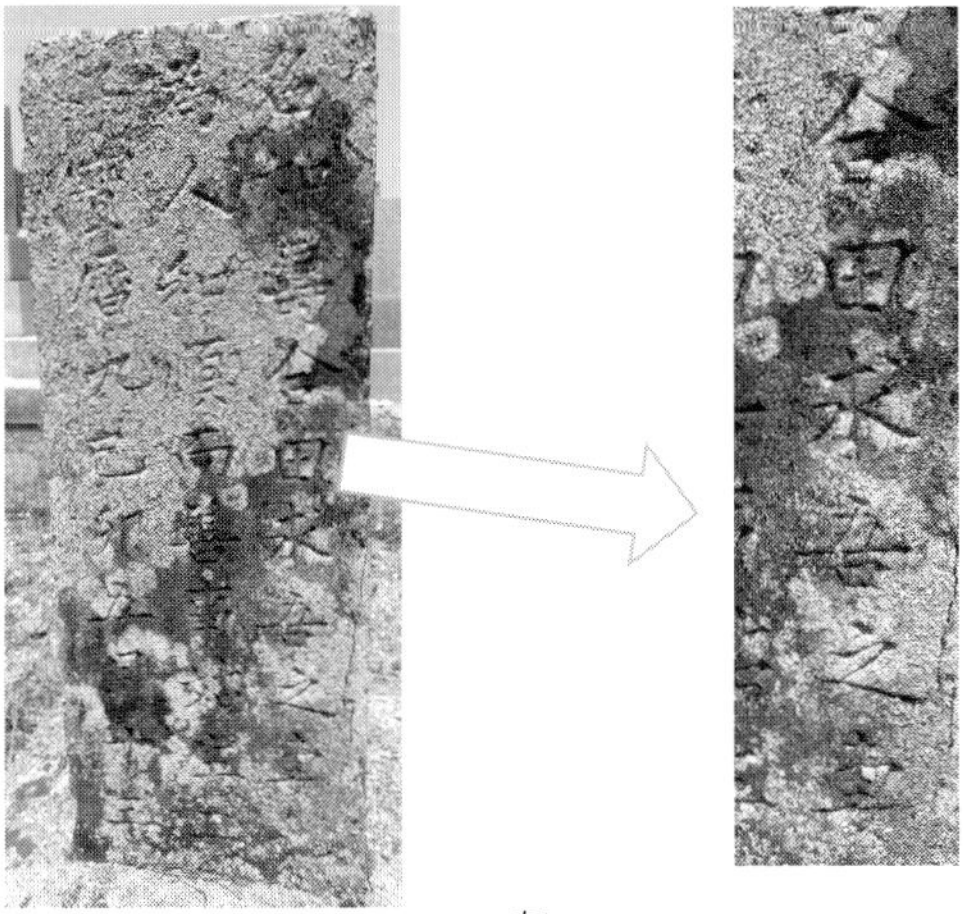

智性女之墓、背後の碑文

三人で墓《はか》をじっと見つめる。

「うーん、椋葉《むくは》、これは求吾《きゅうご》先生の奥《おく》さんの墓《はか》かもしれんな」

「えっ！」

（もしや、おりん様のお墓《はか》？）

「こりゃ、田中のおっちゃんの出番やな」

父は、その場で電話をかけてくれた。

そして、わずか十分後に田中のおっちゃんが自転車で現《あらわ》れた。

「まぁ、すっかり大きくなって、というより、りっぱな娘《むすめ》さんになられたね」

少し、白髪《しらが》が増《ふ》えたみたいだけど、肌《はだ》の艶《つや》は昔と変わらなかった。

「いやいや、それより、椋葉《むくは》ちゃん、また何かを発見したんかい？」

「このお墓《はか》を見てください。『合田求吾之《きゅうごの》』までは読めるんですけど」

「えっ、どれどれ」

田中のおっちゃんはしゃがみ込《こ》んで老眼鏡《ろうがんきょう》を掛《か》け直し、じっと墓《はか》を見つめた。

「椋葉《むくは》ちゃん、ちょっとそのヤカンに水を汲《く》んできてくれんかい？」

「はい、わかりました」

どうするのかと思っていると、田中のおっちゃんは、手の平に水を溜《た》め、墓《はか》の碑文《ひぶん》に少しずつ水を掛《か》け始めた。

そして、手で影《かげ》をつくったり、太陽の光を当てたり、体を移動《いどう》し右から左へ、上から下へ、斜《なな》めからと、いろいろな角度で墓《はか》を調べた。

「うーん、確《たし》かにこの字《じ》は『妻《つま》』とも『奥《おく》』とも読めるね」

「つまり、このお墓《はか》は求吾《きゅうご》先生の奥様《おくさま》のですね」

「たぶん、そうだと思うよ」

（やはり、おりん様だ・・・）

「とにかく読めるところまで、読んでみよう」

私《わたし》たちはお墓《はか》に釘付《くぎづ》けとなった。

次に、田中のおっちゃんが発した言葉を、手帳に逐一《ちくいち》書き留《と》めた。

「名は如《にょ》あるいは和、そして、壽《じゅ》（寿《じゅ》）とあるね」

「求吾《きゅうご》先生の奥様《おくさま》は、如寿《にょじゅ》、あるいは和寿《わじゅ》ですか」

「そうだね。でも江戸《えど》時代の女性《じょせい》にこのような漢字の人がいるのだろうか」

私《わたし》も不思議に思った。

次の碑文《ひぶん》は私《わたし》でもなんとか読めた。

「為人和順而善事子宝暦九己卯五月十日以疾死年廿九」

すべて漢文調に書かれているけど、訳《やく》すと、次のようになる。

「人の為《ため》に尽《つ》くし、気性《きしょう》は穏《おだ》やかな人。そして善《よ》い事をされた」

宝暦《ほうれき》という年号が書かれている。

私《わたし》は、スマホで調べた。

宝暦《ほうれき》九年は、西暦《せいれき》では一七五九年。

干支《えと》では確《たし》かに「己卯《きう》」となっている。

「己《き》」とは「き」あるいは「つちのこ」。

これは「十干《じっかん》」の「甲《こう》・乙《おつ》・丙《へい》・丁《てい》・戊《ぼ》・己《き》・庚《こう》・辛《しん》・壬《じん》・癸《き》」の中の「己《き》」。

「卯《う》」とは十二支《じゅうにし》の「子《ね》・牛《うし》・寅《とら》・卯《う》・・・」の「卯《う》」。

五月十日に病気（疾病《しっぺい》）で亡《な》くなっている。

求吾《きゅうご》先生が三十六歳《さい》の時のこと、享年《きょうねん》わずか二十九歳《さい》。

（若《わか》すぎる・・・）

いくら江戸《えど》時代だからと言っても、二十九歳《さい》でこの世を去ったおりん様が可哀想《かわいそう》でならなかった。

大介《だいすけ》さんと三人で、良佐《りょうすけ》さん（尾藤二洲《びとうじしゅう》）を迎《むか》えに箕浦《みのうら》まで行ったこと、和田浜《わだはま》村を一緒《いっしょ》に歩いたことを思い出した。

いくら名医と言われた求吾《きゅうご》先生でも、奥様《おくさま》のお命を救《すく》うことはできなかったのだろうか。

さぞかし求吾《きゅうご》先生もおりん様も無念であったことだろう。

でもそれは生まれた時代が、江戸《えど》時代だったから仕方なかったのか。

「さすが、椋葉《むくは》ちゃん、今日はいい発見をしたじゃないか」

田中のおっちゃんの一言で、少しは報《むく》われたような気《き》がした。

その後、しばらくして大樹《たいき》からラインが入った。
なんと香川県の教員採用《さいよう》試験に一発で合格《ごうかく》したとのこと。
それも希望していた中学校の社会科教員。
私《わたし》は先を越《こ》されたと思った。
私《わたし》はまだ結果待ち。
その大樹《たいき》が明日、観音寺に戻《もど》ってくる。
同じ京都市内にいてもなかなか会う機会がなかった。
だから明後日、会う約束をした。
会うのは半年ぶり。
どこで会って、どこへ一緒《いっしょ》に行けばいいのだろうか。
琴弾《ことひき》公園の展望台《てんぼうだい》から寛永通宝《かんえいつうほう》の砂絵《すなえ》を見る。
それともロープウェイで雲辺寺《うんぺんじ》へ上り、二人で天空のブランコを漕《こ》ぐ。
あるいは高屋《たかや》神社の天空の鳥居《とりい》か、仁尾《にお》の父母ケ浜《ちちぶがはま》へ行く、と考えるかもしれない。
でも私《わたし》と大樹《たいき》が行った所は・・・
まず会ったのはコンビニ。
そこで例のコーヒーを買う。

次にどこへ行くのか、この一言で、普通《ふつう》の人なら、少し引くかもしれない。

「大樹《たいき》、いい所へ連れて行ってあげる」

「えっ、どこなん？」

大樹《たいき》の目が輝《かがや》いてきた。

「豊浜町《とよはまちょう》墓地《ぼち》公園」

「えっ・・・」

私《わたし》が今まで研究してきた合田求吾《きゅうご》先生のお墓《はか》、そして、最近発見した求吾《きゅうご》先生の奥様《おくさま》のお墓《はか》を大樹《たいき》に紹介《しょうかい》してあげた。

歴史病《れきしびょう》が伝染《でんせん》してしまった大樹《たいき》はかなり興味《きょうみ》を示《しめ》していた。

「ねぇ、椋葉《むくは》。求吾先生《きゅうごせんせい》の弟の・・・えっと・・・」

「大介《だいすけ》さん？」

「そっ、その大介《だいすけ》さんのお墓《はか》って分かったの？」

「いやー、それがまだ分からん。確《たし》か昭和五十五年発行の四国新聞では、墓地《ぼち》公園に入って左側と書かれとったんやけど・・・」

「半世紀《はんせいき》近くも昔の新聞やけど、お墓《はか》がそう再々移転《さいさいいてん》するはずなんかないよ」

「そりゃそうや」

「今から探《さが》さん？　なんだかすごくおもしろそう。江戸《えど》時代にタイムスリップしそう」

なぜか大樹《たいき》はやる気満々であった。


豊浜町墓地《とよはまちょうぼち》公園はかなり広大である。

これは手分けして探《さが》さなければいけない。

大介《だいすけ》さんは「蘭齋《らんさい》先生」と呼《よ》ばれていた。

そう書かれているお墓《はか》を求めて、私《わたし》と大樹《たいき》は別々に探《さが》し始めた。

他人が見れば、私《わたし》たちの行動はどのように映《うつ》るだろうか。

これぞまさに奇人《きじん》、変人ととられても仕方がないだろう。

「墓荒《はかあら》しだ！」と通報《つうほう》されるかもしれない。

とにかく手当たり次第に、苔《こけ》がついて風化しているような墓ばかり注目して見て回った。このあたりは、私《わたし》より大樹《たいき》の方《ほう》が熱心みたいだった。


探《さが》し回ること約三十分。

突然《とつぜん》、大樹《たいき》が大声をあげた。

「椋葉《むくは》、あったぞ！」

「えっ、今、行くから」

私《わたし》は大樹《たいき》の元に駆《か》け寄《よ》った。

大介さんのお墓

それは紛《まぎ》れもなく大介《だいすけ》さんのお墓《はか》であった。

正面に大きく「蘭齋《らんさい》先生墓《はか》」と書かれていた。

（大介《だいすけ》さん、遅《おそ》くなりました。やっとあなたを見つけることができました・・・）

背後《はいご》の碑文《ひぶん》はすべて漢文で書かれていた。

私《わたし》と大樹《たいき》が必死で読もうと試みたけど、苔《こけ》が邪魔《じゃま》をして読むことができない。

墓《はか》の碑文《ひぶん》を覆《おお》っている苔《こけ》をタワシで擦《こす》ることも考えたけど、黙《だま》って擦《こす》ることはできない。もちろん子孫の方の了承《りょうしょう》を得《え》る必要がある。

もし、碑文《ひぶん》が欠けたりすると、「器物破損罪《はそんざい》」で訴《うった》えられることも考えられる。

ほんの一部であるが、次の漢文は読むことができた。

「・・・通稱大介傅右衛門君三男求吾光之弟也《つうしょうだいすけでんうえもんくんさんなんきゅうごこうのおとうとなり》・・・」

その隣《となり》は「靖齋《せいさい》先生墓《はか》」「黙齋《もくさい》先生墓《はか》」とあった。

このお墓《はか》からは、大介《だいすけ》さんの子孫も医業を継《つ》いでいたことが分かる。

求吾《きゅうご》先生のご子孫の方も、大正時代まで医業が続いていた。

碑文《ひぶん》の一部を読み、誇《ほこ》らしそうにしている大樹《たいき》を見ていると、なんだか大介《だいすけ》さんと一緒《いっしょ》にいるような気持《きも》ちになった。

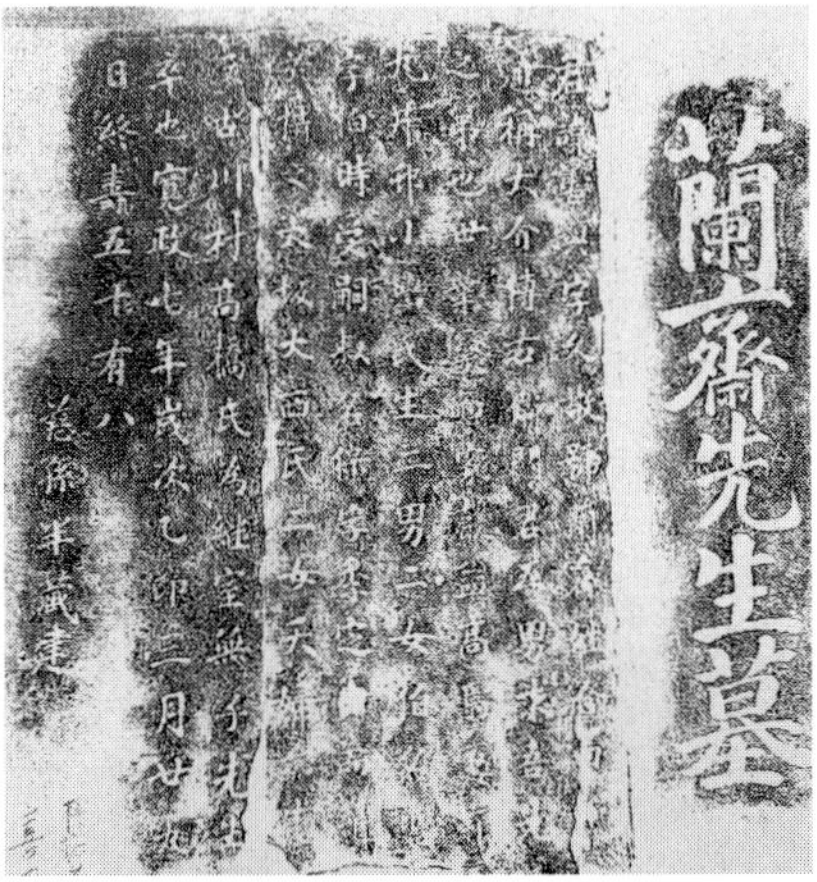

合田大介さんの墓碑の碑文

「大樹《たいき》、これはあなたのお墓《はか》よ。ただし、江戸《えど》時代の・・・」と冗談《じょうだん》めかして言ってあげた。

「えっ・・・」

大樹《たいき》は少し慌《あわ》てていたようだ。

それから私《わたし》と大樹《たいき》は歩いて豊浜港《とよはまこう》（旧和田浜港《きゅうわだはまこう》）へ向かった。

それは喜八郎《きはちろう》さんが苦心して造《つく》った港を大樹《たいき》に見せたかったから。

堤防《ていぼう》を歩いていると、突然《とつぜん》、大樹《たいき》が私《わたし》の手を握《にぎ》ってきた。

四条河原町《しじょうかわらまち》の時は、人混《ひとご》みの中だったから「はぐれてしまう・・・」と言い訳《わけ》をしていたけど、今は、回りに誰もいない。

大樹《たいき》は少し恥《は》ずかしそうにこう言った。

「これからもよろしくな。歴史《れきし》に興味《きょうみ》が沸《わ》いたのも椋葉《むくは》のおかげや」

「どういたしまして。四月から新米教師《きょうし》、がんばって！」

大樹《たいき》と出会って、何だか爽《さわ》やかな気持ちになった。

歴女《れきじょ》の私《わたし》のことを理解《りかい》してくれる男性《だんせい》って、今まであまり会ったことがないから。

いや、いた。

高校の高丸先生と立命館大学の奥田《おくだ》先生、父と田中のおっちゃん、そして、兄と大樹《たいき》や。

現在の豊浜港（和田浜港）

現在《げんざい》の豊浜港《とよはまこう》は改修《かいしゅう》されて大きくなっている。
自然の海岸線は埋《う》め立てられ、ほとんど消滅《しょうめつ》している。
観音寺市内で自然の海岸線が残っているのは、有明浜《ありあけはま》付近と、豊浜《とよはま》の墓《ぼ》地《ち》公園付近から箕浦《みのうら》港にかけてぐらい。

大樹《たいき》とじっと海を見つめる。

満潮《まんちょう》が近く、時々、威勢《いせい》のいいボラが海面を跳《は》ねる。

「和田浜港《わだはまこう》って、あの付近よ」と私《わたし》が指をさす。

「なるほど、今と比《くら》べると小《ち》さいけど、当時として大きかったんだ」

「完成したのは、安永《あんえい》二年（一七七三）三月」

「椋葉《むくは》、求吾《きゅうご》先生が亡《な》くなったのは？」

「安永《あんえい》二年（一七七三）四月十二日」

「そっかぁ、病床《びょうしょう》の中で、親友、喜八郎《きはちろう》さんが苦心して造《つく》った和田浜港《わだはまこう》を見届《みとど》けることができたんや」

「私《わたし》、『喜八郎殿《きはちろうどの》、よくぞここまでやりましたな』という求吾《きゅうご》先生の声が聞こえて来そうなの」

「きっと、そう言っているよ」

「それに若くして亡くなった、おりん様と天国で再会して、『求吾《きゅうご》さんのお陰で、多くの人たちの大切な命が救われたわ』と言われたに違《ちが》いな

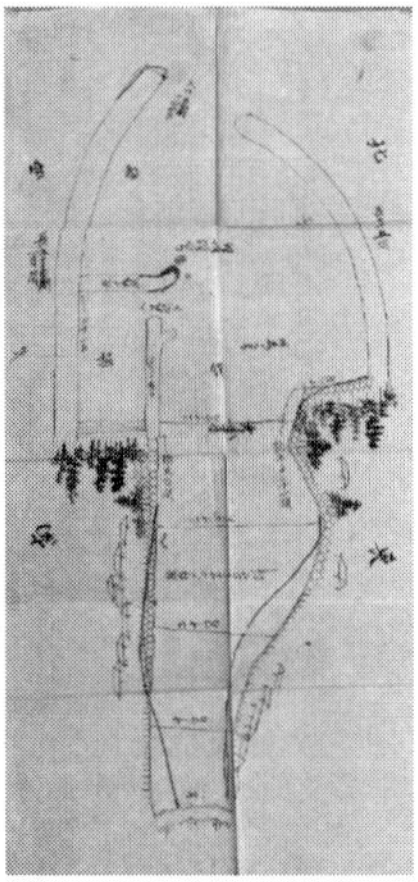
現在も残る和田浜港の絵図。
藤村家古文書より
（豊浜中央公民館所蔵）

いわ」

「ところで椋葉《むくは》、求吾《きゅうご》先生と喜八郎《きはちろう》さんがどこに住んでいたのか案内してくれない？」

「うん、いいわ」

私《わたし》は、港町にある求吾《きゅうご》先生の敷地跡《しきちあと》に行った。

今から二十年ほど前、求吾《きゅうご》先生から六代目にあたる子孫の方が、敷地《しきち》を隣《となり》近所の人たちに売り払《はら》って、県外に行かれている。

今は、その土地を買われた方が家を増改築《ぞうかいちく》したり、倉庫《そうこ》を建てたりしている。

だから、当時の面影《おもかげ》は全く残っていない。

「合田求吾《きゅうご》先生　（温恭《おんきょう》合田先生）生誕地《せいたんち》」という碑《ひ》を建てあげて欲《ほ》しい。

令和五年（二〇二三）は生誕《せいたん》三百年《ねん》となる。

次に東町にある藤村《ふじむら》家のお屋敷跡《やしきあと》へ行った。

ここは分筆されて多くの家が建っている。

ここにお屋敷《やしき》があったという面影《おもかげ》は全くない。

ただ、大きな木が二本残っていた。

見るからに、全く種類の違《ちが》う木である。

私《わたし》と大樹《たいき》がそれらの木《き》をじっくりと見《み》ていると、近所《きんじょ》のおばさんが出《で》てきた。

「まぁ、えらい熱心に見とるね。何かあるん？」

「いいえ、あまりにも大きくてびっくりしとったんです」

大樹《たいき》が率直《そっちょく》に言った。

「これは何の木ですか？」

「ああ、これは椋《むく》の木。神木《しんぼく》なんですよ。ちょっとこっちに来てご覧《らん》なさい」

（この木に登って源右衛門《げんうえもん》様や、おみつ様が遊んでいた。その姿《すがた》を良佐《りょうすけ》さんが見つめていた・・・）

私《わたし》と大樹《たいき》は木の根元に駆《か》け寄《よ》った。

直径は二メートルを遥《はる》かに超《こ》えている。

その木の根元にお社《やしろ》があった。

「これは何の神様ですか」

大樹《たいき》が何《なに》かに圧倒《あっとう》されそうに尋《たず》ねた。

「これは、蛭子《えびす》（恵比寿《えびす》）様、海の神様ですよ。この辺り一帯は、廻船《かいせん》問屋の藤村《ふじむら》様のお屋敷《やしき》があった所ですからね」

おばさんが、向こう側の木を指さした。

「『イブキ』ヒノキ科の常緑高木で、中国・朝鮮半島をはじめ、わが国中部・南部の海岸などにはえていて、高さは十〜二十メートルにもなり、広く庭木・生け垣として栽培されています。

ここは、藤村本家の屋敷跡で、今から三百六十年ほど前、藤村家の先祖がこの地に移り住んだころ、庭木として植えたものだろうといわれています。

香川県では、このようなめずらしい木を保存木として指定しており、この木も香川の保存木とされています。

その記録によると

樹高　十七メートル

胸高幹囲　四・六メートル

枝張り東西　十六メートル

枝張り南北　十七・五メートル

指定年月日　昭和五十五年三月

平成十一年三月」

東町自治会

吾妻いぶきとあゆむ会」

「あの木も大きいでしょう。香川の保存木《ほぞんぼく》になっていますよ。良かったら、近くまで行って見てご覧《らん》なさい」

「はい、ありがとうございます」

私《わたし》と大樹《たいき》は、お礼を言って保存木《ほぞんぼく》を見に行った。

そこには看板《かんばん》が建っていた。

二人で見ていると、あることが浮《う》かんできた。

「大樹《たいき》、この木はイブキ（貝塚伊吹《かいづかいぶき》）で、さっきの木は椋《むく》の木。何か予感がしてきた」

「予感って、何か悪いことが起きる変な予感？」

「ううん、何か運命的な予感」

「どういうこと？」

「だって私《わたし》の名前は椋葉《むくは》だし、お兄ちゃんは伊吹《いぶき》」

「ということは、この二つの木に関係があるん？」

「かも知れない。亡《な》くなったひいじいちゃんが名付けたと聞いている」

「そっかー　まさに運命的な出会いだ。俺《おれ》は大樹《たいき》、大きな樹木《じゅもく》や」

これでなんとなく納得《なっとく》してきた。

「あっ、そうそう江戸《えど》時代この藤村家《ふじむらけ》にものすごく有名な人が泊《と》まった

以下は豊浜町誌からの抜粋。

「丸亀藩木之郷村庄屋団蔵と三野郡寺家村庄屋仁助が付き添い案内人となり、文化五年（一八〇八）九月九日朝七時に川之江を出発し、測量しながら讃岐に入り、午前十一時ごろ和田浜に着いた」

「和田浜での宿泊所は本陣（忠敬の宿所）が藤村甚太郎宅で、別宿（随行者の宿所）が出来屋藤村平助宅であった」

「九月十日と十一日は、伊吹島・大股島《おおまたじま》・円上島《まるがみじま》等を測量した」

「九月十二日、和田浜を出発し、姫浜から縄引きが始まり、花稲村・山田尻村・仮屋浦まで測量し宿についている」

「本陣　観音寺中州の横山治右衛門宅」

「別宿　観音寺伊予屋清七」

「同十三日、二手に分かれて忠敬は有明浜より仁尾まで測量、一方は仮屋より舟で大蔦島と小蔦島を測量し、宿泊する」

「本陣　仁尾塩田長右衛門宅」

「同十四日、十五日は大浜まで測量し雨と寒さのため中止し大浜で宿泊する」

「同十六日、箱浦、三崎まで測量し積浦十輪寺に本陣を取り宿泊する」

「その後、東に進み、十一月五日まで五十五日で讃岐国の測量が終わり、翌年正月十八日に江戸に帰った」

んや。知っとる？」

「えっ、誰《だれ》やろう。教科書にも載《の》っとるような人なん？」

「もちろん、小学生でも知っとるよ。ヒントは日本地図」

「あっ、分かった。伊能忠敬《いのうただたか》や」

「ピンポーン」

「すげえ！」

「ちょっと待っとって。私《わたし》、本を持ってくるから」

私《わたし》は急いで家に帰り、ある本を持ってきた。

それは「新修《しんしゅう》　豊浜町誌《とよはまちょうし》」。

そのページをめくった。

「あった！　町誌《ちょうし》のここに書かれとるよ」

「ちょっと、見せて！」

大樹《たいき》が本をじっくりと見入った。

「すげー、二百年以上も前のことだけど、なんだかその光景が目に浮《う》かんできそう」

大樹《たいき》の目が輝《かがや》いてきた。

「『御用《ごよう》』という文字が書かれた旗を持ち、『これは幕府《ばくふ》から命ぜられた仕事である』と言いながら、測量《そくりょう》しながら歩いたんやろうな」

「文化五年（一八〇八）というと、求吾《きゅうご》先生や喜八郎《きはちろう》さんの時代とは違《ちが》うな」

「さすが大樹《たいき》、すでに二人はこの世を去っているよ。喜八郎《きはちろう》さんの息子の源右衛門《げんうえもん》さんが伊能忠敬《いのうただたか》を接待《せったい》したのだと思う」

ということで、せっかく久《ひさ》しぶりに会ったのに、大樹《たいき》と歴史《れきし》を巡《めぐ》る旅に付き合わせたみたいで申し訳《わけ》ない。

でも、大樹《たいき》はそんなことに嫌《いや》な顔を見せず、それからもよく会うようになった。

×　×　×

これは私《わたし》たちが大学を卒業して数年後のお話だけど、兄に連絡《れんらく》を取ると、秋田に行って来たとのこと。

「どうして秋田の方へ」と尋《たず》ねると「乳頭温泉《にゅうとうおんせん》に入って来た」とか「武家《ぶけ》屋敷《やしき》を見て来た」と言い訳《わけ》をしていたけど、本当の目的は、どうやら貴恵《きえ》さんのご両親に挨拶《あいさつ》に行っていたらしい。

ということで、私《わたし》と貴恵《きえ》さんとの関係は大学を卒業したら終わりじゃなくなった。

私《わたし》が、貴恵《きえ》さんのことを「お姉さん」と呼《よ》ぶようになったのは、私《わたし》が大学を卒業して五年後のこと。

同級生で同じ年齢《ねんれい》なのに、変なお話。

それから陽子《ようこ》さんご夫妻《ふさい》は事業拡大《かくだい》だと言って、高松に不動産屋の支店《してん》を開店させた。

だから、時々高松にやって来る。

兄と貴恵《きえ》さんが豊浜《とよはま》に帰省した時には、陽子《ようこ》さんと連絡《れんらく》を取り合って、また三人で会っている。

京都や長崎での思い出話で、いつも和気あいあい。

あっ、それから私《わたし》と大樹《たいき》との関係はどうなったって？

実はこうなっちゃった・・・

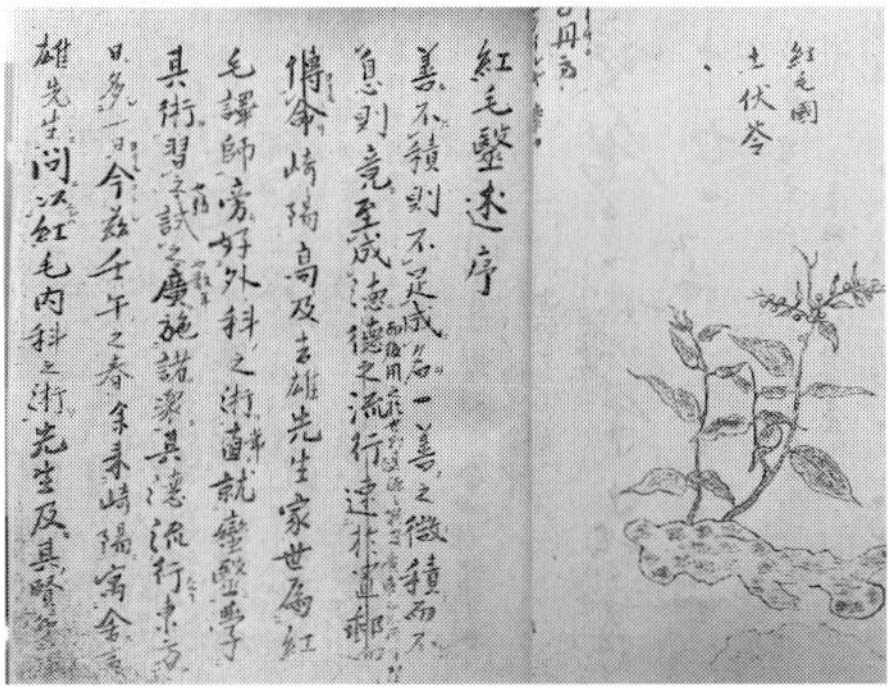

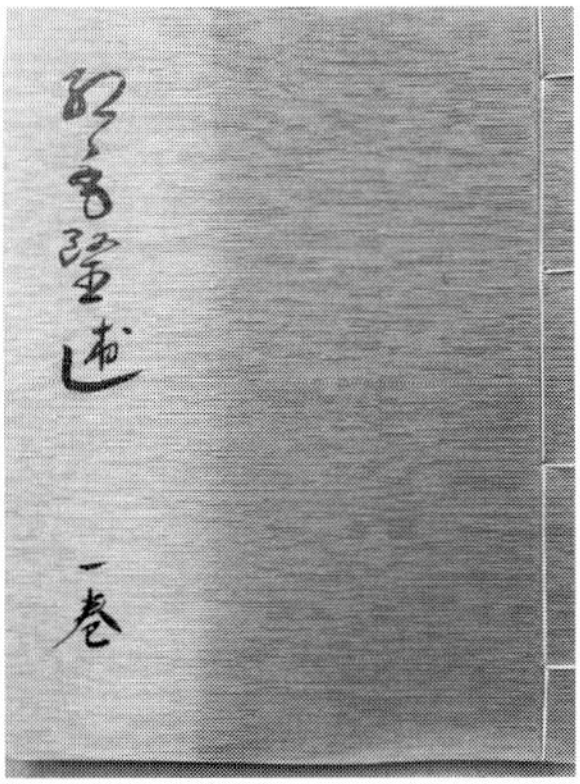

合田求吾が書いた「紅毛医術」
我が国最初の人体解剖図（複写）
（豊浜中央公民館所蔵）

エピローグ

大学を卒業して十年が過《す》ぎた。

大樹《たいき》は観音寺市内の中学校で勤務《きんむ》している。

既《すで》に中堅教師《ちゅうけんきょうし》の域《いき》に達していた。

そんなある日、中学二年生の社会科の時間のことだった。

「みなさん、今日の社会科の授業《じゅぎょう》では、特別に講師《こうし》の先生をお呼《よ》びしています。ちょっと恥《は》ずかしいけど・・・」

「先生、どうして恥《は》ずかしいのですか？」

「いや、そのー。はい、今日は歴史《れきし》博物館で学芸員をされている椋葉《むくは》先生です」

「『むくは』・・・先生、椋葉《むくは》という名字があるのですか？」

「あっ、しまった。椋葉《むくは》は下の名前でした」

「えっ、下の名で呼《よ》ぶ・・・ということは、先生の恋人《こいびと》か奥《おく》さん？」

「ヒュー、ヒュー」

男子生徒《だんしせいと》たちがからかい始める。

「まぁ、大樹《たいき》先生のクラスって、ずいぶんおませな生徒たちが多いんや

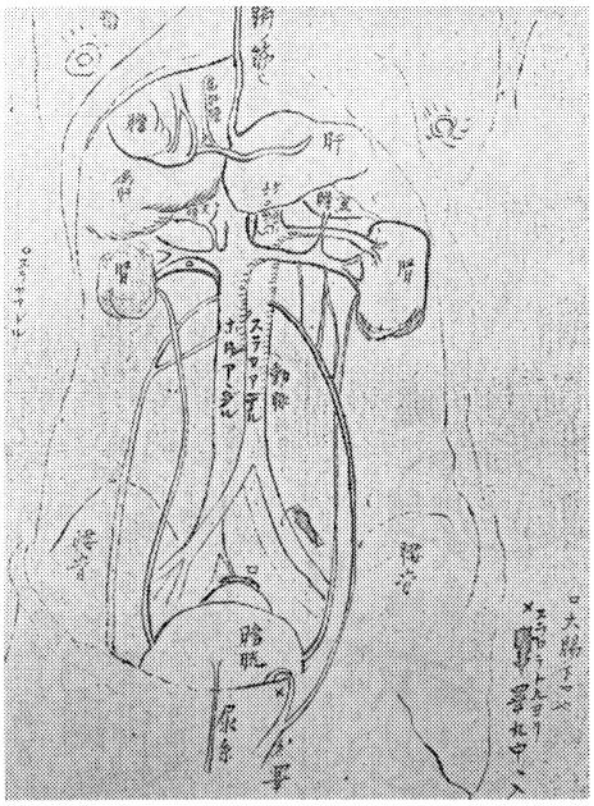

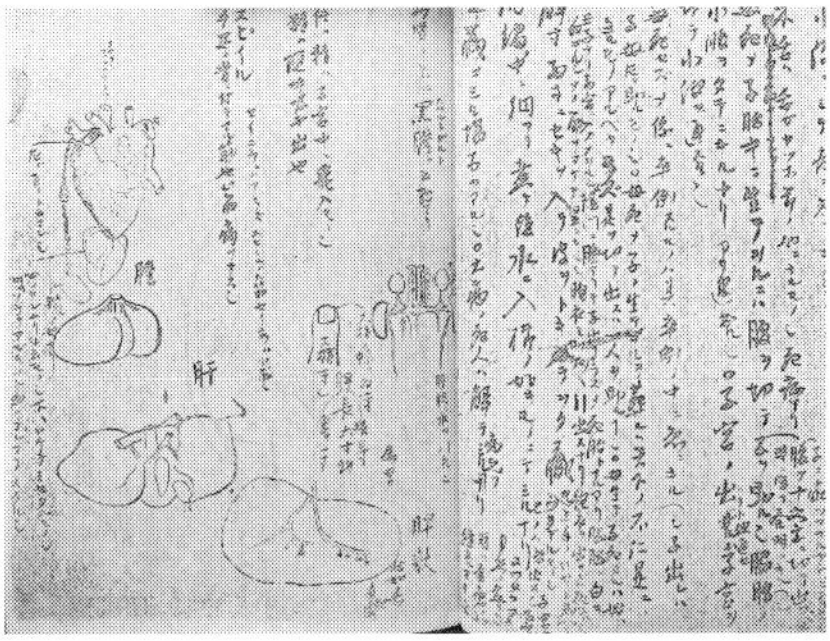

ね」

と言いながら私《わたし》が教卓《きょうたく》に上がると、一斉《いっせい》に注目された。

「はい、椋葉《むくは》先生に『お願いします』と言いましょう」

「よろしくお願いします」

元気溢《あふ》れる声がした。

「こちらこそ、よろしくお願いします」

突然《とつぜん》、女の子から手が挙がった。

「椋葉《むくは》先生、藍染《あいぞ》めの手ぬぐい、とてもすてきです」

「ありがとう。これは、私の宝物なの」

「ふーん」

私《わたし》は手ぬぐいに軽く触《さわ》った。

大樹《たいき》が全体に話した。

「今日は江戸《えど》時代の蘭学《らんがく》について学びます。ここは専門家《せんもんか》の椋葉《むくは》先生が私《わたし》の代わりを務《つと》めます。しっかり勉強してくださいね」

「はーい」

「では、椋葉《むくは》先生、よろしくお願いします」

大樹《たいき》から教師《きょうし》の代役を任《まか》された私《わたし》は、まず生徒たちに尋《たず》ねてみた。

「蘭学《らんがく》っていう言葉を聞いたことがある人は手を挙げてください」

ほとんどの生徒から手が挙がった。

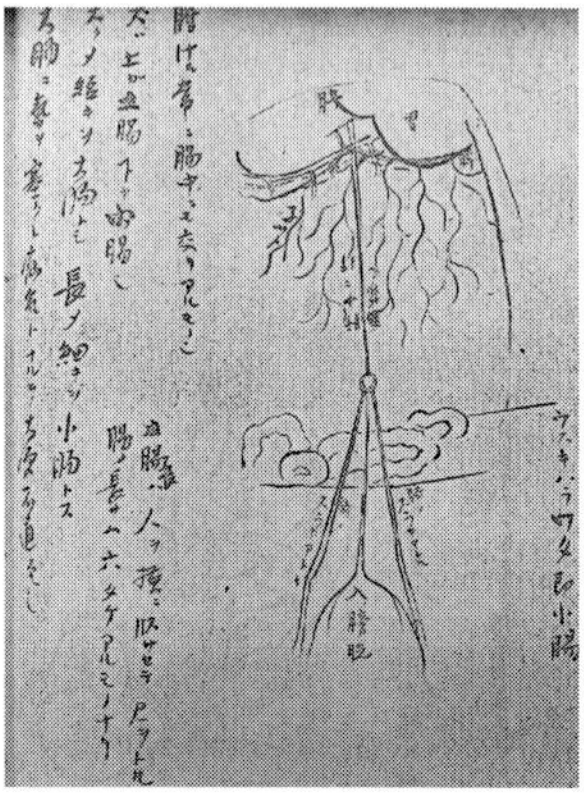

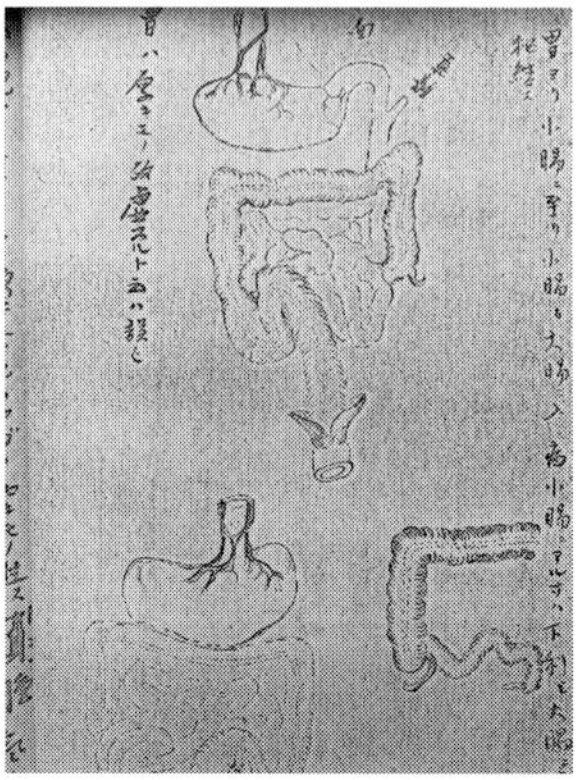

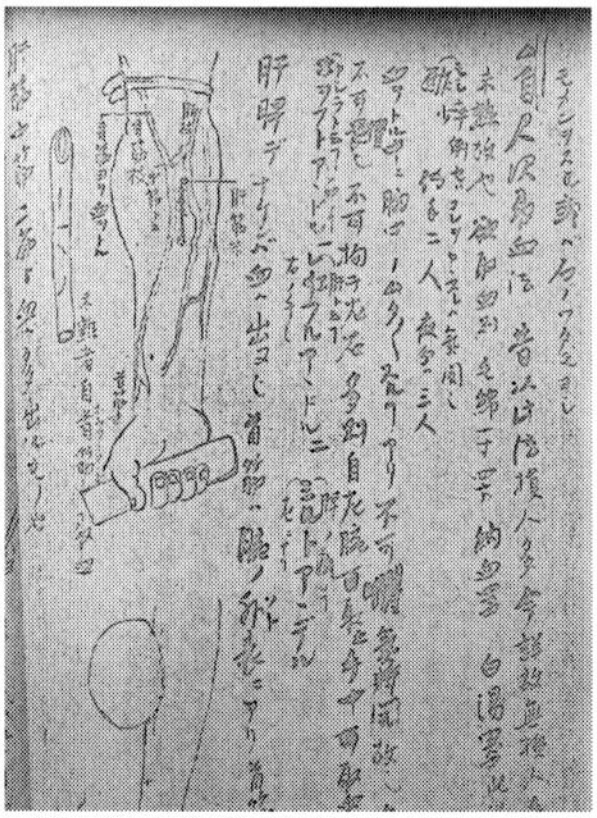

「では、蘭学《らんがく》って、どこの町を中心に発達した学問か知っている人？」

数人から手が挙がった。

「はい、じゃあ、そこの男の子、佐藤《さとう》さんかなぁ。どうぞ」

「江戸《えど》の町だと思います」

「そうですか。佐藤《さとう》さんに質問《しつもん》します。蘭学《らんがく》の『蘭《らん》』ってどこの国なの？」

「すみません・・・ちょっと分かりません」

私《わたし》は黒板に「独《ドイツ》」「米《アメリカ》」「英《イギリス》」「伊《イタリア》」「仏《フランス》」「露《ロシア》」「蘭《オランダ》」などの漢字を書いた。

そして、「スペイン」「ポルトガル」はカタカナで書いた。

「江戸幕府《えどばくふ》が一六四一年に鎖国《さこく》を完成させた時、長崎の出島で貿易《ぼうえき》をしたのは、どこの国ですか？」

この質問《しつもん》には、一斉《いっせい》に手が挙がった。

「はい、じゃあ、みなさん一緒《いっしょ》に言いましょう。サンハーイ」

「オランダです」

「正解《せいかい》。オランダって漢字で書くと、どの一字《じ》になりますか？」

佐藤《さとう》さんの手が挙がった。

「はい、佐藤《さとう》さんどうぞ」

「『蘭《らん》』という字です」

「そうです。名誉挽回《めいよばんかい》しましたね。蘭学《らんがく》ってオランダの学問のことなの。

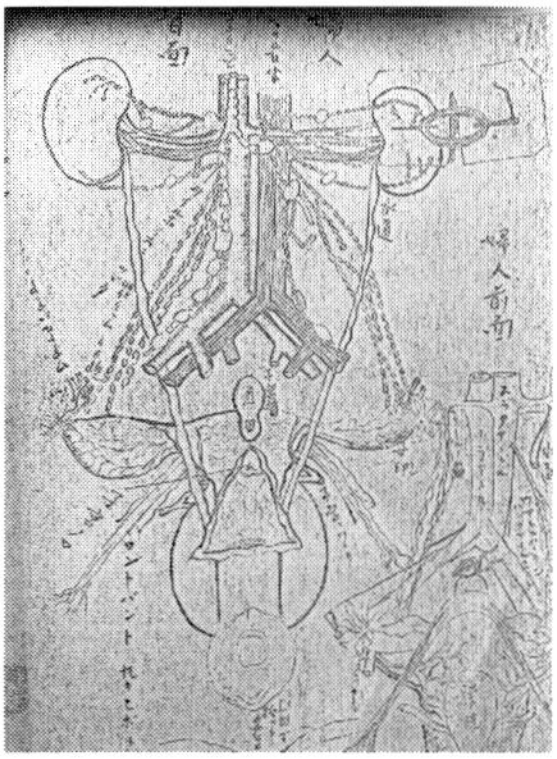

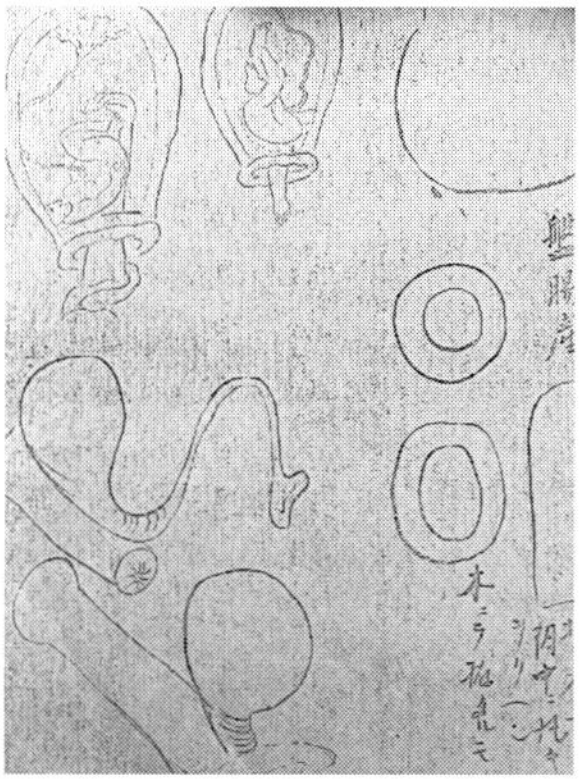

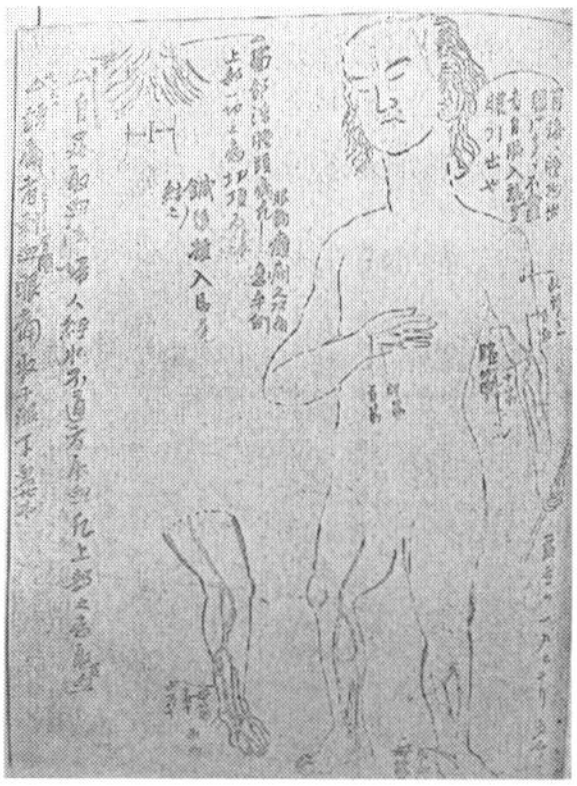

だから、蘭学《らんがく》の本家《ほんけ》大元《おおもと》は長崎で、そこから江戸《えど》の町に伝わったのです」

「こりゃ、一本やられたな」

大樹《たいき》が笑いながら頭をかいた。

「じゃあ、蘭学《らんがく》者で知っている人は誰《だれ》がいますか」

この質問《しつもん》にも多くの手が挙がった。

「さすが、大樹《たいき》先生のクラスですね。はい、じゃあ、三つ編《あ》みがかわいい、えーと、山下さんかなぁ。はい、どうぞ」

「杉田玄白《すぎたげんぱく》と前野良沢《まえのりょうたく》です」

「すごい、どこで習いましたか？」

「小学生の時、習いました」

「えらいね。じゃあ、この観音寺市内に蘭学《らんがく》者はいた？　いない？」

「どちらかですよ。いたか、いなかったかで手を挙げてもらいますよ。ではいたと思う人？」

クラスは、ほぼ半々に分かれた。

私《わたし》は蘭学医《らんがくい》の合田求吾《きゅうご》さん、和田浜港《こう》の修築《しゅうちく》に貢献《こうけん》した藤村喜八郎《ふじむらきはちろう》さん、伊能忠敬《いのうただたか》さんが和田浜《わだはま》に来た時に関係の深かった、藤村源右衛門《ふじむらげんうえもん》さんについて説明した。

五十分の時間なんてあっという間に過《す》ぎてしまった。

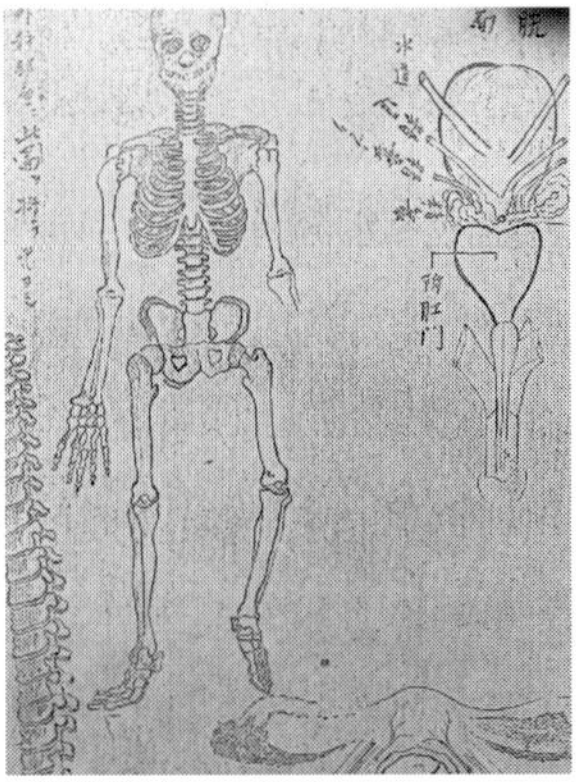

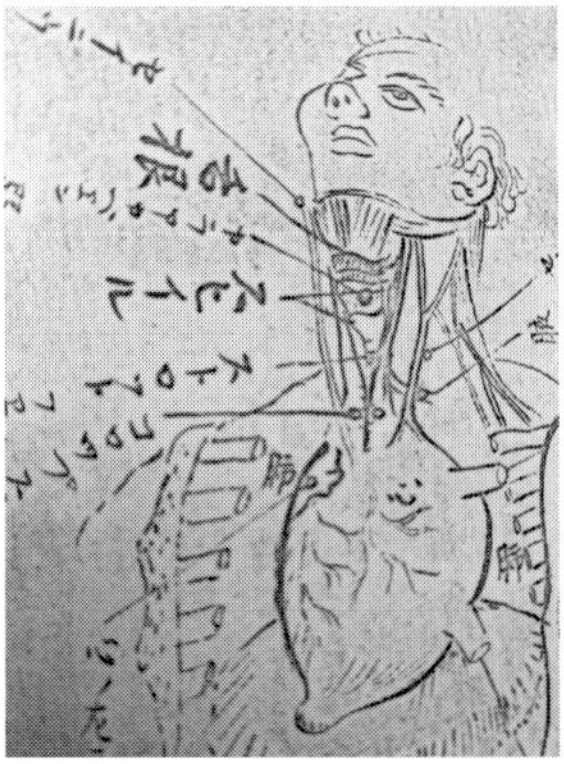

生徒たちには帰りの会の時間を使って、今日の授業《じゅぎょう》の感想などを書いてもらった。

夕食後、私《わたし》は生徒たちの感想文をゆっくりと読ませてもらった。

「私《わたし》たちの郷土《きょうど》にそんな偉《えら》い人がいるとは知らなかった」

「莫大《ばくだい》な私財《しざい》を払《はら》ってまで、人々のために貢献《こうけん》した藤村喜八郎《ふじむらきはちろう》さんに感動した」

「歴史《れきし》は江戸《えど》とか東京を中心に回っているような気がしていたけど、古里に誇《ほこ》りを持ちたい」などの意見がほとんどであった。

私《わたし》の隣《となり》で寝床《ねどこ》につこうとしている大樹《たいき》に尋《たず》ねてみた。

「あの子たち、来年は三年生で、修学《しゅうがく》旅行へ行くんやろう。行き先は決まっとん？」

「それがなんと長崎で二泊《はく》・・・コロナ禍《か》で県外へ行けんかったけど、やっと行けるようになったんや」

「じゃあ、長崎歴史《れきし》文化博物館と出島は外せんよ」

「もちろん。それと平和学習をするため長崎平和公園も行くよ。路面電車を使って班別《はんべつ》行動をするんや」

「楽しそう・・・ねぇ、下見も兼《か》ねて、今度の冬休みに長崎へ行ってみない？　私《わたし》、貴恵《きえ》さん、陽子《ようこ》さんと行った以来やけん」

「そうやなぁ、西九州新幹線《しんかんせん》で行くか。三人で」

私《わたし》は体を起こして、この子をじっと見つめた。

新しく開園したこども園に通い始めた一人息子は、よく遊んだ疲《つか》れのためか、私《わたし》たちの間でスヤスヤと眠《ねむ》っていた。

「きっとええ夢《ゆめ》を見とるよ」

大樹《たいき》が小さく私《わたし》にささやいた。

「そうやな。ひいじいちゃんのように歴史《れきし》が好きな人になればいいね。私《わたし》とお兄ちゃんの名前を付けてくれた、大好きなひいじいちゃん」

私《わたし》が小さい頃《ころ》、曽祖父《そうそふ》（ひいじいさん）が「藤村《ふじむら》家と我《わ》が家とは長い繋《つな》がりがある」と言っていたのを聞いたことがある。

そのことをやっと思い出した。

二本の大きな木（樹木《じゅもく》）・・・それは、私（ムクノキ）とお兄ちゃん（イブキ）そして、大樹《たいき》。

みんなどこかで繋《つな》がっている。

それは仲間・・・

仲間がいれば、一緒に考えたり、相談したり、教えあったりできる。

（この子にも、そういう仲間を見つけて欲しい・・・）

私《わたし》は、そっと頭を撫《な》でてあげた。

（寝顔《ねがお》がとってもかわいい、私《わたし》たちの大介《だいすけ》ちゃん・・・）

終わり

貝塚伊吹（常緑樹）

海の神様・恵比寿（蛭子）様を祀る

椋の木（落葉樹）
（冬に撮影）

おわりに

「この物語はフィクション（虚構《きょこう》）なのか、それともノンフィクション（実話）なのか・・・」とお叱《しか》りを受けることを覚悟《かくご》して書きました。私《わたし》は身近な所で眠《ねむ》っている歴史《れきし》を掘《ほ》り起こし、できるだけ真実に迫《せま》った形で書いたつもりですが、フィクション（虚構《きょこう》）という面もあること、ご了承《りょうしょう》ください。

さて、この本を執筆《しっぴつ》している時、私《わたし》と家内の二人で、劇団《げきだん》「玄《げん》　～てんてこ舞《ま》い～」というミュージカルの表現《ひょうげん》活動集団《しゅうだん》を立ち上げました。そして、第2章の「私《わたし》は、タイムトラベラー」を原作に、家内が脚本執筆《きゃくほんしっぴつ》、演出《えんしゅつ》をして、「夢船《ゆめふね》　～求吾《きゅうご》と喜八《きはち》の物語～」というタイトルでミュージカルを公演《こうえん》いたしました。この話は、重い病を治したいの一心で京都、江戸《えど》、長崎へと学びに出た合田求吾《きゅうご》と、交易《こうえき》の繁栄《はんえい》をめざして和田浜港《わだはまこう》の整備《せいび》に奔走《ほんそう》した藤村喜八郎《ふじむらきはちろう》のお話です。

二人が乗る「夢船《ゆめふね》」は、誰《だれ》かの笑顔のためへのチャレンジ（挑戦《ちょうせん》）でした。

歴史《れきし》は私《わたし》たちの身近なところで生まれ、現代《げんだい》へとその思いは繋《つな》がっています。

なお、この作品は三年計画で、今年も来年も幅《はば》を膨《ふく》らませて公演《こうえん》いたします。

次のページには「夢船《ゆめふね》」のテーマソングなどを掲載《けいさい》しています。

「ハルシュタット遠望」（オーストリア）

劇団「玄　～てんてこ舞い～」

ミュージカル「夢船」のテーマソングより

作詞　玄玲
作曲　ジロウ

いま　海風が　ささやく
君の　船出は　いつ？

いまは　小さな　船　精一杯　帆を張る
風を集めて　波を切る

どこまでも　青い空　どこまでも　白い雲
それぞれの夢　それぞれの道　振り向けば　白い軌跡

きっと　いつか　つながっていく
ふたりの夢船は　きっと　いつか　時を超えて
だれかの　港に　あかりを灯すのだろう

さあ　ゆこう　今　ここから

主題歌

夢　船

E♭ B♭m7 E♭7 A♭ B♭7
い
E♭ Cm7 A♭ B♭7
まうみかぜが　さ　さ　やく
E♭ Fm7 B♭7SUS4 B♭7
きみの　ふなでは　いつ　い
E♭ Cm7 A♭ B♭7
ま　は　ち　い　さなふね　精　一　杯　帆を張る
E♭ Fm7 B♭7 E♭ E♭7
かぜを　あつめて　なみを切る
A♭ B♭7 Gm7 Cm7
どこ　までも　あおいそら
A♭ B♭7 (Bdim) Cm7
どこ　までも　しろいくも
A♭ B♭7 E♭ Gm7/D Cm7
それぞれ　ーのゆめそ　ーれぞれの　ーみち

33
A♭ B♭7
ふりむけばー　しろい軌せき
37
A♭ B♭7 E♭ Cm7
きっといつかーつながっていく
41
A♭ B♭7
ふたりのー　ゆめふねはー
45
A♭ B♭7 E♭ Cm7
きっといつかーときを越えて
49
A♭ B♭7 E♭ G7/D Cm7 Cm/B7
だれかのーみなとに
53
A♭ Fm7 B♭7 sus4 B♭7
あかりをーともすのだろ
57
E♭ B♮△7 E△
うーさぁゆこう
61
N.C. (E♭) E△(7) E♭
いまここからー

ミュージカルのちらし

表現活動集団 玄 ～てんてこ舞い～ ミュージカル
表現活動集団
GEN
玄
～てんてこまい～
夢 ゆめふね 船
～求吾と喜八の物語～
脚本・演出：玄玲
音楽監督：JIRO 海田
原作：ごうだよしひろ
みんなの笑顔が見たいから、
夢を叶える旅に出る。
YU & TAKI
TONO
KAROU
YAKUNIN
KOUGYU
KAPITAN
GENNAI
INOU
GENPAKU
RIN
HARU
画：合田玲子
日時
2024年 7／21 日 開演14:00（開場 13:30）
場所 ハイスタッフホール（観音寺市民会館）小ホール
料金 1,500 円 （全席自由）チケット予約・参加お問合せはこちら
主催：市民活動団体 表現活動集団 玄～てんてこ舞い～
後援：観音寺市教育委員会 （公財）置県百年記念香川県文化芸術振興財団

【本の制作でお世話になった方々】

この場を借りて、お礼申し上げます。

書　評《ひょう》　芦原《あしはら》すなお氏

表紙挿絵《さしえ》　篠原五良《しのはらいつよし》氏

表紙題字　松尾知美《まつおともみ》氏

油　絵　福田福三《ふくだふくぞう》氏

イラスト　合田玲子《ごうだれいこ》氏

写　真　合田芳弘《ごうだよしひろ》

【著者紹介《ちょしゃしょうかい》】

本名　合田芳弘《ごうだよしひろ》

昭和33年2月、香川県三豊郡豊浜町《みとよぐんとよはまちょう》（現在の観音寺市豊浜町《とよはまちょう》）に生まれる。

香川県立観音寺第一高等学校、立命館大学を卒業。

昭和56年4月より、香川県内の公立中学校教員（担当《たんとう》教科、社会科）

平成30年3月、定年退職後《たいしょくご》、作家に転業、現在《げんざい》に至《いた》る。

趣味《しゅみ》は旅行、写真撮影《さつえい》、魚釣《つ》り、音楽鑑賞《かんしょう》・・・

この本を読むことで、歴史《れきし》や地理が好きになる人が一人でも増《ふ》えることを祈《いの》っている。

【ミュージカルの紹介】

本著の第2章、「私はタイム・トラベラー」が原作となり、劇団《げきだん》「玄《げん》　～てんてこ舞《ま》い」による、ミュージカル「夢船《ゆめふね》」が令和6年7月21（日）、ハイスタッフ・ホール（観音寺市民会館）にて公演《こうえん》されます。また、令和7年には同館（大ホール）にて公演《こうえん》予定です。本誌《ほんし》に書かれている楽譜《がくふ》は、その時の主題歌「夢船《ゆめふね》」です。

テーマソング　「夢船《ゆめふね》」

作曲　合田玲子《ごうだれいこ》氏

作詞《さくし》　海田次朗《うみだじろう》氏

ミュージカル「夢船《ゆめふね》」　脚本《きゃくほん》・演出《えんしゅつ》　合田玲子《ごうだれいこ》氏

著者《ちょしゃ》の主な書籍《しょせき》（紙媒体《かみばいたい》）

1　ポパイはなぜ強いのでしょうか　2008 年　発行　弘栄社《こうえいしゃ》

2　起居与饮食习惯影响儿童的未来　－来自 12,025 人调查问卷中的发现　－
（日本語訳《やく》　基《き》本的生活習慣《しゅうかん》と飲食の習慣《しゅうかん》は子どもの未来に影響《えいきょう》します）
発行　中国、上海、学林出版社《しゅっぱんしゃ》　2015 年

3　イブキの島　2016 年　発行　観音寺市

※平成 30 年 3 月、観音寺市民会館で公演《こうえん》された、第 1 回観音寺市民ミュージカル「ウラが住んどる不思議の島」の原作本となりました。

4　牡丹餅《ぼたもち》　2019 年　発行　美巧社《びこうしゃ》

著者《ちょしゃ》の主《おも》な書籍《しょせき》（電子書籍《しょせき》）

1　飛び出せ！　アジア鉄道の旅－中国編《へん》－　2014 年

2　イブキの島　　2016 年

3　キャンピングカーで行こう　　　－でんの助《すけ》　誕生編《たんじょうへん》－　　2019 年

4　日本列島東西南北　－第 1 巻《かん》－　2019 年

第 1 章　琉球紀行《りゅうきゅうきこう》（沖縄本島）
第 2 章　択捉島紀行《えとろふとうきこう》

5　日本列島東西南北　－第 2 巻《かん》－　2021 年

第 1 章　東根室（JR 最東端《たん》）→ 函館《はこだて》
第 2 章　西大山（JR 最南端）→ 下関
第 3 章　下関 → 鳥取

夢　船　　本体1500円＋税

令和６年７月21日　初版発行

著　者　合田　芳弘
発行者　池上　晴英
発行所　(株)美巧社
高松市多賀町１丁目８-10　〒760-0063
電話　087(833)5811

ISBN978-4-86387-185-4 C0093